潑猴啊，原來你這麼可愛

沈石溪◎著

【編者薦言】

永不放棄的守護

坦白說，上天在女性體內設定的機制委實妙不可言。單身時，可以是公主；新婚時，仍能當貴婦。然而，一旦成了母親，公主病立即不藥而癒，貴婦下午茶盡皆取消，當懷中小寶貝面臨危機時，更可變身爲悍不畏死的貼身保鑣。

人性如此，與人爲近親的猴性亦是如此。當曾經貴爲王妃的母猴「丹頂佛」迫於無奈，必須投靠雲霧猴群時，她懷中的稚子（稚猴）就面臨了生存危機。原來，黑葉猴有排外的習俗，外來者若是雌性，因可傳宗接代，故廣爲接納；若是雄性，則爲了血統純正，一概拒之。而對於帶著雄性幼子投奔的，則接納母猴，處死幼猴！

這無疑是做母親的一大惡夢！母猴丹頂佛日日夜夜時時刻刻不敢疏於防範，深恐一個不留神，就要與愛子天猴永隔。然而，提高警覺，並不能永保幼猴安康，死亡的

陰影，始終籠罩在這對母子頭頂。都說「爲母則強」，母猴丹頂佛誓言要盡全力捍衛自己用生命愛著的心肝寶貝，不論用什麼手段。

爲了尋求強而有力的支援，她不惜對黑葉猴族二當家以身相許；爲了使猴王改變心意，她不惜屈身奴婢，刻意討好王妃歡心。她結納友伴、掃除居心不良份子，直到所有方法都用盡，她只好孤注一擲，挑起猴王爭霸戰，期望新一代的猴王，能全心接納她和幼猴。

最終，丹頂佛的願望會不會成真呢？

可以想見的是，殘忍的野蠻習俗在黑葉猴族裏或許無法滅絕，然而，濃烈的母愛卻不會畏懼任何強權，哪怕只有一絲希望，也要奮力一搏。無論結局是喜是悲，都無法撼動母親永不放棄的守護決心。

目錄

引子

布朗猴群的老猴王抱雕駕崩了。

抱雕在猴王寶座上已逾十三年。對平均壽命只有廿二歲的黑葉猴來說，一個猴王能連續執政十三年，算得上是個奇蹟了。

黑葉猴群等級森嚴，猴王高高在上，顯赫而威風，享受著種種特權，因此，個個雄猴野心勃勃，都是醉心於社會地位的角逐者，經常發生王位爭奪戰，通常情況下，猴王各領風騷三、五年，在生命鼎盛時期篡奪王位，一旦身體露出衰老跡象，就會長江後浪推前浪，被更年富力壯的雄猴取而代之。像抱雕這樣穩穩當當在王位上坐滿十三年的猴王，在黑葉猴的歷史上可說是絕無僅有的。

抱雕之所以有超常的威望，與牠奇特的名字有關。在牠八歲那年，發生了一件可以載入史冊的大事。那是金秋一個豔陽高照的上午，布朗猴群正散落在懸崖峭壁上覓

食。突然，一朵白雲裏，飛出一隻金雕。這是隻狡猾的金雕，躲藏在隨風飄行的雲朵裏，瞞過了哨猴的眼睛。直到雲朵飄到猴群所在的山頂，金雕這才從比奶漿還濃稠的雲朵鑽出來，像顆流星似的筆直俯衝下來。哨猴發出報警的尖叫聲，但已經遲了，金雕已飛到一隻半歲齡名叫彌薩的幼猴頭頂。

猴群驚呆了，根本來不及採取防衛措施。金雕高傲地嘯叫著，伸出一隻犀利的雕爪，向已嚇得縮成一團的幼猴彌薩背脊抓去。眼瞅著災難就要發生，就在這千鈞一髮之際，一隻年輕的雄猴，像股黑色颶風，從石旮旯裏飛躥出來，直撲兇悍的金雕。就在匕首似的雕爪即將刺進幼猴彌薩背脊的一瞬間，雄猴已躥至跟前，伸出一隻猴爪閃電般抓住那隻企圖行兇的金雕腳杆，另一隻猴爪捏住金雕的脖子。

受驚的金雕拍搧巨大的翅膀，帶著雄猴，升上天空。金雕負重飛行的能力超乎想像，吊著幾十斤重的年輕雄猴，越升越高，穿過白雲，穿過陽光，變成湛藍天幕一個模糊的小圓點。所有在場的黑葉猴仰頭呆望。那小圓點突然間越變越大，越來越清晰，哦，金雕從高空墜落下來了。猴們看得很清楚，金雕的脖頸痛苦地扭曲著，嘎嘎發出淒厲的叫聲，兩隻翅膀吃力地揮舞著，螺旋式向山谷飄落。

顯然，金雕精疲力盡，脖頸也被扭傷，支撐不住了。終於，金雕與年輕的雄猴一起掉入山谷。眾猴都以為年輕雄猴已經與金雕同歸於盡了，當猴群從懸崖下到谷底，卻驚訝地發現，兇惡的金雕已經嗚呼哀哉了，而年輕的雄猴卻還奇蹟般地活著，更讓猴們佩服得五體投地的是，年輕雄猴四肢完好無損，只是右肩胛被雕爪劃出五、六道血口，傷得並不嚴重。

黑葉猴屬雜食性動物，雖然以素食為主，但也不排斥唾手可得的葷腥。大家一擁而上，拔掉雕毛，撕食雕肉。金雕屬於大型猛禽，在大自然這根食物鏈上，向來排在黑葉猴之上。換句話說，黑葉猴被列在金雕的食譜中，尤其是幼猴，常遭金雕獵殺，黑葉猴只要見到天空有金雕影子，就會望風披靡逃進岩洞或樹叢。

從來就是金雕吃黑葉猴，如今卻是黑葉猴吃金雕，也算得上是千載難遇的美事，真正是大快猴心。

自然而然，這隻勇敢的年輕雄猴，成了傳奇英雄，成了布朗猴群耀眼的明星。半年後，當時的猴王沙皮特露出衰老之相——在啃咬榆樹皮時一下就崩掉了兩顆門牙，順理成章，年輕雄猴成為布朗猴群的新猴王，名號就叫抱雕猴王。

這是布朗猴群歷史上最平穩的一次政權更替，堪稱和平的典範，還帶著幾分喜劇色彩。

當抱雕雄赳赳氣昂昂跳到沙皮特面前，筆直地豎起長長的尾巴，驕傲地撅起紅豔豔的屁股，齜牙咧嘴咆哮數聲——做出典型的挑釁動作時，幾乎所有大大小小的猴子不約而同地聚攏到抱雕身後，同仇敵愾，眾志成城，朝著沙皮特發出噓噓驅趕聲。

沙皮特也很知趣，立即傴腰聳肩低首耷尾，做出一副臣服的姿態，乖乖地退到角落裏去了。

眾望所歸，在一片歡呼聲中，抱雕登上了猴王寶座。

光陰似箭，如白駒過隙。一晃十三年過去了。

歲月不饒人，歲月也不饒猴，抱雕從壯年步入暮年。牠的門牙掉了四顆，面頰從嘴角至耳根處那兩道俗稱「白鬚」的猴毛，已因衰老而變得光禿禿了，頭頂那束直立的黑色冠毛，也被歲月風霜染成花白。要是換成其他猴王，早在前幾年就會被另一隻強壯的大公猴用武力驅逐下台。但抱雕的威望太高了，牠爲拯救幼猴彌薩而抱著金雕在天空搏殺的英勇壯舉太驚天動地了，牠讓猴們喝雕血啖雕肉所立下的歷史功績太偉大了，因此，牠雖然年邁體弱風燭殘年，卻沒有誰膽敢發動政變來推翻牠的統治。

凡生命都無法抗拒新陳代謝的規律，再偉大的人也會死，再偉大的猴也會死。終於，抱雕快走到生命的盡頭了。半夜一場秋雨，天氣轉涼，抱雕病倒了。精神萎靡，咳嗽不止，蹲在太陽底下也會冷得發抖。大家心裏都很清楚，抱雕猴王的生命已進入倒數計時。

能在王位上壽終正寢，對黑葉猴來說也算是絕無僅有了。

偏偏在這節骨眼上，發生了意想不到的變故。

這天上午，天高雲淡，豔陽普照。抱雕猴王已沒有力氣像往常那樣率領眾猴外出覓食了，猴們三三兩兩跑到附近的箐溝樹叢尋找食物充饑。抱雕猴王靠在山頂一塊鷹嘴形岩石上，昏昏沉沉似睡似醒。看得出來，牠已走到生命盡頭，快油枯燈滅了。一隻名叫丹頂佛的雌猴，懷抱一隻才出生不久的幼猴，焦躁不安地在抱雕猴王身邊爬來跳去。丹頂佛年輕美麗，頭頂那片猴毛色澤豔紅，如拂塵般細柔飄逸，故而得名，是

抱雕猴王最寵愛的妃子。

夫君就要駕鶴西去，小王子還年幼無知，做王妃的當然憂心如焚。

就在這時，一隻雄黑葉猴從樹叢鑽出來，躡手躡腳向丹頂佛靠近。這隻雄猴頭頂那束冠毛約有一尺高，猶如戴著一頂黑色王冠，四肢強健，雙目炯炯有神，顯得高大威猛，一看就不是等閒之輩。牠就是當年被抱雕從金雕爪子下拯救出來的幼猴彌薩，現年十三歲，如日中天，正處在生命的鼎盛時期，是布朗猴群的第二號人物，或者說布朗猴群的副統帥。牠摸到磐石前，先是瞥了抱雕猴王一眼，突然躥到丹頂佛背後，抱住王妃纖纖細腰欲行非禮。丹頂佛毫無思想準備，嚇得驚叫起來，拚命掙扎。

很難解釋彌薩爲何在這個時候要對丹頂佛實施性騷擾，抱雕猴王已經日薄西山氣息奄奄，假如不出意外，頂多再有三、五天時間，抱雕便會在昏睡中永遠不再醒來。彌薩本來就是副統帥，公認的接班人，只要再耐心地等上三、五天，等到抱雕猴王四腳一伸兩眼一閉，就可順順當當繼承大統成爲布朗猴群新一任猴王。只要登上猴王寶座，布朗猴群的一切都是牠的，還怕丹頂佛不來投懷送抱嗎？

俗話說，書中自有千鐘粟，書中自有黃金屋，書中自有顏如玉，其實更準確的說法應該是，王者自有千鐘粟，王者自有黃金屋，王者自有顏如玉。

也許，彌薩覺得自己在副統帥的位置上已經等得太久太久，實在等得不耐煩了，便冒出了要搶班奪權的念頭；也許，彌薩早就對丹頂佛垂涎三尺，色膽包天，不等抱雕咽氣就迫不及待要把猴群第一美眉占爲己有；也許，彌薩覺得抱雕雖然還吊著一口氣，卻與一具殭屍也差不了多少了，所以就無所顧忌爲所欲爲；也不排斥有這種可能，彌薩想用非禮王妃的忤逆行爲，提前敲響喪鐘，刺激正在陰陽線上掙扎的老猴王抱雕，催促其早早歸西。老東西早死早好，別擋住人家進步的路。

不管怎麼說，彌薩當著抱雕的面，肆無忌憚地調戲丹頂佛。

丹頂佛的尖叫掙扎聲，在寂靜的山野格外響亮。

抱雕睜開混濁的眼睛，看見了近在咫尺的不堪入目的情景，就像一片枯葉遭到寒風襲擊一樣，氣得渾身顫抖，兩隻無神的眼睛刹那間怒火燃燒，翻身爬起來，擺開撲咬的架勢。

遺憾的是，牠的生命已極度衰竭，剛跨出去一步，便踉蹌倒地，眼睛也像流星似地亮了一亮就熄滅了。牠躺在地上，仍掙扎著想要爬過去與彌薩搏殺，卻力不從心，怎麼也動彈不了。牠張大嘴想要咆哮，卻只發出咔咔嘶啞的喘咳聲。

也許是看出抱雕離死神只有半步之遙了，以往強有力的靠山就要倒塌，急於爲自

己也爲還在吃奶的幼仔尋找另一個新的靠山，丹頂佛尖叫了幾聲後，不再激烈抗拒，而是採用了半推半就的姿勢。明擺著的，抱雕咽氣後，彌薩是無可爭議的新一代最高統帥，對丹頂佛來說，能這麼快就得到新猴王的寵愛，也算是一種造化，何必爲了虛無飄渺的貞操而放棄唾手可得的榮華富貴呢？

半推半就而逐漸演化成男歡女愛。

抱雕喘咳得更猛烈了，噗，嘴裏噴出一口鮮血，身體一陣痙攣，在地上打了兩個滾，兩條腿痛苦地踢蹬數下，便兩眼翻白，不再動彈了。牠停止了呼吸，但兩隻混濁的眼睛仍圓睜著，凝視蒼穹，一副死不瞑目的樣子。

彌薩停止與丹頂佛親昵，在抱雕身邊來來回回走了好幾圈。對牠來說，此時此刻，老猴王抱雕是否真的咽氣，比與一隻雌猴尋歡作樂重要得多。幾隻綠頭蒼蠅嗡嗡叫，在老猴王抱雕眼球四周飛舞。

彌薩小心翼翼地慢慢接近那塊鷹嘴形岩石，牠似乎還有點懷疑抱雕是不是真的嗚呼哀哉了，伸出一隻猴爪，在抱雕肩頭試探性地推了一把，立刻又閃電般地將猴爪縮了回來。

老猴王抱雕仰面躺在鷹嘴形岩石上，半側身體晾在懸崖外，半側身體擱在岩石上，被彌薩一推，身體慣性地搖晃了兩下，差點就栽落到懸崖下去了。

一切跡象表明，老猴王抱雛真的是離開了這個世界。彌薩徹底放心了，跳到那塊鷹嘴形岩石上，揪住抱雛胳膊，準備將屍體拋下懸崖去。這不用費多大力氣，輕輕一推就能解決問題。在布朗猴群，凡猴子死在山崖上，都是這麼處理屍體的。這叫崖葬，既方便又衛生。屍體掉落懸崖後，很快會被烏鴉、禿鷲、螞蟻、巨蜥等各種食腐動物吞食乾淨。

彌薩的爪子剛抓住抱雛的胳膊，突然間可怕的事發生了，抱雛炸屍般地醒了過來，張嘴咬住彌薩的脖子，兩隻前爪摟住彌薩的腰，後爪用力在鷹嘴形岩石上踢蹬，向懸崖外翻滾。等彌薩明白過來是怎麼回事，想要抵擋這致命的摟抱，已經遲了，老猴王抱雛的身體已滾出懸崖，兩隻雄猴擁抱在一起，從幾百米高的懸崖上栽落。

懸崖外，傳來彌薩撕心裂肺的吼叫聲……

布朗猴群男女老少三十來隻黑葉猴，在絕壁上緩慢攀爬，費了一個多小時，才在

谷底找到已摔得血肉模糊的抱雕和彌薩。牠們的身體已經僵冷，早就魂歸西天了。老猴王抱雕的眼睛安詳地閉闔了。對牠來說，用殘剩的一點生命捍衛了猴王的尊嚴，懲罰了忘恩負義的傢伙，臨死還抓了一個墊背的，當然死也瞑目了。副統帥彌薩的眼睛睜得溜圓。對牠來說，覬覦許多年的猴王寶座，眼瞅著就要屬於牠的了，卻在最後時刻化作泡影，還賠進了自己的性命，當然是死不瞑目的。

唉，欲速則不達啊！

抱雕不愧是猴中豪傑，死得壯麗輝煌，爲自己的猴王生涯畫了一個圓滿的句號。

不幸的是，老猴王抱雕的最後一個英雄壯舉，卻給布朗猴群帶來了毀滅性的災難。

黑葉猴屬於雄性占絕對統治地位的物種。凡雄性統治的動物群落，免不了會有權力紛爭。每隻雄猴都想當猴王，但天無二日，一個猴群只能有一隻猴王。

雄性統治具有兩條定律：第一條定律，猴王與其他雄猴之間力量差距越大，統治越穩固，社會也越安寧。面對比自己強大得多的猴王，其他雄猴會知趣地把野心藏匿起來，把權力欲望壓抑在心底，牠們會這麼想，這傢伙實在太厲害了，我若冒冒失失跳出來爭奪王位，無疑是以卵擊石自討苦吃，那還不如乖乖的服從這傢伙的領導，當個順民算了。

第二條定律，猴王與其他雄猴之間力量差距越小，統治越飄搖，社會也越動盪。面對比自己強大不了多少的猴王，其他雄猴的篡位野心和權力欲望便會在心裏蠢蠢欲動，牠們會這麼想，這傢伙並不比我強多少，憑什麼我要屈居其後呢？我若跳出來與牠爭奪王位，不見得就一定會輸給牠，真要是能取而代之的話，那是一本萬利的好買賣啊。

本來，彌薩是布朗猴群公認的第二把手，身高力大，聰明能幹，出類拔萃，與其他雄猴相比，具有壓倒的優勢。倘若不發生一、二把手同歸於盡的慘劇，老猴王抱雕壽終正寢後，彌薩是當然的接班猴，羨慕多於妒嫉，即使有個別雄猴不服氣，想製造點麻煩什麼的，也絕對成不了氣候，彌薩完全有魄力也有能力控制局面，可以預料，這將是一場不流血的改朝換代。

這符合雄性統治的第一條定律。但不幸的是，老猴王臨死抓彌薩來墊背，接班猴猝死，權力出現真空，每一隻成年雄猴都躍躍欲試想坐到猴王寶座上去，更爲不幸的是，布朗猴群現有這些成年雄猴，沒有誰具備獨斷乾坤的威懾力量，換句話說，誰也沒有能力來控制局面。於是乎，雄性統治的第二條定律發揮作用了，群雄並起，誰也

不服誰，圍繞猴王寶座展開了一場混戰。

這是布朗猴群歷史上最爲慘烈的內戰。

先是青年雄猴阿羅門與老公猴蓋皮亞之間展開了一場激烈鏖戰，從黎明一直持續到黃昏，阿羅門身上多處掛彩，渾身是血，像隻血猴。蓋皮亞一條腿被咬斷了，徹夜痛苦地嚎叫。五天後，這兩隻爭強好勝的雄猴都含恨而亡。

緊接著，大公猴哈尼與喬奇之間又開始血淋淋廝殺。哈尼善動腦子，把喬奇引到密林深處的熱泉旁，冷不防將喬奇推進汩嘟汩嘟冒著氣泡的滾燙的泉水裏，喬奇身上的猴毛差不多全燙掉了，像人類似的變成一隻醜陋無比的裸猿，當場就被燙死。

但哈奇的屁股在猴王寶座上還沒坐熱，剛剛成年的雄猴吐吐和妻妻便聯手討伐，把哈奇一隻眼睛也抓瞎了，灰溜溜被趕下了台。應了一句只能有難同當不能有福同享的老話，吐吐與妻妻之間又起戰火，打得天昏地暗……

短短兩個月的時間，布朗猴群一半以上的成年雄猴都死於非命，剩下的五、六隻雄猴，也大部分受了傷。由於雄猴們都捲入了爭權奪利的混戰，無心覓食，也顧不得去關愛雌猴和幼猴，整個猴群猴心惶惶，民不聊生。

有一隻名叫黃毛的老年母猴，也許是被頻繁的戰事攪得神經錯亂了，在兩棵樹之間蹦跳時，竟一頭扎進捕獸獵網，變成人類泡烏猿藥酒的原料。有一隻剛做母親的雌猴，因爲長時間驚恐不安而停止分泌乳汁，嬰猴無奶可吃，竟然活活餓死了。還有一隻名叫傻丫頭的雌猴，獨自到流沙河邊去採食，稀裏糊塗撞落掛在樹枝上的馬蜂窩，被憤怒的馬蜂活活螫死。原本一個丁口興旺的黑葉猴大家族，變得支離破碎，成了僅有十幾個老弱病殘者組合的小家族了。

福無雙至，禍不單行。

這天夜裏，布朗猴群棲息在一座孤零零的小山崗上。按理說，黑葉猴天性謹慎，對宿營地很挑剔，一般都選擇在高聳入雲的懸崖絕壁間，以防範食肉獸的襲擊。但這一天，雄猴們爲爭奪王位大打出手，從清晨一直延續到黃昏，天快黑了才不得不鳴金收兵，自然也就顧不得去找合適的宿營地，將就著就在這座小山崗上住了下來。

窩裏鬥埋下禍端，粗心大意引發災難。

黑葉猴群歷來有哨猴制度。所謂哨猴，就是在猴群睡覺時，專門有一隻猴子值勤站崗，以防備猛獸偷襲。哨猴通常由雄猴擔當。這天夜裏擔當哨猴的是那隻名叫婁婁的雄猴。婁婁與那隻名叫吐吐的雄猴苦鬥了一天，精疲力乏，上半夜還強打精神觀察四周動靜，到了下半夜實在支撐不住，頭一歪就在哨位上睡著了。就在這時，一隻母金錢豹帶著四隻已長大能參與狩獵的小豹，踏著星光來到小山崗。沒有哨猴報警，那群金錢豹很容易就團團將小山崗包圍起來。

這算得是黑葉猴歷史上最黑暗的一頁，這已經不是狩獵，而是一場屠殺。

五隻金錢豹處決了第一批黑葉猴，慘烈的嚎哭劃破夜的寂靜，其他黑葉猴這才從昏睡中驚醒，呼天搶地奪路奔逃。但黑葉猴是晝行夜伏動物，在黑暗中視線偏弱，黑夜遠不如白天身手敏捷；而金錢豹是晝伏夜行動物，在黑夜中也有一雙明亮的眼睛，在漆黑的晚上似乎身手更爲矯健。有好幾隻黑葉猴，懵裏懵懂昏頭昏腦稀裏糊塗，在奔逃時竟然一頭撞在了金錢豹身上，玩了個飛蛾撲火。

這窩金錢豹興趣盎然地玩著殺戮遊戲，張開豹嘴，啊嗚一口，咬翻一隻黑葉猴，又追逐另一個目標，抬起豹爪，啪喇一下，打翻一隻黑葉猴。有的黑葉猴雖然趁著混亂逃離小山崗，但在平坦的草坪上，黑葉猴的奔跑速度根本沒法與金錢豹匹敵，沒逃出多遠就遭到血腥追殺……

僅僅十多分鐘時間，黑葉猴屍橫遍野，布朗猴群慘遭覆滅。

整個布朗猴群中，僅有一隻年輕的母猴和牠三個月大的幼仔，逃過了這場劫難。倖免於難的年輕母猴，就是老猴王抱雕的遺孀丹頂佛。那隻三月齡的幼猴名叫血臀，小傢伙屁股上的紅斑較之普通猴子面積明顯要大，顏色也很深，就像滴血，因此起了這麼個很別致的名字。

丹頂佛與牠的幼仔血臀能夠豹口餘生，純屬僥倖。當金錢豹進行屠殺時，丹頂佛抱著血臀正縮在角落裏睡覺。受傷的黑葉猴喊爹哭娘的尖叫聲把牠從睡夢中驚醒，牠出於一種護崽的本能，緊緊將血臀摟在懷裏，睜開惺忪睡眼望去，正好看見那隻窮兇極惡的母豹，豹爪按住吐吐公猴的背，豹嘴咬住吐吐公猴的頸，猛烈擺動碩大的豹

頭，喀嚓一聲，可憐的吐吐便身首分家。

不知怎麼搞的，那只圓滾滾的猴頭骨碌骨碌滾到丹頂佛跟前，借著朦朧的星光牠看見，吐吐兩隻眼睛還在眨動，露出痛苦的表情；丹頂佛嚇得魂飛魄散，身體捲成球狀，趕緊從山崗上滾落下去；四周黑咕隆咚，身體在石頭上摩擦碰撞，丹頂佛用自己的身體將幼崽血臀裹得嚴嚴實實，寧可自己摔得七零八落，也不能讓懷裏的小寶貝有一點閃失；謝天謝地，山坡不算陡也不算深，很快就滾到溝底，也算牠命大福大，竟然滾進一個衰草遮掩的一米多深的土坑，牠躺在坑裏，一動也不敢動。

也不知藏了多久，山坡上豹子兇狠的噬咬聲和黑葉猴淒厲的慘叫聲漸漸平息，牠看見，一串豹子的身影，沿著山坡走了下來，每一隻金錢豹嘴裏都叼著一隻黑葉猴，晃裏晃蕩，要把戰利品帶回家。

金錢豹的行走路線，恰巧要經過丹頂佛躲藏的土坑。沙沙沙，金錢豹恐怖的腳步聲，就在土坑邊緣響起。丹頂佛緊張得連大氣都不敢喘，擔心不懂事的幼仔血臀會鬧出動靜，便將一隻乳頭塞進血臀嘴裏，以防止小傢伙在這節骨眼上發出聲響來。母豹走在最前面，另外三隻小豹也相繼從土坑邊緣走了過去。最後一隻小豹，與前面的隊伍拉開約十來米距離，也已跨過了土坑。

就在這時，也許是乳頭將嘴巴捂得太緊因而憋得太難受了，也許是乳汁湧進氣管而奇癢難忍，幼仔血臀突然間吭啾喘咳了一聲。那隻走在最後面的小豹警覺地停了下來，轉身佇立在土坑邊緣，探頭探腦向坑內窺視，幸好衰草茂密，遮擋住了小豹視線。但這隻小豹似乎疑心挺重，聳動鼻翼作嗅聞狀，又顫動耳廓作諦聽狀，竭力想弄清坑裏所發出的異常動靜究竟是怎麼回事。

丹頂佛嚇得全身猴毛倒豎，咚咚咚咚，一顆猴心就像要跳出嗓子眼。幼仔血臀似乎也接收到母猴丹頂佛身上所散發出來的恐懼資訊，渾身瑟瑟發抖，使勁蹭動著，恨不得躲到母猴的身體裏去。四周的衰草也跟著瑟瑟發抖，發出讓丹頂佛心驚肉跳的聲響。

更可怕的事發生了，那隻小豹將叼在嘴裏的黑葉猴放在地上。這有兩種可能，要麼是想對已經走過去的同伴吼叫報警，讓母豹和另三隻小豹回轉來共同探究土坑裏的異常動靜，要麼是想親自跳下土坑來看個究竟。無論哪一種可能，結局都很不妙，丹頂佛與幼仔血臀都不可避免會落入豹嘴。母子性命難保矣，丹頂佛絕望地想。

就在這千鈞一髮之際，突然，從丹頂佛身後躥出一隻老鼠，驚慌地吱吱叫著，在土坑裏奔突逃竄。那隻小豹悻悻地打了個響鼻，將已經傾斜的身體從土坑邊緣縮了回

去。小豹的肚皮已塞得鼓鼓囊囊，嘴裏還叼著一隻黑葉猴，當然對區區一隻老鼠不感興趣了。

那壁廂，母豹發現少了一隻幼豹，便發出呼叫，讓落單的小豹趕快歸隊。小豹重新叼起地上的戰利品，小跑著追趕隊伍去了。

丹頂佛懸吊的心這才放了下來，身體軟得像稀泥巴，癱倒在地。

豹子的腳步聲漸漸遠去，紡織娘被打斷的歌聲又響亮地鳴唱起來。丹頂佛抱著幼仔血臀從土坑裏爬了上來。晨光熹微，小山崗上到處都是黑葉猴的屍骸，有的缺胳膊少腿，有的被吃得只剩下幾根白骨，慘不忍睹。布朗猴群毀滅了，對習慣群居生活的黑葉猴來說，賴以生存的群體毀滅了，差不多就是亡國奴的感覺。家破國亡，丹頂佛已無法繼續棲息此地了，只有懷著傷痛的心和慘痛的記憶，帶著幼仔血臀遠走它鄉。

再見了，巍巍布朗山；再見了，滔滔流沙河。

一　殘忍的排外陋習

丹頂佛無法適應孤獨漂泊的流浪生活，日子過得苦不堪言。過去在布朗猴群生活，根本不用爲覓食而操心，只要跟著經驗豐富的猴王走就是了，一定能吃到可口的食物。如今，必須由牠自己去找食。

雖然亞熱帶雨林鬱鬱蔥蔥，但真正黑葉猴喜歡吃的莖塊、樹葉和嫩枝，也不是那麼容易找的。抱著幼仔血臀在陡崖上攀援，在樹冠上跳躍，在灌木叢採擷，有時勞累一整天，卻還是混不飽肚皮。

安全也是個大問題，生活在群體中，猴王會選擇食肉獸和人類無法到達的懸崖峭壁來宿營，無論白天採食還是晚上睡覺，都有專門負責警衛的哨猴。吃的是逍遙食，睡的是安穩覺。可如今，覓食時戰戰兢兢，睡覺要睜著一隻眼睛，整天提心吊膽，卻還是防不勝防。

有一次，牠爬到一棵枝繁葉茂的橄欖樹，望見樹冠上有一簇翠綠的嫩葉，便興沖沖前去採擷，猴爪剛伸過去，便看見一條兩米長的眼鏡蛇正順著橫枝爬過來，嚇得牠尖叫一聲轉身就逃。好險哪，要是牠粗心大意抓住那簇嫩葉，很可能就會被眼鏡蛇咬一口，幾分鐘後便嗚呼哀哉了。牠一死，還在吃奶的幼仔血臀，很快也會被死神收容去的。

還有一次，老天下起滂沱大雨，牠在半山腰找到一個山洞，便鑽進去躲雨，洞有點深，曲曲拐拐，似乎還聞到一股野獸的騷臭味，牠多了個心眼，在一個拐彎處抓起一塊拳頭大小的石頭，用力朝洞壁砸去，砰咚，山洞裏發出很大的響聲，緊接著，幽暗的洞底傳來低沉的吼聲，借著洞口射進來微弱的光線，牠看見，一隻耳朵上豎著兩撮黑毛、身軀比山豹略小些的猞猁正翻身爬起來……牠嚇得屁滾尿流，立刻掉頭躥出洞去，鑽進白茫茫的雨簾中，高一腳低一腳在泥濘的山道上奔逃。興許是雨下得太大了，閃電與驚雷太可怕了，興許是這隻猞猁剛剛飽餐一頓，肚子不餓也就引不起捕食興趣，追到洞口就不再追了。

猞猁也屬於大型貓科動物，吃猴不眨眼的劊子手，要不是牠小心謹慎，牠和血臀肯定成了猞猁的免費午餐了。

森林裏，豹子、豺狗、黑熊、猞猁、金貓、金雕、黑尾蟒、眼鏡蛇都是黑葉猴的天敵。形單影隻要想在危機四伏的大林莽生存下去，實在不是件容易的事。對黑葉猴這樣的動物來說，尤其是帶仔的母猴來說，要安全地活下去，必須依順某個猴群。

不單是生活上的艱辛，也不單是天敵的頻繁襲擾，更可怕的是精神上的寂寞。黑葉猴屬猴科疣猴亞科葉猴屬，是典型的岩棲動物，性喜群居。尤其是雌猴，有戀群情結，離群索居，好比在煉火中受煎熬，死了也是孤魂野鬼。

丹頂佛渴望能找到一個黑葉猴群，說得再明白一點，丹頂佛渴望能回到群居狀態，生活有所依靠，心靈有所慰籍，靈魂有所寄託。

牠苦苦思念，苦苦尋覓，苦苦等待。

半個月後的一天下午，丹頂佛抱著幼仔血臀來到羅梭江邊撈青苔吃。密林靜悄悄，風吹葉子沙沙響。突然，左側樹林裏傳來樹枝被扳斷的劈劈啪啪聲。循聲望去，密林外一座陡峭的石灰岩絕壁上，有躍動的小黑點，隱約傳來黑葉猴的嘯叫聲。牠借著山坡上嶙峋怪石做掩護，慢慢接近那座石灰岩絕壁，果然是一群黑葉猴，老老少少約有三、四十個，算得上是個龐大家族了，散落在懸崖上，有的爬在松樹上採食松籽，有的在陡坡上追逐嬉戲。

絕壁上有一個很大的溶洞，洞口終年雲霧嫋繞，可以給這群黑葉猴命名爲雲霧猴群。

終於遇見同類了，丹頂佛激動得熱淚盈眶。牠恨不得一步就跨進雲霧猴群去，給顛沛流離的生活畫個句號。牠剛衝動地往前跳了幾步，突然就停了下來，望望抱在懷裏的幼仔血臀，又匆匆退回到大石頭後面躲了起來。牠之所以想去投靠而又踟躕不前，是因爲想起黑葉猴群一個殘忍的排外習慣。

黑葉猴屬於雄性統治的社會，通常的情況下，有一隻身強力壯的大公猴當猴王，另有三、五隻雄猴輔助左右，形成雄性權力聯盟，負責日常事務：抵禦侵略、保衛妻小、外出覓食、選擇棲息地等等。

黑葉猴有一傳統陋習，對前來投奔的同類，以性別爲原則標準，區別對待。掌權的大公猴們，出於繁殖的需要，出於血統的考慮，凡前來投奔的是雄性，一概拒之，凡前來投奔的是雌性，則同意接納。假如前來投奔的是帶仔的母猴，幼猴是雌性的話，也會視爲交配與生殖的潛在資源而予以收養，但假如幼猴是雄性的話，那就非常恐怖了，族群幾個掌權的大公猴便會在一個淒風苦雨的下午或月黑星疏的夜晚，趁那隻新入夥的母猴疏於防備之際，將那隻雄性幼猴搶走，殘忍地殺害，撕碎分食。這成了黑葉猴社會一條殘暴的法律。

在布朗猴群，丹頂佛曾多次目睹大公猴們是怎樣搶掠並虐殺外來母猴所攜帶的小雄猴的。

有一次，一隻名叫艾薇的母猴帶著一隻名叫黃毛的半歲小公猴前來投奔布朗猴群，翌日晨猴群去到流沙河邊撿小紅蟹吃，有一隻小紅蟹淘氣地從母猴艾薇的指縫間溜走了，眼瞅著就要鑽進渾濁的河水裏去，艾薇急了，將黃毛擱在沙灘上，便踏著岸邊的細浪追逐逃逸的小紅蟹。

艾薇可能做夢也想不到，就在牠離去的幾分鐘時間裏，幾隻大公猴突然躥過來，就像人類社會運動員砸籃板球那樣，抓起幼猴黃毛往礁石上砸，乒乒乓乓，幾聲撕心

裂肺的慘嚎後，黃毛便成了血淋淋的肉塊。

還有一次，一隻名叫香君的母猴，帶著一隻名叫魯魯的出生僅一個月的雄性幼猴投奔到布朗猴群，香君似乎對魯魯守護得特別緊，無論進食還是睡覺，都把小傢伙摟在懷裏，警惕性也特別高，一旦看見有不懷好意的大公猴靠近自己，立刻採取迴避措施掉頭跑開。就這樣，也沒能逃脫悲慘的命運。

一天半夜，圓圓的月亮銀盤似地掛在空中，以抱雕猴王爲首的幾隻大公猴，突然就將睡夢中的香君圍了起來，公開搶奪香君懷裏的魯魯，香君屬於母愛特別濃烈的母猴，將身體彎成球狀，像核桃殼保護核桃肉一樣把魯魯護衛起來，任憑大公猴們怎麼捶打撕扯噬咬，死也不肯鬆手。

兔子被逼急了還要反咬一口呢，香君張嘴亂咬，反抗這令人髮指的暴行。但大公猴不僅身強體壯，還猴多勢眾，出手又狠毒，你一拳我一腳牠一掌，很快把香君打得休克，最終還是把魯魯給擄走了。等到香君甦醒過來，牠的愛子早已被可惡的大公猴們分食完畢。

雌猴帶著幼仔，就像帶著一個「拖油瓶」，是很難在沒有血緣關係的猴群中立足的。

爲什麼如此野蠻？爲什麼這麼絕情？

吃掉外族雄性幼猴，對大公猴們來說，有四大好處：一是保持族群血統純正；二是消滅了潛在的競爭對手；三是促使新入夥的母猴及早發情生下本族群的後裔；四是在共同的謀殺行動中增強了這夥大公猴的凝聚力，鞏固了權力聯盟。

不幸的是，丹頂佛懷抱的幼仔血臀是隻小雄猴。

外族來的雄性幼猴，也就是命中註定的死囚猴。

丹頂佛是隻年輕的雌猴，還是頭一次做母親。和所有初次做母親的雌猴一樣，牠非常疼愛自己的孩子，捧在手裏怕掉了，含在嘴裏怕化了，把孩子看得比自己的性命更重要。牠不敢貿然前去投靠雲霧猴群，害怕自己的心肝寶貝會慘遭殺戮。

作爲一隻雌性黑葉猴，牠必須皈依到雲霧猴群去；作爲一隻有強烈愛心的母猴，牠必須要保護年幼的血臀免遭殺害。

牠希望既能躋身到雲霧猴群去，又能保住自己愛子的性命，這很難，但牠決心要

做到這一點。牠思考著兩全之策。

丹頂佛是隻聰明的雌猴，牠明白，自己芳齡五歲，對黑葉猴來說正是青春好年華，牠皮毛光滑如錦緞，美目含情兮似秋波，尤其是頭頂那片豔紅的冠毛，美侖美奐絕無僅有，雖算不上閉月羞花傾國傾城，卻也是花容月貌誰見誰愛，牠若前去投靠雲霧猴群，理所當然會受到掌權的大公猴們的歡迎。

關鍵是要想出個辦法來，讓血臀進入雲霧猴群後能迅速置換身分，由外族雄性幼猴，變成本族雄性幼猴，就能擺脫死囚猴的命運。要做到這一點，別無他法，只有尋找一個強有力的靠山。

丹頂佛決心創造出奇蹟來。

丹頂佛悄悄尾隨在雲霧猴群後面，觀察族群情況。

雲霧猴群的猴王是隻腰圍有一條金色毛帶的年齡約十五歲左右的大公猴，渾名金腰帶猴王。

對黑葉猴來說，十五歲還算是壯年。猴王高高在上，是整個猴群的最高統帥。要找靠山，金腰帶猴王當然是最理想的人選。

在猴群裏一切都是猴王說了算，只要金腰帶猴王能當眾抱抱血臀，或者和顏悅色撫摸血臀的腦殼，就沒有誰再敢傷害血臀。

可丹頂佛覺得，要讓金腰帶猴王這麼做，比登天還難。

首先，牠是走投無路前來投靠的外族雌猴，屬於地位最低卑者，金腰帶猴王要牠圓牠就得圓要牠方牠就得方，根本就沒有討價還價的餘地。

第二，從某個角度講，猴王都是鐵石心腸冷血動物，在激烈競爭的猴類社會，富有同情心的大公猴是不大可能當上猴王的，可以這麼說，冷酷無情是猴王的基本素質，不能指望金腰帶猴王會對牠大發善心。

第三，金腰帶猴王妻妾成群，不會太在意身邊是否多了一隻雌猴，牠丹頂佛縱然天姿國色，怕也難以用情色來誘惑金腰帶猴王。

第四，雲霧猴群中地位最高的雌猴是孔雀藍王妃，光聽這名字就嫵媚動人，胸脯那片猴毛呈眩目的金藍色，好似孔雀羽毛，金腰帶猴王對孔雀藍王妃恩寵有加，隨時都會黏黏乎乎擁作一團，假如牠丹頂佛到金腰帶猴王面前去討好賣乖，免不了會得罪

孔雀藍王妃，後宮生妒，別說拯救幼仔血臀了，恐怕牠自己也會厄運纏身。

唉，對金腰帶猴王只好敬而遠之了。

丹頂佛躲在樹叢裏觀察了好幾天，尋找能充當血臀「擋箭牌」或「保護傘」的角色。

牠相中了一隻名叫白鬍子的大公猴。這是一隻約十二、三歲齡的公猴，齒白唇厚，不僅臉頰兩側有濃密的「白鬢」，嘴唇四周還有一圈罕見的白毛，故而起名叫白鬍子。

經過仔細甄別，丹頂佛覺得白鬍子公猴有諸多優勢。

首先，在雲霧猴群中，白鬍子地位僅次於金腰帶，排在第二位，俗稱二大王，應該說有勢力也有能力來保護血臀。

第二，雲霧猴群中的幾隻美眉，都讓金腰帶猴王霸佔了，金腰帶猴王在這方面心胸狹窄，看管得很緊，絕不容許其他大公猴親近這些美眉，白鬍子公猴在這方面肯定鬧饑荒，假如牠主動拋出紅繡球，毫無疑問對白鬍子公猴具有不可抗拒的吸引力。

第三，白鬍子公猴有個習慣，吃飽樹葉莖塊後會獨自在周圍遊蕩，捕捉一些昆蟲或青蛙之類的小動物補充營養，離群獨處的機會頗多，這就爲牠接近白鬍子公猴提供了方便。

第四，白鬍子公猴在猴群中人緣較佳，走到其他黑葉猴面前，立刻就會有猴跳出來替牠整飾皮毛，牠打瞌睡時，淘氣的小猴敢爬到牠身上玩耍，表現出大公猴身上極爲罕見的寬容與慈祥，或許比較容易相處。

丹頂佛將目標鎖定在白鬍子公猴身上，開始了投靠雲霧猴群的行動。

最浪漫的相遇，莫過於英雄救美了。

那天下午，雲霧猴群在羅梭江邊找到幾棵野山桃樹，黑葉猴們吃飽肚皮後，有的躺在江邊礁石上曬太陽，有的騎在樹杈上盪秋千。丹頂佛躲在對面小山上遠遠觀望，過了一會兒，牠看見白鬍子公猴從樹上爬了下來，朝山下的箐溝走去。

這是一個好機會。牠立刻抱起血臀，三步並作兩步，搶先趕到箐溝。牠早有準備，在灌木叢裏扯出幾根雞屎藤來，橫一道豎一道纏繞在自己身上。雞屎藤學名叫千金藤，細而韌，蔓地而生，可長達數十米，因有股濃烈的雞屎味而得此諢名。丹頂佛這樣做，是爲了給白鬍子公猴創造一個英雄救美的良機。

遭雞屎藤纏繞，這在亞熱帶雨林並不鮮見；雞屎藤通常藏匿在茂密的灌木中，稍不留神便會被糾纏住；森林裏曾發生過馬鹿被雞屎藤纏得無法動彈而活活餓死的事。大自然無奇不有。

丹頂佛選擇被雞屎藤纏繞，是經過縝密考慮的。牠設想過好幾個自己陷入困境的方案，譬如掉到陷阱裏爬不上來，或者腿被石頭壓傷走不動路，或者跳進波濤洶湧的羅梭江掙扎呼救……如此英雄救美當然更逼真更自然也更有意義，但牠思忖良久還是放棄了。

假如出手援救施救者會遭遇風險，牠擔心白鬍子公猴會袖手旁觀而拒絕相救。還有一層擔心，倘若牠看走了眼，白鬍子公猴並無俠義心腸，牠去掉落陷阱、用石頭砸傷腿或跳進江中，搞不好弄假成真，真的發生意外了，那就大大不划算了啊。

雖然對前爪進化得已初具「手」功能的黑葉猴來說，被雞屎藤捆得像個粽子似乎缺少必然性，稍稍顯得有點唐突，但對施救者來說，屬於零風險，何樂而不爲?即使白鬍子公猴不願出手援救，牠自己花點時間用點力氣也能解除纏繞在身上的雞屎藤。要尋找出路，先要想好退路，才不至於走投無路。

哦，白鬍子公猴走過來了，一邊走還一邊用前爪在草叢拍打，可能是在捕捉螞蚱。

咿呀，哎喲，丹頂佛發出痛苦的呻吟，還扭動身體，發出嘩啦嘩啦聲響。白鬍子公猴吃驚地直立起來，身體偏轉腦袋歪仄，擺出隨時準備逃竄的姿態，驚慌的眼神往灌木叢張望。

這是可以理解的，黑葉猴是食草性靈長類動物，在大自然這根食物鏈中處在中下端，天敵頗多，在凶蠻的食肉動物面前屬於弱勢群體，所以一有風吹草動第一個反應就是逃跑。

丹頂佛儘量伸長脖子，使自己腦袋從枝葉間探露出來，好讓白鬍子公猴看清弄出動靜的只是一隻構不成威脅的雌黑葉猴。

白鬍子公猴盯著丹頂佛的臉看了好幾秒鐘，又對四周環視了幾圈，確信沒有其他外族黑葉猴存在，這才收斂轉身欲逃的姿態，撥開枝枝蔓蔓踏進灌木叢，來到丹頂佛

面前。

咿喲，丹頂佛誇張地做出垂死掙扎的表情，拚命拉扯纏繞在脖子上的雞屎藤。

——雞屎藤就像絞索，我快要被勒死了啊，好心的大哥，快來幫幫我！

白鬍子公猴疑惑地東張西望，似乎缺少憐香惜玉的柔情。

丹頂佛求救的目光追隨著白鬍子公猴，叫喚聲更楚楚動人。

——你就忍心看著一隻美麗的雌猴受苦受難麼？舉手之勞你就可以博得英雄救美的崇高榮譽，就可以博得異性的青睞與傾慕，這樣的機會可說是千載難逢，別的大公猴搶都搶不到呢，你還猶豫什麼呀？

白鬍子公猴似乎有點動心了，伸出前爪想來拉扯丹頂佛身上的雞屎藤，但就在這時候，丹頂佛懷裏的幼仔血臀大約是餓了，嘰哩發出求食的叫聲。白鬍子公猴驚訝地看血臀，似乎有了某種顧慮，又把前爪縮了回來。自私的大公猴，都會嫌棄與自己無血緣關係的幼猴。

丹頂佛叫得更淒涼了，但那雙眼睛，卻秋波頻送，那是一種凡大公猴都讀得懂的暗示：

——哦，我懷裏的幼猴決不會是你我之間感情的障礙，而一定會是你我之間感情的增添劑。只要你把我從困境中解救出來，我會用我的青春與熱情來報答你。我向你保證，你不會白忙一場的，你一定會得到意外的驚喜。

白鬍子公猴終於動了惻隱之心，伸手來拉扯纏繞在丹頂佛身上的雞屎藤。所要付出的很少很少，所能得到的很多很多，傻瓜才不去做呢。這雞屎藤本來就是丹頂佛自己纏到身上去的，解開並不困難，沒費多少力氣，丹頂佛就從亂麻似的雞屎藤裏解脫出來了。

丹頂佛匍匐在地，柔順地歐歐叫，以示崇敬與臣服。

白鬍子公猴則趾高氣昂，陶陶然一副救世主的模樣。

丹頂佛將幼仔血臀放置一棵樹墩上，開始給白鬍子公猴整飾皮毛。

在所有靈長類動物中，除了人類是裸猿外，其餘皆全身長有濃密的體毛。在猴子世界，整飾皮毛具有特別重要的意義。

整飾皮毛能促進血液循環，使皮毛光滑鮮亮，其舒適程度與治療功效，相當於人

類社會的保健按摩。

整飾皮毛還是非常重要的交際形式，長輩替幼仔整飾皮毛，把慈愛與關懷灌進幼仔的心田；地位低卑者給地位高貴者整飾皮毛，表達對尊者的崇敬與服從；地位高貴者偶爾也給地位低卑者整飾皮毛，以收買人心籠絡感情；掌權者互相之間整飾皮毛，以增強權力聯盟；同性之間整飾皮毛，傳遞信賴增進友誼；異性之間整飾皮毛，表達好感和吐露愛意。

可以這麼說，整飾皮毛是每一隻黑葉猴必備的生存技能。

丹頂佛將猴爪幾根指頭彎曲成梳子狀，先在白鬍子公猴背部細心地梳理了一遍，把被樹漿草汁黏連成塊的體毛梳理得飄柔光亮，然後指爪輕盈地在毛叢中翻動，尋找躲藏在濃密體毛裏的扁虱、跳蚤和其他寄生蟲。

丹頂佛在布朗猴群時就有整飾皮毛的高超技藝，此時此刻又是爲了爭取幼仔血臀的生存權而在努力，所以格外賣力，格外用心，動作溫宛輕柔，體貼入微，每一寸皮毛都梳理得油光水滑，連猴毛根部白芝麻似的蝨子蟲卵都用舌尖舔得乾乾淨淨。牠把歸順、服從、乞求保護，甚至還有含蓄的以身相許，都通過那雙靈巧的指爪，傳遞給白鬍子公猴了。

白鬍子公猴半閉著眼睛，欣然接受丹頂佛整飾皮毛的服務。

大半個小時後，白鬍子公猴邋裏邋遢的皮毛被整飾得煥然一新，連四隻黏滿泥塵髒兮兮的猴爪都梳洗得一乾二淨，整飾皮毛的工作終於可以告一段落了。丹頂佛轉身抱起幼仔血臀，送到白鬍子公猴面前，哀哀懇求：你是我所遇見的最強壯最偉岸最仁慈最有愛心最具魅力的大公猴，是我心儀已久的青春偶像，我會永遠陪伴在你左右，只要你吩咐，隨時都熱情爲你整飾皮毛。我只有一個小小的請求，一個你很容易辦到的請求，哦，抱抱我的兒子吧，牠叫血臀，一隻聰明可愛的幼猴。

白鬍子公猴的眼光落到血臀胯部的小雞雞上，驟然間表情起了變化，厭惡地皺起鼻吻，眼睛泛起一派凶光，惡狠狠地將血臀推開去。

丹頂佛悽楚地哀求：如果你喜歡我，那就請同時收留我的小寶貝；愛屋及烏，這要求並不過分啊；血臀會永遠記住你的收養之情，永遠追隨你，長大後做你最忠實的奴僕。

可惱的是，白鬍子公猴仍推拒送進懷來的血臀，絲毫也沒有回心轉意。

更讓丹頂佛氣憤的是，白鬍子公猴竟然恬不知恥地騎到牠背上來，欲行非禮。大公猴都是這個德性，貪得無厭，得寸進尺，佔有佔有再佔有，不徹徹底底地佔有，是不會善罷甘休的。丹頂佛真想來個鯉魚打挺，把白鬍子公猴掀翻在地，然後在牠背上狠狠咬一口。

黑葉猴雖說是雄強雌弱，但雌雄之間體型差異並不很大，雄性不占壓倒優勢，一對一打鬥起來，公猴不見得一定能大獲全勝。你拒絕接收血臀，還要占我的便宜，也太無恥了啊，理應受到嚴厲懲罰。

可丹頂佛僅這麼想想而已，此刻牠若與白鬍子公猴鬧翻了，沒能找到保護傘反而結下仇敵，先前的一切努力付之東流，豈不冤哉。更爲嚴重的是，牠和血臀恐怕這輩子別想跨進雲霧猴群了。牠朝思暮想皈依群體，爲了能早日實現自己的願望，爲了幼仔血臀能平平安安生存下去，牠只有委屈求全。

牠站起來扭轉身體，將白鬍子公猴從自己背上甩落下來。但牠並沒有咆哮發怒，臉色平和，嘴角還漾起一絲曖昧的笑紋。謝絕，但態度並不堅決。牠重新抱起血臀，執拗地往白鬍子公猴懷裏送。

牠的意思很明確，倘若你能對我的小寶貝負起保護的責任來，我或許可以勉強接受你的無理要求。除了美色，牠一無所有。牠只能利用自己的美色來達到目的。

白鬍子公猴似乎並不樂意做這筆買賣，或者說做這種交換，齜牙咧嘴擺出一副試圖強暴的架勢來。丹頂佛也不甘示弱，發出低沉的咆哮聲，嚴正警告對方：你若要胡來，我不惜以死相拚！

引而不發躍如也。對交配慾望很強的雄黑葉猴來講，想得到而沒得到的就是最珍貴的。

也許是丹頂佛異常堅決的態度使得白鬍子公猴望而生畏，也許是覺得豪奪不如巧取那麼划算，白鬍子公猴悻悻地收斂起攻擊姿勢，圍著幼仔血臀轉了兩圈，突然伸出前爪將血臀摟了過去，額頭與額頭觸碰了一下，並讓血臀騎到自己的背上。在黑葉猴社會，額頭與額頭觸碰，是一種血親之間的相認儀式，讓幼猴騎到自己背上，表示願意擔當起監護人的角色。

此時此刻，白鬍子公猴做出如此舉動，類似於人類社會認領養子。

丹頂佛鬆了口氣，牠的努力總算有了回報。

白鬍子公猴草率地完成這套動作後，迫不及待地跳到丹頂佛背上來。就像債主在

理直氣壯地催討欠款。

說心裏話，此時此刻，丹頂佛很討厭做這種事。不錯，桃紅柳綠，春花爛漫，正值黑葉猴發情期。但牠是帶仔的母猴，在哺乳動物裏，凡還在哺乳期和育幼期的母獸，都會專心致志地養育後代，拒絕交配。牠正處於哺乳期，出於本能，對任何成年雄性都有排斥心理。

通常情況下，雌黑葉猴要到幼仔滿兩歲基本能獨立生活後，才會重新懷春。要是由牠選擇，牠會照準白鬍子公猴色瞇瞇的臉踹上一腳，啃泥巴去吧！但牠不能不做違心的事。基因都是自私的，很難指望在黑葉猴身上會發生超越血緣的無條件利他行爲。要想讓白鬍子公猴擔當起血臀保護傘的角色，投桃報李是免不了的。

白鬍子公猴在牠背部上下歡騰。這不是親昵，是一種折磨；這不是享受，是一種酷刑。唉，權當是一種感情投資。

但願這是一次有豐厚回報的投資，而不是蝕本的買賣。

二　守護的承諾

丹頂佛小心翼翼地進入雲霧猴群。

雖說與白鬍子公猴有了一層感情鋪墊，丹頂佛仍十分謹慎，與猴群保持一段距離，尤其是避免與大公猴正面交往。

白天在山崖時，牠總是挑選陡峭的絕壁縮在一個易守難攻的旮旯裏，隨時準備應付殘暴的襲擊。外出覓食飲水時，落在隊伍的最末尾，無論路途有多艱險，始終將血臀緊緊抱在懷裏。爲了降低風險，牠甚至不讓小傢伙下地玩耍。

晚上睡覺，其他黑葉猴都擠在一堆互相取暖，可牠不敢往猴多的地方湊，不管風刮得多猛，不管雨下得多狂，牠都獨自找個僻靜的角落……

遺憾的是，這些防範措施並不怎麼奏效，大公猴們仍找各種機會來到牠身邊，用充滿敵意的眼光打量血臀。

有一次，丹頂佛正騎在一棵菩提樹上，比身體還長的尾巴勾捲住身後一根細枝以平衡身體，一條胳膊摟住血臀，另一隻前爪採擷鮮葉子充饑。突然間，牠覺得背上似乎被什麼東西刺了一下，用爪子摸摸，什麼東西也沒摸到。看看四周，也沒有嗡嗡飛舞的蜜蜂或其他吸血昆蟲。

牠以爲是幻覺，繼續採食嫩葉。過了一會兒，背部又有異樣感覺，好像被什麼東西劃了一下。牠好生奇怪，用爪子撥開身後茂密的樹葉，不看不知道，一看嚇得心驚肉跳。

就在那片茂密的樹葉背後，相距約兩米遠的一根橫杈上，金腰帶猴王正蹲在一個陽光照不到的陰暗角落，居心叵測地窺探牠。

金腰帶猴王的眼光硬得像鐵冷得像冰，落在牠背上，如芒在背，刺得牠渾身難受。牠趕緊抱起血臀跳下菩提樹，撒腿就逃。

很長一段時間，丹頂佛寢食難安，夜裏常常被惡夢驚醒。

2 守護的承諾

那天中午，雲霧猴群在羅梭江邊飽食了一頓剛剛抽枝發芽的水蕨芨，猴們散落在懸崖上，有的打鬧嬉戲，有的互相整飾皮毛，以消磨時光。丹頂佛退到一個很邊緣的位置，坐下來休息。春陽暖融融，霧嵐飄蕩，幽谷鳥鳴。牠夜裏害怕遭到大公猴的襲擊，睡得很不踏實，醒了好幾次，此時腦袋昏沉沉的。懷抱血臀，竟迷迷糊糊打起了瞌睡。

也不知睡了多長時間，突然聽見血臀在驚叫，牠睡覺時心弦也繃得緊緊的，聽到點異常動靜便立刻驚醒，第一個反應便是去抱懷裏的血臀，爪子卻抱空了，嚇得頭頂那片拂塵似的冠毛像鋼絲似地直立起來；趕緊睜眼看去，看到了更讓牠心驚膽顫的事情：在牠左側約二十米遠一塊大青石上，血臀正踩在一隻名叫獨眼老醜的老公猴頭上，掏石縫裏的鳥卵！

毫無疑問，淘氣的小傢伙趁牠瞌睡之際，從牠懷裏溜走，跑去與獨眼老醜玩了！

獨眼老醜屬於生活中的可憐蟲，年近二十，進入暮年，生命只剩下一條短短的尾巴了。從小身體孱弱，常遭同伴欺負。十歲那年在一次爭偶戰中，被另一隻公猴抓瞎右眼，變成獨眼龍，境遇更加淒慘。從沒獲得雌猴青睞，從沒有過交配記錄，是被愛情遺忘的角落。在猴群中排序最底層，只能吃別的猴子吃剩的殘羹剩飯。無論雌雄，

誰也不願意同牠結伴，孤苦伶仃，孑然一身。

一言以蔽之，獨眼老醜是猴界乞丐。

與這樣的老公猴在一起玩耍，危險性似乎更大！

血臂抓到一枚小小的岩鴿卵，正手舞足蹈地歡叫。丹頂佛氣急敗壞撲上去，不由分說將血臂一把搶了回來。唯恐獨眼老醜要來搶奪，一面將小傢伙摟在懷裏，一面朝著獨眼老醜厲聲咆哮。

沒想到的是，懷中的血臂似乎還玩興未盡，唧呀唧呀叫著，揮舞兩條細細的胳膊要獨眼老醜來抱。獨眼老醜趁勢往前躥躍兩步。丹頂佛全身猴毛姿張開來，恐怖的神態就像看到一條眼鏡王蛇正游過來，露出黑葉猴所特有的前齶兩枚尖利的獠牙，齜牙咧嘴囂叫：離我遠點，不然我會咬碎你這把老骨頭的！

獨眼老醜似乎挺委屈，蹲下身體垂下尾巴，表明自己沒有要害血臂的意思。丹頂佛根本不相信這一套，仍聳立背毛大聲咆哮恫嚇。獨眼老醜捶胸頓足，表現出蒙受不白之冤的悲痛表情。丹頂佛仍擺出激烈對抗的架勢，獨眼老醜哀哀地叫了數聲，悻悻朝後退卻，鑽進一片灌木叢去了。

也許是牠錯怪獨眼老醜了，丹頂佛想，可牠寧肯錯怪千次，也決不大意一次。

血臀的眼光追隨著獨眼老醜的背影，在丹頂佛懷裏掄胳膊蹬腿，似乎在抗議媽媽的粗暴。看得出來，剛才血臀和獨眼老醜已經玩耍了一段時間，彼此關係處得還挺融洽。不行，這太危險了，誰知道這老傢伙安的是什麼心哪。丹頂佛生氣地在血臀腦殼上甩了一巴掌，不知天高地厚的東西，你再到處亂跑，總有一天會給大公猴們撕碎吃掉！血臀這才停止了胡鬧。

這以後連續好多天，獨眼老醜都像蒼蠅見了血似地黏在丹頂佛屁股後面，用期盼的眼光默默注視牠懷裏的血臀，而血臀只要見到獨眼老醜，便會興奮地嗚嗚歡叫。丹頂佛要費老大的勁，才能把獨眼老醜驅趕走。弄得丹頂佛忐忑不安，心力交瘁。

其實丹頂佛心裏也明白，血臀一天天長大，幼猴天性活潑好動，老讓小傢伙藏在牠的懷裏肯定是行不通的。對黑葉猴來說，三個多月大的幼仔已經可以下地活動了，需要尋找玩伴，需要接觸社會，經風雨，見世面，以適應群體生活。藏在媽媽的懷抱裏，是永遠也長不大的。假如長時間禁止小傢伙與其他黑葉猴來往，很有可能會成爲孤僻冷漠心理畸形的廢物。

怎麼辦？怎麼辦？

丹頂佛現在唯一能做的就是等待，時間是個魔術師，或許能使互相陌生變得互相

熟悉，或許能消除隔閡化解敵意，讓大公猴們放棄殺戮的念頭。

這期間，丹頂佛只允許白鬍子公猴接近牠和血臀，牠盡一隻雌猴所能，竭力討好並籠絡白鬍子公猴。建立感情的目的很明確，希望一旦大公猴們對血臀露出殺機時，白鬍子公猴能挺身而出進行援救。

可不知爲什麼，丹頂佛心裏總有一個疑問：到了關鍵時刻，白鬍子公猴真能起到保護傘的作用嗎？

可怕的事情終於發生了。

這天，雲霧猴群到十幾里外的一片椿樹林採食嫩葉，途中突然下起瓢潑大雨。金腰帶猴王不得不帶領眾猴退回溶洞。氣溫驟降，勞苦半日，不僅沒吃到食物，還被冷雨澆得像落湯雞，饑寒交迫，黑葉猴們個個垂頭喪氣，餓得哇哇直叫。

絕壁間這只終年雲霧嫋繞的大溶洞，是雲霧猴群的大本營，可丹頂佛從來就不敢跨進溶洞一步，生怕遭到圍攻。牠摟著血臀，躲在離大溶洞約百米開外的一棵松樹下。過了一會兒，雨漸漸停了，陽光從雲縫間篩落下來，像萬根金箭灑向大地。牠正想抱著血臀去山腰那片樹林採食嫩葉，突然聽見公猴粗啞的吼叫聲。聲音嘶啞嘈雜，十分刺耳。

牠舉目望去，溶洞口，金腰帶猴王正與幾隻大公猴聚在一起，有的拍打胸脯，有的雙腳跺地，有的手搭涼蓬不懷好意地朝牠所在的松樹張望。在大公猴們興奮的囂叫聲中，金腰帶猴王爬在一棵從石縫裏長出來的小樹上，將樹枝搖得嘩嘩響，好像在揮舞一面戰旗。

牠曉得，大公猴們奇怪的舉止，是黑葉猴社會一種出征儀式。牠朝四周看了看，沒有外族入侵的跡象，也沒有天敵襲擊的預兆。牠心頭一緊，產生一種預感，牠最擔心的大公猴們集體殺戮外族雄性幼仔的事就要發生了。牠立即跳起來，迅速躥下陡峭的山岩，向山腰那片茂密的樹林奔去。對逃亡的猴子來說，樹林是最好的藏身之處，可用大樹做掩護，躲過血腥的追捕。

果然不出牠所料，牠還沒有爬下陡峭的山岩，金腰帶猴王便怪聲怪氣吼了幾聲，率領四隻大公猴，殺氣騰騰追趕過來。

在事情發生前，丹頂佛把拯救血臀的希望寄託在白鬍子公猴身上，牠與白鬍子公

猴之間有過親密關係，怎麼說彼此也有了點感情，感情是互惠動物的工具箱，非常時期或關鍵時刻應該會站出來保護牠和血臀的。

現在就是非常時期，現在就是關鍵時刻。

丹頂佛注意觀察了一下，白鬍子公猴也是五隻圍剿牠的大公猴之一；白鬍子公猴並沒有阻止這些公猴來追趕牠，而是緊隨在金腰帶猴王身後，參與這場罪惡的追捕。

牠很失望，看來，白鬍子公猴沒有能力也缺乏膽量來公開保護牠和血臀。牠不能指望白鬍子公猴，白鬍子公猴不是一棵大樹，而是一株蘆葦，根本靠不住的。牠要自己想辦法化解這場生存危機。

黑葉猴性別差異雖不像亞洲象、非洲獅那般顯著，但差別還是有的，母猴普遍要比公猴身材矮小半圈，力氣也要弱一些。丹頂佛攀岩、爬樹、跳躍的本領本來就要比那些大公猴遜色，再加上懷抱幼仔血臀，速度就更慢了。雙方的距離越縮越短。

不僅體力上對比很懸殊，大公猴能征慣戰，戰術上的優劣也很明顯。狡猾的金腰帶猴王將大公猴們分成兩隊，牠帶著兩隻大公猴直線追擊，另兩隻大公猴從樹林西側迂迴包抄，形成鉗形夾擊的態勢。

丹頂佛覺察形勢嚴峻，再逃下去，用不了多長時間，牠就會被這些大公猴圍住，搶走懷裏的小寶貝。牠躥上一棵大青樹，剛巧，樹梢一根橫杈間有只樹洞，裏頭鋪著厚厚一層樹枝和草絲，牠爪子一掏，撲棱飛出一對五彩繡眼鳥來。牠急中生智，將樹洞裏的樹枝和草絲掏出來，將幼仔血臀塞進樹洞去，撇了幾扇樹葉，將樹洞遮蓋住。然後，將樹枝和草絲裹成一團，用一隻手臂摟在懷裏，就像幼仔還在懷抱裏一樣，飛躥到另一棵樹上，拚命奔逃，儘量逃得離那棵大青樹遠些。

爲了迷惑那些大公猴，丹頂佛奔逃途中，偶爾還低下頭親吻自己懷中那卷樹枝草絲，就像在安慰自己的小寶貝別怕似的。

山腰那片樹林面積不大，丹頂佛剛逃到樹林邊緣，便被五隻大公猴追上。牠跳上一座螞蟻包，尖聲嘯叫，一隻胳膊緊緊摟著胸口那卷樹枝草絲，一隻胳膊猛烈揮舞，做出殊死抵抗狀。五隻大公猴將螞蟻包圍了起來。金腰帶猴王在白鬍子公猴肩上推了一下，意思是要白鬍子公猴打頭陣。白鬍子公猴跳上螞蟻包來，與丹頂佛四目相對，劍拔弩張地對峙著。

丹頂佛怨恨的眼光逼視白鬍子公猴。你別忘了你曾經與血臀額頭觸碰，舉行過認領養子的儀式，你怎麼還好意思參加這場對我們母子的血腥圍剿呢！

白鬍子公猴眼光縮了回去，臉上露出一絲愧疚的表情，伸出爪子想來抓丹頂佛，

可又遲疑著沒有抓。

歐。金腰帶猴王在螞蟻包下威嚴地囂叫，催促白鬍子公猴趕快動手。白鬍子公猴臉上的「白鬢」瑟瑟抖動，露出左右爲難的痛苦表情。突然，白鬍子公猴兇神惡煞般地跨前一步來抓丹頂佛的胳膊，卻一腳踩滑，像只大木瓜似地從螞蟻包上滾落下去。掉地後，白鬍子公猴用三條腿站立，另一條後腿彎曲起來，哇呵哇呵叫喚，那是在報告金腰帶猴王：我真倒楣，我滑了一跤，腳崴著了，不能走路了。

一隻身強力壯的大公猴，在不足兩米高的螞蟻包上跌傷腿，鬼才會相信呢！丹頂佛明白，白鬍子公猴使了個金蟬脫殼之計，兩邊都不得罪。真是隻老滑頭。

丹頂佛現在算是看清楚了，白鬍子公猴雖然在雲霧猴群排行第二，但一把手與二把手差別是很大的，與金腰帶猴王相比，白鬍子公猴權力極小，甚至懼怕金腰帶猴王，根本不敢違背金腰帶猴王的旨意，永遠也不會犯上作亂，絕不會爲了一隻雌猴公開站出來制止金腰帶猴王淫威的。真應了一句俗話，感情是脆弱的，利益才是永恆的。幸虧牠急中生智將血臀藏匿在樹洞了，要不然的話，血臀今天就要遭殃了。

背信棄義的無賴，我算是瞎了眼，把感情獻給了一堆臭狗屎！

金腰帶猴王大概也看出白鬍子公猴在耍滑頭，朝白鬍子公猴狠狠瞪了一眼，自己親自出馬，嗖地一聲躥上螞蟻包，一把攥住丹頂佛的胳膊，狠狠擰扭。金腰帶猴王力氣頗大，扭得丹頂佛骨頭都要碎了，痛得尖叫起來。

哎喲，你要把我骨頭擰斷了呀，你想製造一隻獨臂猴嗎？

金腰帶猴王拚命拉扯，將丹頂佛從螞蟻包上拽了下來。另外三隻大公猴一擁而上，對丹頂佛拳打腳踢。

丹頂佛寡不敵眾，被摔倒在地，摟在懷裏的東西也被搶了去。金腰帶猴王抖散戰利品，竟然是樹枝和草絲，一隻報廢的鳥窠！大公猴們氣得哇哇大叫，金腰帶猴王也意識到自己上當受騙，暴跳如雷，將那個倒楣的鳥巢撕扯得稀巴爛。

丹頂佛雖然被毆打得皮開肉綻，但心裏挺得意，牠用聰慧的頭腦粉碎了眾公猴的圍剿，使寶貝血臀躲過了一場劫難。

牠高興得太早了，金腰帶猴王畢竟老謀深算，比牠想像的要狡猾多了。

金腰帶猴王眼珠子轉了轉，按丹頂佛剛才奔逃的路線，原路返回，一面走一面作嗅聞狀，其他幾隻大公猴也依葫蘆畫瓢，跟在後頭尋找著什麼。遇到大樹，金腰帶便會指使一隻大公猴爬上去，在樹冠搜尋一番；遇到岩縫石洞，便魚貫而入看個究竟；遇到灌木叢，也有公猴鑽進去東張西望。

丹頂佛的心又陡地提到了嗓子眼，牠明白，金腰帶猴王識破了牠的調包計，正在搜尋被牠藏匿起來的幼仔血臀。

大公猴們終於來到丹頂佛藏匿血臀的那棵大青樹，也許是聞出了什麼蹊蹺，也許是覺得這棵枝繁葉茂的大青樹嫌疑最大，猴王金腰帶親自爬到樹冠上去察看，其他幾隻大公猴也跟著爬了上去，就像梳理背毛尋找蝨子一樣認真地翻看每一片樹葉。

丹頂佛緊張得喘不過氣來，幾隻如狼似虎的大公猴在一棵大青樹上尋找，即使藏一枚小小的核桃也會被找出來的，更何況是一隻幼猴呢。血臀小命休矣。牠絕望地想。可奇怪的是，幾隻大公猴在大青樹冠上折騰了一番，好像一無所獲，只是折斷了許多樹枝，灑落了許多樹葉，悻悻地退下樹來，又往別處尋找去了。

天快黑了，金腰帶猴王和四隻大公猴拖著疲憊的身體，回大溶洞睡覺去了。丹頂佛趕緊奔到那棵大青樹下，一溜煙嗖嗖爬上樹冠，找到五彩繡眼鳥的窩。

遮蓋樹洞的枝葉早已被掀掉，黑黝黝的洞口赫然暴露在外，好像已經被猴爪掏過好幾遍了，幾縷草絲掛在洞口，隨風飄搖。牠將猴爪伸進樹洞內，空空如也，冰涼冰涼，根本沒有生命存在的跡象。牠雙眼發黑，差點從樹上栽下來。是的，牠剛才看得很清楚，金腰帶猴王並未搜出血臀，但叢林任何時候都危機四伏，也許是被山豹叼走了，也許是被蟒蛇吞吃了，也許是被金雕抓去了……早知道這樣，牠不該自作聰明將小寶貝單獨留在樹洞裏的。

痛失愛子，牠淒涼地哀嘯著，咚咚咚，用腦袋撞擊樹幹。

天漸漸黑了，丹頂佛仍沉浸在悲痛中無法自拔。突然，鄰近一棵樹上，傳來同類的嘯聲，還有幼猴的呢喃。仔細分辨，好像是血臀的叫聲。牠懷疑自己是在做夢，幻聽幻覺。掐掐自己的大腿，那聲音依然隨風傳來。森林之夜靜悄悄，聽得真真切切。牠趁著月色，跳到毗鄰的大樹，哦，原來是獨眼老醜懷抱著血臀，躲在茂密的樹葉裏。

母子相聚，抱頭親吻。丹頂佛不難想像，當金腰帶猴王開始圍攻牠時，獨眼老醜就急在心裏，但牠沒有能力制止這場殘酷殺戮，便只有悄悄尾隨在五隻殺氣騰騰的大公猴後面，見機行事；當丹頂佛掉包計被金腰帶猴王識破，遭到毒打時，獨眼老醜看在眼裏疼在心裏，只恨自己沒有三頭六臂把大發淫威的五隻大公猴打得落花流水；當金腰帶猴王在樹林裏搜尋時，獨眼老醜搶先一步爬上大青樹，悄悄將血臀抱走了。

寶貝失而復得，丹頂佛喜出望外。牠給嗷嗷待哺的血臀餵飽奶，然後在月光下替獨眼老醜整飾皮毛，以表達感激之情。獨眼老醜身邊沒有母猴陪伴，也沒有同性夥

伴，體毛邋遢，黏了許多樹漿草汁。丹頂佛用指爪梳理，用唾液護洗，用牙齒啃咬，給獨眼老醜整飾亂得像荒草似的皮毛。

牠當然記得，半個月前當牠發現血臀在與獨眼老醜玩耍時，曾粗暴地對獨眼老醜吼叫謾罵。現在看來，是牠錯怪獨眼老醜了。獨眼老醜確實喜歡血臀，絕不會傷害血臀。路遙知馬力，日久見猴心啊！牠懷著深深的歉疚，用心替獨眼老醜整飾皮毛。

獨眼老醜還是頭一次享受年輕貌美的異性替自己整飾皮毛，如此溫柔，如此周到，如此貼心，不僅使牠骯髒邋遢的皮毛變得整潔乾淨，亦使牠孤獨枯萎的心靈變得溫暖滋潤，這般舒服，這般愜意，這般消魂，令牠終生難忘。牠抱起血臀，緊緊貼在自己心窩上，用舌頭深情地親吻血臀的額頭，對黑葉猴而言，這是一種宣誓，這是一種承諾，要用鮮血和生命來保護這隻幼猴！

丹頂佛相信獨眼老醜的宣誓和承諾是發自內心的，唉，要是獨眼老醜是雲霧猴群的猴王就好了，牠們母子的安全就有了保障。事實卻是不可能的。獨眼老醜在雲霧猴群中地位很低，又老又醜，屬於不起眼的小角色。人微言輕，猴微也言輕，這種宣誓和承諾也就無足輕重了。

三　失去稚子的絕望

說實話，丹頂佛與雌猴藥妞建立友情，開始時沒有任何功利目的，純粹是出於一種同情。

那天下午，丹頂佛躲在紫荊叢裏給血臀餵奶，血臀吃飽後，吵著要下地玩耍，丹頂佛探頭朝溶洞張望，金腰帶猴王和幾隻兇悍的大公猴散落在洞口的岩石上，正在打瞌睡，沒有什麼危險跡象，便讓血臀下到地上去。

血臀在灌木叢蹣跚學步，笨拙地撲捉一隻貼著草地飛行的紅蜻蜓。雖然金腰帶猴王在幾百米開外的溶洞口打瞌睡，但丹頂佛仍不敢掉以輕心，跟在血臀身後，耳聽四方眼觀八面，以防不測。

突然，牠發現前面一叢斑茅草裏，抖抖索索伸出一隻黑色猴爪來，撫摸血臀的腦袋。丹頂佛大驚失色，立即躥跳過去，將自己的身體擋在血臀和那隻來歷不明的猴爪

之間，然後唰地撥開斑茅草。

草叢背後顯出原形，原來是躲著一隻名叫藥妞的雌猴！

藥妞牙口十歲，屬於中年雌猴。

這是一隻苦命的雌猴，半年前自己所在的猴群因瘟疫而解體，帶著一隻剛出生僅兩個月的名叫毛毛的幼仔投靠雲霧猴群。不幸的是，毛毛是隻小雄猴，命運便由此而滑向了苦難的深淵。

在一個淒風苦雨的黃昏，在羅梭江一塊蓮花狀磯石上，金腰帶猴王帶著幾隻兇悍的大公猴，強行從藥妞懷裏搶走正在吃奶的毛毛，不顧藥妞的苦苦哀嚎，殘忍地將毛毛撕碎吞食。

藥妞守在毛毛遺骸前，不吃不喝，悲泣三天三夜。

這以後，藥妞變得怪怪的，只要見到別的幼猴，就想伸手去抱。而那些幸福媽媽，大約是出於忌諱，嫌藥妞不吉利，大都拒絕讓藥妞來抱自己的小寶貝。

明的不行，藥妞就來暗的，躲在樹叢或岩石背後，趁帶崽的母猴疏忽之際，突然躥出來抱住幼猴親吻。幼猴喊爹哭娘，母猴怒火沖天，追著藥妞撕打，鬧得烏煙瘴氣。

幾次三番後，藥妞成了雲霧猴群最不受歡迎的猴，走到哪裏都會遭到呵斥和驅趕，就像是會帶來災難的瘟神一樣。但藥妞惡習難改，仍不斷騷擾幼猴，引發動亂，其結果是牠三天兩頭被別的母猴打得鼻青臉腫。

命運在藥妞身上烙下了罪孽的印記。

當丹頂佛撥開斑茅草的一瞬間，藥妞呀地發出一聲驚駭的嘯叫，兩隻前爪抱住腦袋，身體蜷縮成球形，做出一副準備挨打的姿態來。

要是換了別的帶崽的母猴，會不由分說撲上去，拳打腳踢將藥妞趕走的。這是一隻晦氣纏身的雌猴，遭到驅逐也是理所當然的事。事實上，丹頂佛撥開斑茅草看見藥妞的第一個反應，也想使用暴力將對方攆走。

撇開藥妞悲慘的身世不說，光看形象就大有問題。頭頂那束冠毛癟塌塌倒伏在後腦勺，渾身皮毛灰朴朴毫無光澤，眉毛倒掛在額際，眼睛佈滿眵目糊，永遠是一副含悲蒙冤的哭相。與這樣的倒楣猴交往，當然是一件很忌諱的事，生怕沾染了晦氣。可丹頂佛剛要動粗，又及時將爪子縮了回來。

一種同命相連，同病相憐的情感，在心底滋生。牠與牠的命運是完全相同的，牠的今天極有可能就是牠的明天。要是牠疏於防範或稍有不慎，寶貝血臀也會被殘暴的大公猴們撕碎吞食，牠也會萬念俱灰整日以淚洗面，陷入與藥妞同樣悲慘的境地。相逢何必曾相識，同是天涯淪落猴。牠有什麼資格去嫌棄藥妞？牠又怎麼能忍心去驅趕藥妞？

藥妞之所以在雲霧猴群像過街老鼠到處遭到呵斥和驅逐，主要是偷偷摸摸去摟抱別的母猴所生的幼仔。在其他猴看來，這是一種怪癖，是一種變態，是一種不懷好意的染指，是一種居心叵測的覬覦。

但丹頂佛卻覺得藥妞的行爲是可以理解並值得同情的。一個好端端的母親，愛子突然夭折，而且是被活活撕碎吞吃掉，當然會有撕心裂肺的痛楚，當然會有刻骨銘心的思念，當然會恍恍惚惚做出一些不合常規的舉動，這沒有什麼可奇怪的。

藥妞的小寶貝死了，但藥妞的母愛並沒有終止，想要把這深情的母愛轉移和寄託到別的幼仔身上，也是符合情理的啊。想到這一點，丹頂佛的心軟了，不再橫眉豎眼，而是變得和顏悅色。惺惺相惜嘛。

哦，你別像賊似地偷偷摸摸，你若實在想抱抱我的血臀，那就光明正大地走過來，大大方方地向我請求，我或許能滿足你的願望！

藥妞忐忑不安地從斑茅草背後走出來，還是一副隨時準備挨揍隨時準備逃竄的可憐相，卻克制不住內心的極度嚮往，伸出顫抖的雙臂，來抱血臀。丹頂佛把臉轉到一邊去，假裝沒有看見，其實是一種默許。唉，牠和牠是一根藤上結的兩枚苦瓜，苦不幫苦誰幫苦，能幫就幫一把吧，就算是行善積德。

傳來唏噓聲。傳來血臀的呼叫聲。丹頂佛扭頭看去，藥妞把血臀摟在懷裏，激動得渾身觳觫，在血臀身上狂親亂吻，鼻涕口水塗得到處都是。或許是因爲陌生而害怕，或許是摟抱得太緊怪難受的，或許是鼻涕口水塗在身上不舒服，血臀踢蹬掙扎嗚嗚叫喚。

你發瘋啦，你會把我的寶貝勒死的，鬆鬆你的胳膊，讓我的血臀喘口氣；你應該學會溫柔，你再這般粗魯，你永遠也別想再抱我的血臀了！

丹頂佛不得不出面干預，把血臀從藥妞的懷裏奪了過來。

藥妞匍匐在地，一步一揖爬了過來，抱住丹頂佛的腳，舔吻腳掌和腳背。腳掌在地上踩踏，又在樹上攀登，黏滿泥灰樹漿，髒兮兮的，很有點噁心呢。但藥妞卻不嫌髒，熱烈而狂野地親吻，用一種特別的方式來表達感激之情。丹頂佛真有點感動了，重新將血臀遞給藥妞。

安慰一顆破碎的心，也是一件很美麗的事情。

這以後，藥妞便像影子似地追隨丹頂佛，一有機會便來摟抱血臀。這個苦命的雌猴，似乎把全部的母愛都轉移到了血臀身上，悉心替小傢伙整飾皮毛，清理身上的扁虱和跳蚤。血臀已有半歲齡了，除了吃奶，已開始學吃嫩葉和昆蟲。藥妞只要找到鮮美可口的食物，如一簇嫩葉或兩隻螞蚱，便會興高采烈地跑來找血臀，自己捨不得吃，非要塞給血臀吃不可。

在嚴寒中苦熬的生命，稍稍給一點溫暖，便會一輩子銘記在心；在沙漠中的長途跋涉者，隨便給幾滴清水，便會感恩戴德永志不忘。丹頂佛相信，藥妞已經把血臀當做牠自己的孩子了。

情感替代，愛心轉移，忘卻痛苦，重新生活，這也是很正常的啊。

有時候，看著藥妞全神貫注地愛撫血臀，看著血臀親密無間地與藥妞玩耍嘻鬧，丹頂佛未免心裏酸溜溜的，生出些許嫉妒。母愛也是自私的，說心裏話，牠不想讓別的母猴來分享這甜蜜的母子情。可牠克制住了排斥心理，容忍藥妞第三者插足擠進牠和寶貝血臀的兩人世界。

牠是這麼想的，多一個幫手，自己的幼仔血臀多一份關愛，多一重保護，減少被大公猴們傷害的風險。更重要的是，藥妞是黑葉猴社會殺戮外族雄性幼仔這條殘暴法律的受害者，理所當然會同情牠和血臀的遭遇，是牠的天然同盟者，一條戰壕裏的戰友，一旦發生大公猴們搶奪血臀的事，一定會與牠同心同德同仇敵愾對付居心叵測的大公猴們，對此牠深信不疑。

可後來發生的事，卻證明牠的想法是多麼幼稚可笑。

丹頂佛決計與獨眼老醜疏遠關係，換句話說，不願再理睬獨眼老醜了。天下烏鴉一般黑，所有雄黑葉猴一個德性，就是趁人之危占雌猴的便宜！

那是一個春風和煦的黃昏，天氣暖洋洋，猴心暖洋洋。丹頂佛謹慎地抱著血臀，繞到一個僻靜的角落，享受這難得的清靜。

獨眼老醜像個地下工作者，躲躲藏藏跑過來了，拿了幾顆野板栗，逗血臀玩耍。最後一抹晚霞從山峰消失，夜色漸漸染黑了大地；一輪明月掛在樹梢，給灰白的岩石塗抹一層耀眼的銀光。

夜色多麼好，令猴心神往。獨眼老醜將那幾顆野板栗剝給血臀吃了，便訕訕來到丹頂佛面前，弓背縮肩，猴爪在身上胡亂搔癢，嘴裏哼哼唧唧發出乞求聲。丹頂佛曉得，牠是求牠整飾皮毛。

說實話，丹頂佛並不樂意替獨眼老醜整飾皮毛。在黑葉猴社會，整飾皮毛絕非單純的打掃衛生，而是重要的情感交流，體現了複雜的人際關係。一隻年輕雌猴，給一隻衰老的、破相的、在群體中排序最末等的公猴整飾皮毛，是一件很沒面子的事情。再說了，獨眼老醜身上骯髒邋遢，有一股陳腐的體臭，令牠反胃作嘔。

假如不考慮其他，僅僅從感情上說，牠恨不得讓獨眼老醜滾得遠遠的，永遠從自己的視線裏消失。

可牠強忍住內心的厭惡，還是動手替獨眼老醜整飾皮毛。牠是隻苦命雌猴，牠沒有資格任性，牠只能委屈求全。獨眼老醜曾救過血臀的命，以後遭遇危難，也還要指望獨眼老醜出手相助，爲了心愛的血臀能平安存活下來，牠沒有其他選擇，只有替獨眼老醜整飾皮毛。

唰唰唰，翻開雜亂的毛叢；嚓嚓嚓，揩去骯髒的塵土；咔咔咔，咬殺可惡的寄生蟲！丹頂佛機械地忙碌著，完成一項非完成不可的枯燥乏味的工作。

終於，整飾皮毛接近尾聲，可以打發獨眼老醜離去了。丹頂佛最後梳理一遍獨眼老醜頭頂那叢冠毛，縮回猴爪，蹲坐下來。

這是黑葉猴常用的肢體語言，表示整飾皮毛已告結束，您請便吧，該幹什麼幹什麼去。

按照慣例，這時候獨眼老醜會感激地朝丹頂佛鞠躬作揖，帶著愜意滿足的神態離開此地。

奇怪的是，這一次獨眼老醜卻沒有向牠鞠躬作揖，而是圍著牠轉圈，好像捨不得離去。突然，獨眼老醜跳過來，按住牠的肩，另一隻猴爪在牠腰部的皮毛間抓擾，意思很明顯，是要給牠整飾皮毛。

獨眼老醜指爪觸碰到丹頂佛身體的一瞬間，丹頂佛感覺就像一條毛毛蟲爬到身上

來了，渾身起雞皮疙瘩，本能地閃跳開去。不不，我不需要你來替我整飾皮毛。

獨眼老醜對丹頂佛的拒絕竟然視而不見，趨前幾步又做出要給牠整飾皮毛的姿態來。丹頂佛再次跳閃開，齜牙咧嘴，表示不高興。讓一隻誰也瞧不起的殘疾公猴替自己整飾皮毛，這無疑會降低自己的身價。再說了，面對一隻衰老醜陋的公猴，牠一點感覺也沒有，一點興趣也沒有。假如牠讓獨眼老醜來替自己整飾皮毛，絕不會是美妙的精神享受，一定是苦不堪言的一種酷刑。對不起了，我只能把你的好心當驢肝肺了。

獨眼老醜腦袋深深垂了下去，好像挺難過的樣子。唉，傷心總是難免的。可三秒鐘後，獨眼老醜突然怪嘯一聲，頭猛地抬了起來，頭頂那束冠毛本來像倒伏的野草，這時一根根豎直起來，一副怒髮衝冠的可怕模樣，身上的猴毛也跟著姿張開來，身體像充氣的球一樣膨脹，那隻獨眼像隻大螢火蟲，閃爍綠熒熒的光。丹頂佛嚇了一跳，產生一種不祥的預感。

獨眼老醜撲過來了，動作快疾如風，丹頂佛躲閃不及，被揪住了胳膊。獨眼老醜一隻猴爪在牠身上亂摸亂抓，完全沒有章法，就像在與敵人打架。這哪裏是在整飾皮毛喲，簡直就是在行暴施虐嘛。

更讓丹頂佛氣暈的事發生了，獨眼老醜突然間用前爪掐住牠的後脖頸，粗魯地將牠按在地上，就要跨到牠的背上來。

醉翁之意不在酒，名曰整飾皮毛，其實是實施性騷擾。非分之想，積蓄已久；慾火中燒，喪失理智。這種下三濫公猴，爲了得到交配機會，不惜搭上自己的性命。發情期的公猴都是可怕的瘋子。

丹頂佛氣不打一處來。牠曾經是布朗猴群最受寵愛的王妃，地位最高的雌猴，要是在布朗猴群裏，像獨眼老醜這樣老癟三，連替牠清掃糞便都不配。牠能克制住心理上的鄙夷和生理上的厭惡，給獨眼老醜整飾皮毛，已經是最大的奉獻了。獨眼老醜竟然還不滿足，還想得寸進尺，真是蛤蟆想吃天鵝肉！牠奮力掙扎，推搡踢蹬，把獨眼老醜從自己背上掀翻在地。

捆綁不成夫妻。強扭的瓜不甜。玫瑰是有刺的。動物界也有正當防衛。

獨眼老醜還不死心，繼續無恥地糾纏，還張嘴露出兩枚濁黃的獠牙，作噬咬狀，企圖用暴力逼迫丹頂佛就範。委屈求全是有限度的，超出了底線，那就對不起了，只有針尖對麥芒進行抗爭了。

丹頂佛瞅準機會，在獨眼老醜的腿上狠狠咬了一口。吱，傳來皮肉被牙齒割裂的

輕微聲響。獨眼老醜慘嚎一聲，從丹頂佛身上跳開去。

這一口咬得很重，丹頂佛嘴唇黏滿猴毛，舌尖嘗到鹹津津的血。

獨眼老醜從喉嚨深處發出刻毒的咒罵聲，蹲在丹頂佛面前，長長的尾巴刺向天空，齜牙咧嘴，摩拳擦掌，躍躍欲撲。

丹頂佛也不示弱，全身猴毛姿張開來，劍拔弩張，嚴陣以待。

我一直以爲你與其他大公猴不一樣，你是真心喜歡血臀，在無私地幫助我們苦命母子。算我瞎了眼，你跟那些頭頂生瘡腳底流膿的混帳大公猴沒什麼兩樣。狐狸的尾巴是藏不住的，今天你終於暴露出你的廬山真面目了。你喜歡血臀是假，想要占我的便宜是真。你也不撒泡尿照照自己的尊容，癩蛤蟆想吃天鵝肉，也太過分了吧。

丹頂佛決心抗爭到底。寶貝血臀固然重要，牠的尊嚴也不容侵犯。

不錯，獨眼老醜曾救過血臀的命，可牠也投桃報李，多次替牠整飾凌亂的皮毛。牠得到了，牠也付出了，這是公平的交易。牠已不欠牠的了。

牠有許許多多拒絕的理由。牠是帶崽的母猴，從生物鐘角度講，牠也討厭與公猴發生這層關係。

牠曾經天真地以爲，只要牠把自己奉獻給某隻公猴，某隻公猴便會心無旁騖地與牠同甘苦共患難。白鬍子公猴給了牠深刻的教訓。現在牠懂了，社會生活諸多關係中，雌雄間這層關係，是最脆弱的關係，是最靠不住的關係。一朝被蛇咬，十年怕草繩，牠可不願在同一個地方跌第二跤。

牠並不畏懼獨眼老醜，這傢伙雖然是公猴，卻年老體衰，生命的燭光風雨飄搖，真要搏鬥起來，牠相信自己不會輸得很慘的。連誰也瞧不起的獨眼老醜都敢來欺負牠，牠若忍氣吞聲屈從淫威，牠以後還怎麼在雲霧猴群立足呀！

牠低聲咆哮，做出殊死抗爭的姿態。

獨眼老醜怔怔地望著牠，神情急遽變化，頭頂那片豎直的冠毛耷落下來，身上姿張的猴毛也像含羞草一樣閉謝闔攏，眼睛裏的綠光漸漸黯淡，咬牙切齒的臉蒙上一片苦澀，整個身體迅速萎癟下去，像個脫水檸檬一樣越縮越小。突然，牠淒涼地長嘯一聲，刺向天空的尾巴訇然倒塌，像遭受了重大打擊似的，傴背縮肩，掉頭離去。

以後再發生大公猴襲擊事件，獨眼老醜再也不會出手援助了，丹頂佛悲哀地想，老東西沒能達到卑鄙的目的，便會由愛生恨，說不定就會由庇護者而轉變成迫害者，與金腰帶猴王及其他幾隻兇悍的大公猴同流合污，共同來迫害牠們母子。

天哪，難道牠的寶貝血臀真的只有死路一條了嗎？

四　與死神捉迷藏

假如血臂不要那麼頑皮地用樹枝去抽打水面，弄出這麼大的動靜來，這場血腥圍剿或許是可以避免的。

那是一個平靜的下午，猴群在一條名叫紫花箐的山溝裏找到一大片野芭蕉樹，正是春末夏初時節，蕉葉青翠欲滴，婆娑曼舞，枝椏間垂吊著一隻隻碩大的紫紅花蕾。鮮嫩的芭蕉花是黑葉猴的傳統美食，猴們高興得手舞足蹈，在金腰帶猴王率先進食後，眾猴一擁而上爭相採擷。

這片芭蕉林很大，綿延兩三里，食物挺豐盛，每隻黑葉猴都可以放開肚皮吃個痛快。太陽偏西時，所有黑葉猴都吃得肚兒溜圓，心滿意足。金腰帶猴王打著飽呃，帶領猴群前往臭水塘。

臭水塘是亞熱帶森林特有的景觀，散落在喀斯特地貌特徵的箐溝或窪地，水裏含有豐富的鹽分和天然礦物質，是許多動物經常光顧的地方。

這是黑葉猴群一項重要的日常活動。黑葉猴是生活在亞熱帶密林裏的猴類，棲息於山巔，覓食於幽谷，活動量大，加上天氣炎熱，汗流得多，必須隔幾天就到臭水塘飲鹽鹼水，以補充體內大量消耗的鹽分。

臭水塘靜悄悄，清澈的水面像塊藍玻璃，在陽光下反射出絢麗的光斑。幾隻金鳳蝶在水塘邊的花叢中飛舞，在翠綠樹林裏畫出一道道金色流韻。

猴們蹲在水塘邊，用猴爪掬起水珠，用舌尖慢慢吮吸。

丹頂佛不敢擠到猴多的地方去，而是抱著血臀繞到水塘對面，鑽進茂密的蘆葦叢，也悄悄享用鹹鹹的鹽鹼水。

避人耳目，儘量減少拋頭露面，是消除危機的最佳策略。

飲水時，丹頂佛將血臀放在地上。

也許是水面上飛舞的金鳳蝶吸引了血臀的視線，也許是想玩點別出心裁的遊戲，血臀趁丹頂佛埋頭飲水之際，淘氣地從丹頂佛身邊溜走了，鑽出蘆葦叢，來到無遮無攔的水塘邊，撿起一根樹枝，便去追打貼著水面飛舞的一隻金鳳蝶。

牠當然打不到金鳳蝶，樹枝抽打在水面上，藍玻璃似的水面破碎了，劈劈啪啪，

濺起一片片晶瑩的水花。

在靜宓的森林裏，水花四濺的聲音格外刺耳，傳得很遠很遠。一瞬間，丹頂佛覺得自己的心臟停止了跳動，緊張得幾乎要暈倒。

牠膽顫心驚地透過蘆葦縫隙望去，水塘對面，一塊蘑菇狀大卵石上，金腰帶猴王被樹枝抽打水面的聲音所吸引，正瞪大眼睛觀察是怎麼回事。

那壁廂，血臀仍高揚著樹枝又要朝水面抽打。

丹頂佛驚醒了，飛躥過去，一把奪走血臀手中的樹枝，想把小傢伙拽進茂密的蘆葦叢裏來。

但已經遲了，金腰帶猴王搜尋的眼光落到血臀身上，腰間那圈金色的猴毛姿張開來，腰圍突然間擴大了一圈，努力表現出魁偉神勇來，然後站在蘑菇狀大卵石上，起立，蹲下，又起立，又蹲下，嘴裏發出威嚴低沉的嘯叫。

附近一隻大公猴，似乎接受了某種旨意，隨即摹仿金腰帶猴王，在原地一上一下蹦躂。

丹頂佛曉得，這是一種即將採取特別行動的準備儀式，是圍攻的先兆，是殺戮的訊號。又有兩隻大公猴也參與到這種奇特的儀式中來，上下蹦躂低沉嘯叫，營造出一種恐怖氛圍。

丹頂佛來不及多想，立刻抱起血臀，倉皇奔逃。

幾隻大公猴，跟隨著金腰帶猴王，沿著水塘邊緣不規則的曲線，兵分兩路朝丹頂佛包圍過來。

丹頂佛在灌木叢左繞右轉，向莽莽林海逃竄。金腰帶猴王似乎特別擅長追捕逃犯，眼睛看得清，耳朵聽得明，鼻子嗅得靈，無論丹頂佛怎麼改變方向，也無法甩脫可怕的追逐者。追捕者與逃亡者之間的距離越縮越短，不一會兒，大公猴們便把丹頂佛堵在箐溝深處一個名叫蝴蝶泉的地方。

這是一條絕路，三面都是陡峭的山峰，唯一的出路已經給大公猴們封鎖。黑葉猴是岩棲動物，習慣在懸崖峭壁攀爬，丹頂佛是能夠抱著血臀爬上山峰去的。問題是，在光禿禿的沒有草木遮蔽的絕壁上，追捕者很容易發現目標。再者，牠負重攀登，速度肯定比那些空手追趕的大公猴們慢得多，逃不到山頂就會被擒捉住的。怎麼辦，如何脫身？牠覺得自己已經是走投無路了。

就在這時，蝴蝶泉邊一座駝峰狀磐石背後，閃出個猴影來，輕輕朝丹頂佛叫了一聲。丹頂佛先是嚇得魂飛魄散，以爲是殺氣騰騰的大公猴趕到牠前面進行攔截了，但仔細一看，原來是雌猴藥妞，驚駭的心這才平穩下來。

藥妞伸出一隻前爪，做出一個迎候的姿態來。丹頂佛急中生智，腦子一激靈，突然想出一個金蟬脫殼的辦法來。把寶貝血臀交由藥妞看護，躲藏在駝峰狀磐石後面，牠把追趕的大公猴們引到山頂上去，血臀不就能安全地脫險了嗎？這個辦法與上次將血臀藏進鳥巢的辦法有異曲同工之妙，而又比上次更穩妥更安全更有把握成功，值得一試！

沒有時間容丹頂佛多想，牠立刻就將血臀塞進藥妞懷裏，不用交代也不用叮嚀，藥妞心領神會，抱起血臀倏地躲進駝峰狀磐石背後去了。

此時此刻要救血臀，雌猴藥妞是最佳人選，對此丹頂佛深信不疑。藥妞的兒子就是被這些兇悍的大公猴們撕碎吞食的，藥妞就是因爲愛子慘遭不幸而陷入猴不猴鬼不鬼悲慘境地的，藥妞是黑葉猴社會殘害外族雄性幼猴這條殘暴法律的受害者和犧牲品。毫無疑問，藥妞苦大仇深，切齒痛恨這些飛揚跋扈沒心沒肝的大公猴，鬥爭的意志當然會十分堅決。丹頂佛堅信，無論發生什麼情況，藥妞都會義不容辭地與大公猴們抗爭到底，不惜用鮮血和生命來保護血臀的。

丹頂佛仍裝出懷抱幼猴的模樣，吃力地在懸崖上攀登。為了迷惑那些大公猴，牠在一叢灌木裏鼓搗了一下，好像是在密匝匝的枝葉間藏起了一個秘密，路過一條岩縫，又伸出猴爪在裏頭掏挖了幾下，似乎是在岩縫裏玩了個什麼名堂。

牠是要吸引大公猴們的注意力，儘量延長捉迷藏的過程，讓藥妞有充分的時間帶著血臀逃出大公猴們的視線，躲到安全的地方去。

金腰帶猴王和幾隻大公猴果然上當，經過藥妞藏身的那座駝峰狀磐石時，絲毫沒有引起懷疑，也沒有停頓和逗留，與那座駝峰狀磐石擦肩而過，急急忙忙盯著丹頂佛的背影追趕。

當追到丹頂佛鼓搗過的灌木叢時，幾隻大公猴鑽進去嘩啦嘩啦將灌木踩平了，費了很大勁，結果當然是一無所獲。

當追到丹頂佛掏挖過的那條岩縫時，又有幾隻大公猴在岩縫裏胡掏亂挖，累得滿頭大汗，仍然是捕風捉影。

丹頂佛暗暗高興。哦，牠已贏得了足夠的時間，此時此刻，藥妞肯定已經悄悄離

開了駝峰狀磐石，離開了蝴蝶泉，躲到一個大公猴們看不見影兒、聽不到聲音也聞不到氣味的山旮旯裏去了。

陡峭的山坡上，大公猴們展開了一場註定是什麼也得不到的圍追堵截。

丹頂佛輕鬆地在陡坡上跳躍攀爬。血臀脫險了，牠所有的擔心煙消雲散。牠也曉得，最終牠會被金腰帶猴王所率領的大公猴們抓住，發現血臀已從牠懷裏不翼而飛，肯定會氣得暴跳如雷，把牠毒打一頓。只要血臀平安無事，牠願意受任何皮肉之苦。

突然，蝴蝶泉畔傳來一聲嘶啞的猴嘯，聲音顫顫抖抖，透出幾分淒慘幾分恐怖。金腰帶猴王停止追攆，扭頭張望。其他幾隻大公猴也駐足回身觀看。丹頂佛好生奇怪，也停了下來，朝猴嘯方向望去。牠看到了這輩子最讓牠難以置信的事：

雌猴藥妞兩隻前爪托舉著血臀，站立在那座駝峰狀磐石頂上！

不不，這不可能，這絕對不可能。

丹頂佛不相信自己的眼睛，一定是自己太緊張了，產生了幻聽幻視幻覺。

牠想，藥妞是與牠同樣遭遇的難友，同仇敵愾，也是一條戰壕裏的戰友，沒有任何理由要出賣牠的。

再說了，藥妞將全部的母愛都轉移到血臀身上，不是生母勝似生母，怎麼會捨得將血臀暴露在殺氣騰騰的大公猴們面前呢？

肯定是自己看花眼了。也有可能自己正在做夢。可是，可是……爲什麼金腰帶猴王和大公猴們臉上都露出意外的驚喜呢？

牠使勁扯自己頭頂那片丹紅色冠毛，確確實實有痛的感覺。牠不是在夢裏，而是在現實生活中。

呦歐——藥妞繼續發出淒慘的嘯叫，並晃動擎舉在頭頂的血臀。藥妞的臉皺得像枚苦瓜，一副悲痛欲絕的表情，彷彿是在忍痛割愛奉獻祭品。

血臀被暴露在光天化日之下，小小心靈感受到危險，四隻細嫩的猴爪在空中驚恐不安地舞動，發出細弱的求救聲。

怎麼會這樣？怎麼會這樣！

這壁廂，金腰帶猴王喜出望外地怪嘯一聲，率領幾隻大公猴轉身朝那座駝峰狀磐石撲去。

丹頂佛只覺得兩眼發黑，心臟彷彿停止了跳動，渾身虛軟得連站也站不穩了。牠也想撲向駝峰狀磐石去救血臀，可才走了兩步，便眼冒金星跌倒在地。

牠離開駝峰狀磐石的距離，比起金腰帶猴王牠們離開駝峰狀磐石的距離來，要遠

出一大截。牠就是插上翅膀也無法趕在這些大公猴前面到達駝峰狀磐石的。

退一萬步說，就算牠能搶先到達駝峰狀磐石，也於事無補的。牠孤兒寡母勢單力薄，根本無法與大公猴們匹敵，牠即使搭上自己的性命，也無法阻止大公猴們集體行兇。

牠束手無策，牠完全絕望了。

事情過去很久，牠還是想不通，雌猴藥妞為何在牠引開那些大公猴後，不帶著血臀趁機溜走，反而要爬上駝峰狀磐石舉起血臀招引大公猴們前去殺戮？牠想得腦袋都要炸了，還是想不出藥妞出賣牠的理由。

在雲霧猴群，所有帶崽的母猴，都討厭藥妞，都把牠視為會帶來災禍的掃帚星，唯獨牠丹頂佛肯將自己的心肝寶貝讓藥妞親吻擁抱。牠一直以為，藥妞對牠感恩戴德，關鍵時刻會竭盡全力來幫牠的。沒想到，付出去的是慈悲和同情，換來的卻是落井下石的陷害。

牠太愚蠢了，把藥妞視爲同盟者，卻原來是卑鄙的幫兇。看來是牠錯了，藥妞確實是個會帶來災禍的掃帚星。不是每個可憐者都值得同情的，往往是，可憐之猴自有牠的可惡之處，可惜牠覺悟得太晚了。可橫想豎想七想八想深想淺想，牠仍想不出藥妞爲啥要把血臀交給這些瘋狂的大公猴。

或許，雌猴藥妞因極度緊張而心理崩潰了，出現突發性的精神失常。不不，這不可能，當時殺氣騰騰的大公猴們已經從駝峰狀磐石邊走過去了，危險漸漸遠行，繃緊的神經理應鬆弛了。

或許，雌猴藥妞覺得這是獻媚邀寵的好機會，把血臀交給大公猴們處置，自己就能改變誰也瞧不起的悲慘境遇，不不，這也不太可能，藥妞還沒愚蠢到這個地步，事實上，出賣朋友的卑劣行徑，會使其受到更無情的唾棄，落到更悲慘的境地。

或許只有一種解釋勉強可以成立，那就是藥妞想製造另一個苦命猴，藥妞的毛毛被大公猴們撕碎吞吃了，整個雲霧猴群就牠承受如此悲慘的命運，牠覺得很不公平，牠想讓苦難有個伴，將痛苦拆成兩半，我分擔一半，你也分擔一半，看到別的雌猴遭受同樣的喪子之痛，苦楚不再寂寞，災難不再孤獨，自己蓄滿心頭的痛就能得到有效的分流和疏導。

貧窮會產生怨恨，悲苦會催生邪惡，這是至理名言。

金腰帶猴王趕到了駝峰狀磐石下，開始攀爬這座磐石。雌猴藥妞身體前傾，做出迎候的姿勢來。丹頂佛發出撕心裂肺的嘯叫，牠明白，幾秒鐘後血臀就會落入這些殘暴的大公猴手裏。寶貝在劫難逃，牠的心已經碎了。

金腰帶猴王已經躥上磐石頂，伸手去接藥妞遞過來的幼猴血臀。就在這最後時刻，突然，駝峰狀磐石的另一個側面，閃出一個猴影來，飛快撲到藥妞身上，搶先半步將血臀接了過來。丹頂佛仔細望去，那隻突然躥出來的搶在金腰帶猴王前接走血臀的黑葉猴，瘦削的身體、雜亂的皮毛及頭頂快禿謝的冠毛，原來是獨眼老醜！

但願這是一個好強盜。

金腰帶猴王愣住了，幾隻充當幫兇的大公猴也驚呆了。

獨眼老醜趁機抱起血臀，從駝峰狀磐石上躥躍下來，迅速朝樹林奔逃。金腰帶猴王很快從震驚中回過神來，氣急敗壞地率領一幫大公猴追了過來。

丹頂佛當然希望獨眼老醜能勝利大逃亡，最好是金腰帶猴王在追逐過程中被藏在草叢裏的藤葛絆一跤，摔個嘴啃泥什麼的。遺憾的是，金腰帶猴王不僅沒有摔跤，追攆速度還挺快，其他幾隻大公猴也爭先恐後趕了上來。獨眼老醜沒逃出多遠，就被大公猴們圍住了。丹頂佛看見，金腰帶猴王衝到獨眼老醜面前，齜牙咧嘴咆哮，用意很明顯，是在動用猴王的權威逼迫獨眼老醜交出懷裏的血臀！

獨眼老醜在雲霧猴群中地位排序在最末等，堪稱賤民，習慣逆來順受，尤其在金腰帶猴王面前，忍氣吞聲，從來不敢反抗。丹頂佛曾多次看見，獨眼老醜正騎在樹上採食葉子，金腰帶猴王順著樹幹走過來了，還離得十幾米遠呢，獨眼老醜就萎瑣地倒捲起尾巴，知趣地溜下樹去了。

有一次，獨眼老醜在一棵桂花樹下打瞌睡，樹上突然掉下一隻剛孵出兩天、眼睛還沒睜開的小葦鶯，砸在牠頭上，把牠砸醒了。

原來，桂花樹上有一隻葦鶯巢，春天繁殖季節，慣於玩偷樑換柱把戲的母杜鵑，

將一枚寄生卵產在這個葦鶯巢裏，並順手牽羊叼走了一枚葦鶯卵，可憐的葦鶯夫妻無法識別以假亂真的杜鵑卵，將親生卵和寄生卵一起抱窩。

經過漫長而又艱辛的孵化，雛鳥出殼了，小杜鵑的體型比小葦鶯的體型要大得多，背部長有一個具有觸覺的小突起，憑著一種排斥競爭對手的本能，當背部的突起觸碰到小葦鶯時，便條件反射地產生將對方拋出巢去的欲望，小杜鵑與生俱來便有這等本領，削尖腦袋鑽到小葦鶯身體底下，把小葦鶯馱到或頂到巢邊，再用力拋下巢去，以獨享養父母的食物。掉在獨眼老醜頭上的小葦鶯，就是被小杜鵑從鳥巢裏排擠出來的犧牲品。

對獨眼老醜來說，這是從天上掉下來的夾肉餡餅。牠喜孜孜地撿起還在掙動的小葦鶯，這可算得上是一頓營養豐富的晚宴啊。

牠剛要往嘴裏塞，突然金腰帶猴王不知從哪裏冒出來了，貪婪而又霸道的眼光落到牠手中的小葦鶯上。牠將胳膊反扭到背後，把夾肉餡餅藏了起來。金腰帶猴王發一聲威，身體彈性地前後聳動，擺出躍躍欲撲的架勢來。獨眼老醜立刻就軟了，害怕得渾身發抖，乖乖交出小葦鶯。

此時此刻，大公猴們將獨眼老醜團團圍住，金腰帶猴王威脅恫嚇，獨眼老醜能抗得住嗎？

卑賤者在高貴者面前，很難直起腰、挺起胸、昂起頭顱。

但這一次，卻出乎丹頂佛的意料，無論金腰帶猴王如何咆哮，獨眼老醜緊緊將血臀摟在懷裏，毫無屈從的意思。扮演幫兇角色的大公猴們也兇狠地朝獨眼老醜嘯叫，獨眼老醜雖然嚇得身體像寒風中的樹葉瑟瑟發抖，但仍沒投降的表示。

金腰帶猴王勃然大怒，一個誰也瞧不起的老廢物，竟然敢公開違抗牠的旨意，實在是大逆不道！金腰帶猴王撲了上去，動手搶奪獨眼老醜懷裏的血臀。

獨眼老醜四肢緊摟著血臀，長長的尾巴穿胯而過護在胸前，猴頭也低垂下來，身體蜷成球狀，把懷裏的血臀保護得嚴嚴實實。

金腰帶猴王愈加惱怒，嘴裏不乾不淨刻毒咒罵，一隻猴爪揪住獨眼老醜的冠毛，使勁往後扳拉，另一隻猴爪伸向獨眼老醜的頸窩，想把摟在懷裏的血臀掏出來。

獨眼老醜起先還竭力躲避，看看實在避不開，也不知從哪來的膽量，啊嗚在金腰

帶猴王手腕上咬了一口。也許是自卑情結在作怪不敢下狠勁去咬，也許是老年猴牙齒磨損得太厲害而不夠鋒利，也許是姿勢彆扭角度也彆扭影響了噬咬功能，這一口其實咬得很膚淺，只咬掉一嘴絨毛，咬出幾粒血珠，根本就沒傷筋動骨。但金腰帶猴王暴跳如雷，撲到獨眼老醜身上，亮出一口結實犀利的牙齒，在獨眼老醜肩上背上胡咬亂啃。那是猛烈無情的咬，真槍實彈的咬，奪命攝魂的咬，口口見血，皮開肉綻。

你吃了豹子膽，竟敢咬猴王，這叫犯上作亂，理應千刀萬剮！

其他幾隻大公猴也跳將過來，助紂爲虐，有的撕獨眼老醜大腿，有的扭獨眼老醜胳膊，你一拳我一腳，你一口我一爪，教訓這個膽敢忤逆造反的老傢伙。

你快鬆鬆手，交出懷裏的異族小公猴，不然我們連你也一塊吃嘍！

這夥兇悍的大公猴，隨便挑出哪一隻來，一對一單練，獨眼老醜也肯定會落花流水。現在這夥大公猴一湧而上，獨眼老醜根本無法招架。猴毛飛旋，血肉橫飛，慘烈的哀嚎聲不絕於耳。

但獨眼老醜是吃了秤砣鐵了心，任憑大公猴們怎麼施暴毆打，就是蹲在地上將身體蜷成球狀，把血臂緊緊護在懷裏。

這已經不是一般意義的打架，而是一場以多欺少血淋淋的殘酷虐殺。

不一會兒，獨眼老醜渾身都是血，快變成一隻血猴了。

這時，丹頂佛已心急火燎趕到現場，牠沒有能力驅趕這夥施暴的大公猴，只有在旁邊捶胸跺腳，發出錐心泣血的嘯叫：

——殺猴啦，救命啊！殺猴啦，救命啊！

毆打聲、尖嘯聲在靜宓的樹林裏傳得很遠很遠。

所有的黑葉猴都被驚動了，從四面八方紛紛圍攏來。

毆打一個渾身是血已經奄奄一息並完全失去反抗能力的老猴，無疑是慘無猴道令猴髮指的暴行。

更重要的是，在黑葉猴社會，同一個族群內，是不得濫殺無辜的，即使發生爭執，只要一方縮緊肩膀垂下尾巴翹起屁股，做出認輸乞降的姿態，另一方就必須停止攻擊。這是維繫族群內團結的一條重要禁忌。

黑葉猴是存在等級制的社會，生性好動，個體之間免不了會發生磕碰和摩擦，假

如沒有族員之間不得殺戮這條禁忌，族群很快就會因爲互相殘殺而滅絕。顯然，這夥大公猴觸犯了禁忌。

在一個族群內，觸犯禁忌也就是觸犯眾怒。

歐歐，呦呦；歐歐，呦呦。男女老少幾乎所有的黑葉猴，都朝這夥心狠手辣的大公猴發出不滿的嘯叫。這隻可憐的獨眼老醜快要死了，你們還在咬，怎麼一點猴性也沒有啊！

獨眼老醜雖然遍體鱗傷，卻仍緊緊摟抱著血臀，明擺著的，除非真的把牠咬死，是不可能搶到血臀的。

對統治集團來說，當著眾猴的面，虐殺一隻殘疾老猴，會失去猴心，是得不償失的傻事。

族群內不得虐殺的禁忌起了作用，眾猴不滿的嘯叫聲也起了作用，金腰帶猴王大概也曉得水能載舟亦能覆舟的道理，悻悻地嚎了一聲，鳴金收兵，帶著那夥如狼似虎的大公猴撤離了。

丹頂佛趕緊跳過去，真是慘不忍睹，獨眼老醜蹲坐在地上，渾身上下有二十多處被咬破的創傷，不斷往外冒著血，嘴巴裏也湧出殷紅的血沫，那隻獨眼不斷翻白，處於半昏死狀態。唯獨手臂和腿，仍像鋼圈鐵箍似地把血臂圈在懷裏。牠哽咽著，呼叫著。獨眼老醜吃力地睜開那隻眼睛，看清是牠後，這才慢慢鬆開四肢。牠抱起血臂，小傢伙安然無恙，只是胳膊被抓出兩道血痕。

圍在四周的黑葉猴們都用同情的眼光望著奄奄一息的獨眼老醜。

突然，獨眼老醜那隻死氣沉沉的眼變得流光溢彩，僵硬垂死的肢體也似乎恢復了生氣與活力，竟然爬了起來，展開雙臂向丹頂佛討要血臂。丹頂佛毫不猶豫地將血臂遞了過去。

獨眼老醜接過血臂，將嘴角湧出來的血沫，塗抹到血臂身上；嘴角的血沫塗完了，又將自己創口還在流淌的血，塗抹到血臂身上。就像在爲一件器皿上油漆一樣，一遍一遍又一遍。

這個血淋淋的異乎尋常的舉動震撼了所有在場的黑葉猴，幼猴停止了吵鬧，成年猴停止了走動，就連金腰帶猴王也蹲在駝峰狀磐石上表情肅然地凝視。四周一片靜宓，空氣中飄散濃濃的血腥味，顯得莊嚴肅穆。

這是一個神聖的儀式，獨眼老醜在用鮮血表達最後的遺願：我抱在懷裏的幼猴，是我的血脈，是我的孩子，也是雲霧猴群嫡傳的後裔，請你們不要加害牠！

血臀渾身塗滿了血，紅彤彤像個小太陽。

突然，獨眼老醜身體挺了挺，仰面倒地，四肢抽搐了幾下，便不再動彈。

牠死了，牠的血流乾了。

把族群內成員毆打致死，怎麼說也是不光彩的事。金腰帶猴王訕訕地嘯叫數聲，帶領猴群離開臭水塘，回雲霧溶洞去了。

駝峰狀磐石旁，只留下丹頂佛、血臀和已經魂歸西天的獨眼老醜。

血臀還小，不懂死亡的意義，還以爲獨眼老醜睡著了，爬過去使勁搖獨眼老醜的胳膊，想讓獨眼老醜起來與牠一起玩耍。

殘陽如血，天地一片恐怖的紅，像是給死者掛起的一幅巨大的靈幡；烏鴉暮歸，黑色的翅膀剪斷山風，剪斷晚霞，呱呱呱聒噪的叫聲，像是在爲死者哭靈弔唁。

天快黑時，山峰背後飛來一塊烏雲，落下一場陣雨。淒風呼嘯，冷雨滴嗒。老天也有眼睛，老天也有感情，爲弱勢生命灑一把同情的淚。

丹頂佛後悔極了，就在不久前，獨眼老醜向牠求愛，被牠粗暴地拒絕了。爲了擺脫糾纏，牠甚至咬傷了獨眼老醜的腿。當時獨眼老醜被牠趕走後，牠以爲獨眼老醜會由愛生恨，從此以後不會再關心血臀的死活。事實卻是，獨眼老醜再次從猙獰的死神手裏奪回了血臀。獨眼老醜捨得爲血臀獻出自己的生命，甚至爲了血臀不再受歧視，捨得用血漿塗抹在血臀身上。這份情義，這份摯愛，不是父子，卻勝似父子。

牠想起獨眼老醜的身世，是一隻年輕時就破了相的族群中最卑賤的公猴，一輩子沒親近過雌猴，一輩子沒得到過交配機會，是個被愛情遺忘的角落。

要是早知道會有今天這場危機，牠或許不該如此絕情，在那個春風和煦的黃昏，將獨眼老醜拒之門外。危難時刻見真情，牠現在明白了，獨眼老醜是真心愛牠的，也是真心愛血臀的。獨眼老醜是隻真正意義上的好公猴。牠很後悔，也很內疚，牠很想表達深深的歉意，可惜獨眼老醜再也醒不過來了。

雨停了，天晴了，月亮升起來了，是個有月暈的夜晚，銀盤似的滿月高懸在晴朗的夜空，四周是圈淡淡的光環。一隻貓頭鷹在夜空疾飛而過。遠方傳來山豹憤怒的吼叫。

臭水塘邊，不知是什麼野獸經過，弄出唏哩嘩啦可怕的聲響。一股夜風襲來，陰

森森冷嗖嗖慘兮兮悲切切，丹頂佛忍不住打了個寒噤。臭水塘是食肉猛獸經常光顧的地方，這兒太危險了，牠拔了兩把香茅草，蓋在獨眼老醜身上，也算是草草掩埋了，然後抱起血臀，朝山上那只雲霧嫋繞的溶洞走去。

雖然雲霧猴群幾隻兇悍的大公猴幾次三番想要加害血臀，可丹頂佛還是要回到雲霧猴群去，黑葉猴是群聚性動物，牠無法離開群體單獨生活，世界上也沒有不排斥外族雄性幼猴的黑葉猴群，牠別無選擇，牠只能帶著血臀繼續生活在雲霧猴群中，與死神玩捉迷藏的遊戲。

丹頂佛開始巴結討好孔雀藍王妃，與孔雀藍王妃相遇時，牠立即垂下尾巴，伏低身體，將屁股轉向對方，做出只要對方願意隨時可以騎到自己背上來的姿勢；這個姿勢在猴子社會，表示自己比對方地位低，承認對方的地位比自己高。

牠像個幽靈一樣，潛伏在孔雀藍王妃周圍，只要一有機會，看到孔雀藍王妃獨自待著，便跑攏去，賣力地替孔雀藍王妃整飾皮毛。得到好吃的，一簇翠綠的嫩葉或一隻肥壯的樹蛙，自己捨不得吃，也捨不得給血臀吃，立刻送到孔雀藍王妃手中。

孔雀藍王妃何許猴也？就是雲霧猴群金腰帶猴王的愛妃。

說實話，丹頂佛這麼做，內心充滿委屈。

在布朗猴群，牠是尊貴的王妃，地位最高的雌猴，從來就是其他雌猴來巴結牠討好牠。牠身上癢癢了，只消扭扭肩膀，便有雌猴跳將過來，露出阿諛奉承的表情，為牠整飾皮毛。牠餓了，爬上樹去，其他雌猴便會知趣地從樹冠避讓開去，把最佳的採擷嫩葉的位置讓給牠。突然間牠從養尊處優的王妃，一下子淪為卑賤的女僕角色，社會地位巨大的落差，使牠產生強烈的失落感。牠的心在流淚，可臉上還要擠出諂媚的笑，個中滋味很難用語言表達。

丹頂佛之所以要降尊紆貴，在孔雀藍王妃面前扮演女僕的角色，目的是為了曲線救子。牠曉得，雖然因為獨眼老醜獻出生命，牠的小寶貝血臀躲過了劫難，但危機並未解除。血臀仍然是一隻被雲霧猴群最高權力機構判處極刑的死囚猴，不過是暫緩執行而已。現在，血臀身上還塗抹著獨眼老醜的血，氣味還在，顏色還在，記憶還在，金腰帶猴王和那夥大公猴怕引起公憤，所以暫時停止了迫害。但獨眼老醜生前地位卑微無足輕重，影響力不可能久遠，隨著時間推移，風吹雨淋，霧洗霜打，獨眼老醜塗

抹在血臀身上的血很快就會稀釋，顏色會褪盡，氣味會飄散，記憶也會隨著時間而淡化。到了哪個時候，罪惡的殺戮必將重演。

要想使血臀真正擺脫死囚猴的陰影，唯一的辦法就是由金腰帶猴王頒發特赦令。換句話說，只有金腰帶猴王站出來宣佈血臀是雲霧猴群的成員，血臀才算獲得生存保障。

牠不能直接討好金腰帶猴王，只能通過孔雀藍王妃來實現自己的拯救愛子的計畫。金腰帶猴王非常喜歡孔雀藍王妃，恩寵有加，丹頂佛相信，孔雀藍王妃的態度是能影響金腰帶猴王的。

丹頂佛是隻聰慧的雌猴，又曾經當過王妃，知道王妃者需要什麼樣的服務。

當孔雀藍王妃靠在岩石上打瞌睡時，牠會安靜地守候在旁邊，驅趕嘰嘰喳喳的鳥雀，並撿起一根樹枝，拍打嚶嚶嗡嗡的蒼蠅，讓孔雀藍王妃睡得更安穩。一旦孔雀藍王妃睡醒，牠立馬跳過去，將事先準備好的兩顆酸多依果或一隻野草莓恭恭敬敬地送到孔雀藍王妃手裏，這是開胃的點心，敬請閣下笑納。當孔雀藍王妃扭動身體覺得不舒服時，牠就用靈巧的指爪給孔雀藍王妃整飾皮毛，牠知道背部與肩部最容易麇集寄生蟲，梳理時格外仔細，連微小的扁虱卵和跳蚤卵都用舌尖舔理得乾乾淨淨，牠也曉得腰部與下肢最容易發生騷癢，總是用恰到好處的指法使孔雀藍王妃身心愉快。

孔雀藍王妃也有個年齡與血臀相差無幾的幼仔，牠像個忠誠的女僕，悉心照料那隻名叫黑橄欖的幼猴，有時孔雀藍王妃懶得餵奶，牠就會主動抱起黑橄欖，給小傢伙餵一口奶，在黑葉猴群裏，即使同胞姊妹間，也不會給對方的幼仔餵奶。每當金腰帶猴王臨幸孔雀藍王妃，牠便會知趣地退避三舍，絕不去出風頭搶鏡頭，惹孔雀藍王妃不高興。

牠的這套策略非常有效，沒多久牠就發現，孔雀藍王妃喜歡上牠了，當然是主子喜歡乖巧奴僕那種喜歡，半天見不到牠，會用長長的嘯叫聲呼喚牠。

有一次，孔雀藍王妃不知從哪裏弄來一支玉米棒，正啃得津津有味，見牠過來，突然將玉米遞到牠嘴邊，讓牠也啃一口嘗個新鮮。牠很識相，只啃了一小口，便用感恩戴德的表情把玉米棒遞了回去。

這是一支曬乾的老玉米，有點咯牙，味道真的不怎麼樣，才敢吃一小口，還不夠塞牙縫的。但這件事的意義卻不同凡響。對黑葉猴來說，能在一起分享食物，是友誼的象徵。這表明，孔雀藍王妃已對牠產生信任感，差不多把牠視爲貼身女僕了。

丹頂佛沒想到，自己討好孔雀藍王妃的行爲，會遭到另一隻雌猴的強烈嫉恨。

五　女僕策略

那是一隻綽號叫斷趾姨媽的母猴，牙口約十四歲。

斷趾姨媽之所以有這麼個怪異的綽號，是兩年前有一次猴群遭到獵人伏擊，被一顆滾燙的子彈削掉左後爪上拇指、食指和中指三跟指頭。這雖然不是致命傷，但畢竟是殘疾了。

黑葉猴是岩棲動物，主食樹葉，整天不是在懸崖上攀爬就是在大樹上遊蕩。黑葉猴四隻爪子都長有細長靈巧的指頭，都具備抓握功能，以適應岩棲和樹棲生活。左後爪斷了三根指頭，這隻猴爪便喪失了大部分抓握功能，肯定會影響爬樹攀岩。

黑葉猴是靠自身實力排序社會地位的，對雌猴而言，兩大因素決定其在族群中的地位，首先是受公猴青睞的程度，猴界也搞夫榮妻貴這一套，勾搭上地位顯赫的公猴，雌猴的地位便也芝麻開花節節高，其次是看身體狀況，年輕一枝花，年老豆腐

渣，年輕力壯當然比年老力衰要強得多。

斷趾姨媽年輕時長得不難看，形象還算對得起觀眾，本來在雲霧猴群中，地位排序在中上層。突然斷了三根腳趾，怎麼說也是輕度殘疾，又已經到了猴老珠黃引不起異性興趣的年齡，直接導致社會地位的迅速滑落。那些過去牠瞧不上眼的傢伙，紛紛踩到牠頭上來了。

有一隻名叫駝背的老母猴，已經步入老年行列，加上背有點駝，地位排序排在倒數第二等，通常只能吃些別的黑葉猴漏採的樹葉——殘羹剩飯充饑。然而，斷趾姨媽被獵槍削掉三根腳趾後，就是這個駝背老母猴，竟然也在牠面前趾高氣昂起來。

有一次猴群發現一窩白蟻，白蟻含有高蛋白，是黑葉猴最愛吃的食物之一，黑葉猴吃白蟻很有講究，折根一尺多長的草棍，伸進白蟻窩去，抖動引誘，讓憤怒的白蟻咬住草棍後，像人類吃羊肉串一樣將白蟻吃掉，俗稱釣蟻。

對黑葉猴來說，吃白蟻好比一場盛宴，當然得排列啄食秩序。白蟻窩洞口不大，必須分幾撥進食，第一撥當然是猴王、王妃和少數幾隻與猴王結成權力聯盟的大公猴，第二撥是成年公猴和帶崽的母猴，第三撥是成年雌猴和青春期的雄猴，第四撥是已步入老年卻還不到衰老程度半老未老的老猴和半大的幼猴，最後才輪到老弱病殘。

以往碰到釣蟻盛宴，斷趾姨媽都是在第三撥進食的，可這一次，當幾隻帶崽母猴心滿意足地打著飽呃從白蟻窩退下來，牠興沖沖跟著兩隻青春期雄猴往白蟻窩走去時，駝背發母猴突然跳將出來，從背後狠狠摑了牠一個脖兒拐，當時牠正踩在斜坡上，沒有任何防備，摔了個嘴啃泥。

被一隻誰也瞧不起的老母猴打，牠當然怒火萬丈，爬起來與駝背撕打，可那時牠腳趾上的創口還未痊癒，身體還很虛弱，結果不僅沒能教訓駝背，反而被對方打得鼻青臉腫。

更無法容忍的是，第三撥黑葉猴吃完了，第四撥半老的老猴和半大的幼猴要登場了，駝背仍然擋著牠的路不讓牠靠近白蟻窩。

把牠降低一等還嫌不夠，還要把牠貶低到老弱病殘裏去，這也太不講理了嘛。牠發出委屈的嘯叫，指望有誰來主持公道。

但讓牠寒心的是，金腰帶猴王和有能力來維持秩序的大公猴們，彷彿集體失聰了，任牠聲嘶力竭地叫，沒誰來理睬牠。牠明白了，在眾猴眼裏，牠就該是最末等的猴。第四撥黑葉猴也吃完了，牠才被允許與幾隻或衰老或殘疾的猴去往白蟻窩。真是作賤牠沒商量。

白蟻窩裏雖然藏著密密麻麻的白蟻，但被四撥黑葉猴掃蕩得差不多了，與在河裏釣魚一樣難，費了很多手腳，換了七根草棍，才釣起十幾隻白蟻，剛夠塞牙縫的。不僅僅是吃殘羹剩飯的問題，還有被打入十八層地獄刻骨銘心的痛苦。

這件事給斷趾姨媽留下的印象太深刻了，可以說是傷了牠的心，刺了牠的魂，牠不願被生活過早淘汰，成爲社會底層受欺負受凌辱的賤民，痛定思痛，考慮再三，便決定轉變角色，成爲孔雀藍王妃最忠實的女僕，爲孔雀藍王妃整飾皮毛，幫孔雀藍王妃撫養幼仔。

猴界也刮裙帶風，孔雀藍是雌猴中地位最高的王妃，斷趾姨媽成了孔雀藍王妃關係最密切的女僕，社會地位便獲得相應提升。那些踩到牠頭上來的傢伙，那些欺負牠的壞蛋，不得不見風使舵，在牠面前夾起尾巴做猴了。

突然間，半路殺出個程咬金，丹頂佛拚命巴結討好孔雀藍王妃。

開始時，斷趾姨媽還不是十分介意，新來投靠的雌猴，做一兩次客串女僕，給孔

雀藍王妃整飾皮毛或遞送食物什麼的，藉此與孔雀藍王妃拉攏關係，以求平安，這也是很正常的事。然而事情的發展卻越來越讓斷趾姨媽擔憂。

那個頭頂長著一片丹紅冠毛的傢伙，簡直就像螞蟥似的叮在了孔雀藍王妃身上，幾乎形影不離地跟隨在孔雀藍王妃身後，這已經不是客串女僕，而是職業女僕了。

更讓斷趾姨媽五內俱焚的是，孔雀藍王妃似乎對冠毛丹紅的傢伙也有了好感，和顏悅色，很願意讓那個名叫丹頂佛的傢伙替自己整飾皮毛，有一次牠還親眼看見，孔雀藍王妃竟然將一支玉米棒讓丹頂佛啃一口。牠斷趾姨媽忠心耿耿做了這麼長時間女僕，還從沒享受過與孔雀藍王妃同食的殊榮呢。

與此相對應的是，孔雀藍王妃對牠斷趾姨媽的態度卻是日趨冷淡。

有一次老天爺突然下起冰雹，當時雲霧猴群聚在一座光禿禿的山頂上，找不到足夠的可供躲避的地方，冰雹有鵪鶉蛋這麼大，劈哩啪啦鋪天蓋地，砸得大家四散奔逃。

這種非常時期，當然也講階級秩序。山頂左側有幾塊突兀的岩石，岩石底部微微向裏凹陷，勉強可以遮擋冰雹，理所當然歸地位高的大公猴和雌猴所有。孔雀藍是王妃，佔據一處凹陷。

這處岩石底下的凹陷容積很小，孔雀藍王妃抱著寶貝幼仔黑橄欖躲進去後，就沒剩多少空間了，斷趾姨媽站在口口，就把整個凹陷擠得滿滿當當。斷趾姨媽覺得自己雖然是站在凹陷的最外邊，被山風吹斜的冰雹不時飄落到身上，但比起在曠野抱頭鼠竄的其他黑葉猴來，不知強多少倍了。哦，這就是做孔雀藍王妃貼身女僕的好處啊，牠得意地想。

就在這時，那隻冠毛紅豔名叫丹頂佛的雌猴，懷抱一隻紅屁股幼猴，失魂落魄地呦呦叫著跑過來了，密集的冰雹砸下來，把那片蓬鬆如雲霞的冠毛砸得像片扁扁的楓葉。斷趾姨媽正津津有味看熱鬧，突然，孔雀藍王妃一隻爪子在牠背部拚命推搡，嘴裏還發出咄咄的驅趕聲。意思很明顯，是要牠離開凹陷，把能遮擋冰雹的位置讓給丹頂佛。

此時此刻，倘若是金腰帶猴王大駕光臨，喝令牠滾蛋，牠會心甘情願讓出來的。可要讓給一隻落魄潦倒前來投奔的外族雌猴，貴賤顛倒，階級秩序顛倒，牠覺得簡直就是對牠的侮辱。這關乎地位的升降和名譽的興衰，牠不能隨隨便便就服從的。

牠委屈地嘯叫，掙扎著，抗拒著，不願退出去。孔雀藍王妃似乎真的生氣了，在牠後腰上猛地踹了一腳，牠站立不穩，一下從岩石底下的凹陷裏跌衝出去。丹頂佛抱

著那隻紅屁股幼猴，吱溜就鑽進空缺的位置去。

反客爲主，鳩占鵲巢，氣煞猴也。

在眾目睽睽下，被孔雀藍王妃一腳踢出來，也實在太丟面子了啊！

更讓斷趾姨媽心理無法平衡的是，孔雀藍王妃不僅發出歡迎的嘯叫，還朝裏擠了擠，給丹頂佛讓出更多的空間。

斷趾姨媽站在無遮無攔的曠野裏，狂風呼嘯，冰雹肆虐，劈哩啪啦砸在牠身上，就像冷毒的蛇在咬牠，痛到骨頭，冷到心裏。

這世界，總有猴歡欣鼓舞，也總有猴垂頭喪氣。

牠不敢去恨孔雀藍王妃，人家是金腰帶猴王的愛妃，牠只是個卑賤的女僕，牠是沒有資格去恨孔雀藍王妃的。牠把所有的委屈都歸罪於丹頂佛。牠只能遷怒到丹頂佛身上。

要是沒有丹頂佛善於討巧賣乖，孔雀藍王妃就不會對牠斷趾姨媽如此恩斷義絕。要是沒有丹頂佛存心來擠兌牠，牠可一輩子穩穩當當做孔雀藍王妃的貼身女僕。做孔雀藍王妃貼身女僕，看起來挺辛苦，卻有許多隱形利益。

老實講，像牠這把年齡，又斷了三根腳趾，能做孔雀藍王妃的貼身女僕，應該說是最理想的工作崗位了。丹頂佛是製造苦難的罪魁禍首，是讓牠失業的直接動因。牠不恨丹頂佛還能恨誰呀？

牠的地位岌岌可危，牠不能束手待斃，牠要設法扭轉乾坤。

牠捍衛自己的女僕地位，其實也就是捍衛自己的生存權利。

丹頂佛不是泥塑木雕，當然感覺到來自斷趾姨媽的敵意。

連做女僕也要競爭，競爭就像空氣一樣無孔不入，這真是個充滿競爭的世界。

說心裏話，牠不想樹敵。多個朋友多條路，多個敵人多堵牆，這條規律在猴界同樣適用。牠新來乍到，當然是希望朋友越多越好，而敵人越少越好。

開始時，面對劍拔弩張的斷趾姨媽，牠採取了忍讓的策略。每當斷趾姨媽兇狠地盯視牠，牠總是用溫和的眼光來應答對方，絕不睚眥必報鬧摩擦。有幾次，牠與斷趾姨媽在樹枝上相遇，斷趾姨媽像個瘋子一樣，齜牙咧嘴發出低沉的嘯叫，那模樣恨不得一口生吞了牠，牠卻強壓下怒火，做出微笑的表情。

微笑並非人類所獨有，人類確實是面部表情最豐富的動物，但許多靈長類動物也具備喜怒哀樂的面部表情，黑葉猴也是面部表情能隨著心情變化的靈長類動物，黑葉猴的微笑雖不如人類那般燦爛，但嘴唇上翹，眼睛微瞇，鼻翼輕輕翕動，頰肌勾勒出和諧的線條，基本形態與人類大同小異，所傳遞的資訊也並無二致，都是表達友善，表達無敵意。遺憾的是，斷趾姨媽根本就不把牠的微笑當回事，仍做出種種挑釁行爲來。

有一次，丹頂佛抱著血臀在懸崖上攀爬，這是一條險象環生的牛毛細路，有百把米長，中間僅有一條寬不足一尺斷斷續續的石縫相鏈結，黑葉猴雖然是攀岩高手，行走時卻也要提心吊膽。牠剛走到一半，迎面碰到斷趾姨媽。

按規矩，兩隻黑葉猴在如此險峻的窄道上相遇，如果其中一隻黑葉猴地位高，另一隻黑葉猴地位低，地位低的黑葉猴就必須往後退卻，退到安全地段，讓地位高的黑葉猴先過；如果是兩隻地位相近的黑葉猴，交會時，雙方就像跳交誼舞似地面對面摟肩搭背，各自小心翼翼地交錯旋轉，在最小的空間用最小的動作互換位置。

丹頂佛與斷趾姨媽，一個是前來投靠的外族雌猴，一個是年老色衰的女僕，半斤八兩，彼此彼此，地位應當說是相等的。離得還有五六米遠，丹頂佛就送去友好的微笑，並做出要跳交誼舞的姿勢。但讓牠愕然的是，斷趾姨媽嘴裏呼呼噴出恫嚇的粗氣，冠毛和體毛姿張開來，加快步伐，兇神惡煞般地衝撞過來。

下面就是刀劈斧斫般陡峭的百丈懸崖，真要猛烈衝撞的話，後果不堪設想。眼瞅著來者不善，丹頂佛趕緊往後退縮。雖說彼此地位相等，面對對方的蠻橫無理，自己往後退縮，未免會有一種屈辱感，但丹頂佛還是急急忙忙往後退縮。牠懷裏抱著血臀，爲了血臀能活下去，牠什麼樣的屈辱都能忍受。

這段石縫特別狹窄，牠抱著血臀很難轉身，只好深一腳淺一腳地倒走，速度當然很慢。斷趾姨媽卻越走越快，簡直可以用橫衝直撞來形容，朝牠壓過來。牠急得哇哇直叫：我已經在往後退縮了，我見你害怕，我給你讓路了，你還想怎麼樣呀！斷趾姨媽彷彿聾了似的，仍瘋瘋癲癲直衝過來。

眼看斷趾姨媽就要撞到身上來了，丹頂佛抬頭一看，天無絕猴之路，就在牠所處的頭頂上方約半米高的位置，石縫內側的岩壁上，掛著一叢草絲，牠立刻縱身一躍抓住草絲，像壁虎似地緊緊貼在岩壁上。斷趾姨媽從牠身後躥躍而過，也不知是有意還是無意，斷趾姨媽的胳膊撞在牠腰眼上，把牠撞得像盪秋千似的搖晃。

不幸中的萬幸，那叢名叫雀雀草的草絲還算堅韌，沒有被牠折斷，不然的話，極

有可能發生墜岩慘劇。

斷趾姨媽這麼做，不說蓄意謀害，也起碼是用心不良啊。

這件事發生後，丹頂佛算是徹底清醒了。除非牠停止巴結討好孔雀藍王妃，與孔雀藍王妃疏遠關係，把貼身女僕的崗位還給斷趾姨媽，否則的話，牠與斷趾姨媽的矛盾是不可調和的。

巴結討好孔雀藍王妃，這是牠拯救血臀唯一可行的辦法，不可能放棄的。因此，鬥爭是不會停止的。牠採取忍讓的策略，希望和平競爭，希望化干戈爲玉帛，事實證明這是不切實際的幻想，是鴕鳥式的愚蠢和犯傻。樹欲靜而風不止，牠必須面對無情的挑釁，面對殘酷的現實。

僅僅過了三天，又發生了一件讓丹頂佛毛骨悚然的事情。

這天中午，雲霧猴群去到一個名叫「一線天」的地方採食黑木耳。所謂「一線天」，是大自然鬼斧神工造就的一道奇絕風景。一座高聳入雲的大山，好像被天斧從中間劈開，從山頂到山腳，齊嶄嶄一條寬不足兩米的裂縫。站在山腳往上看，天空變成一條明亮的絲線，便有了「一線天」這樣一個富有詩意的地名。

山腳下陰暗潮濕，枯木遍地，每到春末夏初季節，在腐爛的樹幹上，便一骨朵一骨朵冒出肥厚的黑木耳來。新鮮的黑木耳甜嫩爽口，是黑葉猴的傳統美食。吃飽後，猴們便爬上山頂，在雜樹林裏休閒消食。

孔雀藍王妃四仰八叉躺在岩石上，扭動身體愜意地蹭癢。丹頂佛已十分熟悉孔雀藍王妃的肢體語言，曉得這表示需要整飾皮毛，於是將已經在打瞌睡的血臀放在身旁的石旮旯裏，自己乖巧地跳到岩石上，靈巧的手指梳理並翻撿孔雀藍王妃身上的毛叢。

一座大山，被大自然這把天斧劈成南北兩半，裂縫南面或許可以稱爲南半山，裂縫北面或許可以稱爲北半山。丹頂佛在北半山上給孔雀藍王妃整飾皮毛，牠看得很清楚，金腰帶猴王和那幾隻兇悍的大公猴正在南半山那片雜樹林裏睡午覺，相隔起碼有兩百來米。

吃飽鮮美的黑木耳，遠離饑寒，族群沒了喧囂與吵鬧。雀鳥啁啾，白雲朵朵，種種跡象表明，這是一個和平安寧的中午。

丹頂佛繃緊的心弦稍稍放鬆了些，認真而細緻地替孔雀藍王妃整飾皮毛，將躲藏在毛叢深處的扁虱和跳蚤一個個捉拿乾淨。

腹部整飾完畢，孔雀藍王妃舒服地翻了個身，露出有點髒亂的背部。完全出於一種習慣，丹頂佛在繼續爲孔雀藍王妃整飾背部皮毛前，探出頭去朝岩石下的石旮旯張望。無論在做什麼事，牠都會時時刻刻牽掛小寶貝。牠想看看血臀是否睡得香，會不會有蜈蚣或蠍子爬到牠身上去？

牠的眼光落到石旮旯裏，石旮旯裏空空如也，只有一隻淘氣的小松鼠在落葉堆裏撿食堅果。

牠的心陡地懸了起來，立刻歐啊歐啊發出聯絡的嘯叫。右側那片草地上，吱呀吱呀傳來血臀應答的叫聲。那叫聲歡快熱烈，還透出幾分興奮。哦，小傢伙趁牠在給孔雀藍王妃整飾皮毛的機會溜出去玩耍了。

牠鬆了一口氣，聲音也是一種形象，從應答的叫聲判斷，小傢伙正在愉快地做遊戲呢。可小傢伙走出牠的視線以外，牠心裏總覺得不踏實，還是把小傢伙抱回自己身邊來玩比較好。牠歉意地吻吻孔雀藍王妃腳爪，便朝傳來叫聲的方向跳躍過去。

繞過幾塊裸岩，便望見血臀了。一瞬間，丹頂佛一顆猴心劇烈跳動起來，嘣嘣嘣嘣嘣，彷彿要從胸腔裏跳出來。

血臀倒是在高高興興玩耍，卻不知什麼原因，正蹦蹦跳跳往那條不足兩米寬的裂縫而去。裂縫邊緣，雜草叢生，兩側的草葉差不多長攏了，把這條裂縫遮蓋起來。成年黑葉猴當然曉得翠綠的草葉下是一條可怕的裂縫，而不懂事的幼仔卻懵懂無知，還以為是可以在上面踩踏行走的草地呢。

別過去，危險，快回來！丹頂佛大聲叫喚。

按理說，幼仔聽到母猴叫喚，會停止玩耍，奔回母猴懷裏來的。可是，這一次血臀卻一反常態，聽到叫喚後停止蹦跳扭頭看看丹頂佛，但僅僅停頓了一秒鐘，又興沖沖往裂縫方向跳躍。

好像魂被勾走了，根本聽不進勸阻。

血臀離那條裂縫只有五、六米遠了，丹頂佛把聲音壓粗，從牙縫間發出呵呀呵呀嚴厲的呵斥聲，那是在動用母親的權威，喝令血臀立即滾回來！

以往這個時候，小傢伙無論在幹什麼，立刻就會轉身跳回牠身邊來。可這一次真是見了鬼了，小傢伙僅僅回頭瞥了牠一眼，便又興高采烈往前衝去。

不顧一切，忘乎所以，直衝危險的裂縫，這也太邪門了啊。

血臀離那條深不可測的裂縫只有一、兩米了，丹頂佛四隻猴爪用力在石頭上一蹬，就像在兩棵樹之間飆飛一樣，飛也似地躍到血臀身邊，牢牢將小傢伙抓住。好險哪，再往前走兩步，就有可能一腳踩空掉進裂縫去，一失足成千古恨。

讓丹頂佛頗覺蹊蹺的是，血臀還眼睛盯著前方，踢蹬掙動，嚷嚷著要蹦躍過去呢。

丹頂佛順著血臀的視線望去，這才看清，綠草地上，有一根紫色的長春藤，正在像蛇一樣瑟瑟遊動，頂端那簇藍色花葉，似乎塗了厚厚一層金黃液體，在陽光下閃閃發亮。牠聳聳鼻尖，聞到一股蜂蜜香甜的氣味。黑葉猴天生嗅覺靈敏，牠還聞出這是用梔子花釀成的蜜，撲鼻清香，令猴垂涎三尺。

難怪血臀會鬼迷心竅不顧一切地追上去，對黑葉猴而言，世界上最心儀的美食，就是蜂蜜了。尤其是用梔子花釀成的蜂蜜，在黑葉猴眼裏，就是美食中的極品。嘗一口舌頭生津，嘗兩口甜到心裏，嘗三口心曠神怡。

在人類社會，有拚死吃河豚魚的說法，在黑葉猴社會，就是拚死吃梔子花蜂蜜。對饞嘴幼猴來說，這是擋不住的誘惑，無法抗拒的勾引。

丹頂佛還發現，小傢伙的嘴唇上，也掛著幾絲蜂蜜，看來是嘗到過甜頭了。

血臀爲何對牠的呼喚置若罔聞，這個謎底算是揭開了。但另一串疑問隨即湧上心頭：這裏不見嗡嗡飛舞的蜜蜂，也不見垂掛在樹枝或岩壁上橢圓形的蜂巢，何來散發梔子花清香的蜂蜜呢？更讓牠百思不得其解的是，蜂蜜怎麼會塗抹在長春藤頂端那簇藍色花葉上？又怎麼會像蛇一樣瑟瑟抖動？

丹頂佛還沒想出個所以然來，那根長春藤又蛇一般地曲扭並一點一點往那條天斧劈開的大裂縫移動。

蜂蜜的香甜氣味隨風飄散，血臀流淌口水，估計肚子裏的蛔蟲都快被勾引出來了，又開始伸胳膊伸腿想去追趕那根長春藤。

丹頂佛瞅準機會，冷不防跳過去，一把揪住長春藤，猛烈拉扯。牠一定要弄清楚，這根蘸滿蜂蜜的長春藤究竟是怎麼回事。

在牠的猛烈拉扯下，長春藤從草地上跳了起來，像棍子一樣繃得筆直。丹頂佛又有了新發現，原來這根長春藤的另一端在裂縫對面的南牛山上。

牠又猛烈拉了兩下，長春藤的另一端伸進南牛山裂縫邊緣一片茂密的羊蹄甲花叢中，似乎被什麼東西牽絆著，怎麼也拉不動。牠很納悶，便鬆開爪子。繃緊的長春藤突然鬆弛。沒想到，這個無意中做出的舉動，揭穿了一個可怕的陰謀。

隨著長春藤突然鬆弛，對面南牛山上那叢羊蹄甲花劇烈晃動，似有什麼東西在打滾。幾秒鐘後，一個黑色的背影從羊蹄甲花叢中躥出來，慌慌張張往雜樹林跳躍。丹頂佛朝著那背影喔歐喔歐發出幾聲詢問式嘯叫，但那黑影頭也不回，反而加快了跳躍速度，鑽進雜樹林不見了。

雖然丹頂佛沒正面看清那個黑影，但黑葉猴視力極佳，不像人類會患近視眼什麼的，牠的眼睛是雪亮的，已經看得非常清楚，那神秘的黑影不是別人，正是斷趾姨媽！事情終於真相大白，這是斷趾姨媽精心策劃的一個圈套。

不難推測，斷趾姨媽在森林裏找到一隻岩蜂窩，忍著被岩蜂螫得鼻青臉腫的痛苦，掏得一些用梔子花釀成的蜂蜜，藏在一個誰也找不到的秘密角落；當雲霧猴群來到「一線天」採食黑木耳時，斷趾姨媽覺得機會來了，便在灌木叢裏找了根長長的長春藤，將蜂蜜塗抹在頂端那簇藍色花葉上，像使用誘餌釣魚一樣，在牠丹頂佛專心爲孔雀藍王妃整飾皮毛時，將蜂蜜製作的甜蜜誘餌用來引誘血臀。

長春藤那簇藍色花葉，在血臀面前輕輕晃動，梔子花的清香和蜂蜜的甜潤，絲絲縷縷鑽進血臀的鼻孔，小傢伙心癢嘴饞，無法抵禦這巨大的誘惑，便伸手來抓蜂蜜吃；那簇藍色花葉像個幽靈，總是保持在一個恰當的距離內，似乎只要往前再走一步，就能抓住藍色花葉吃到香甜可口的蜂蜜了，可當血臀往前跨出一步，那簇藍色花葉便往後退縮一步，永遠只差那麼一步，可望而不可及。

藍色花葉上的蜂蜜，灑落在地上，點點滴滴，血臀貪婪地舔食，滿口溢香，沁入心脾，更勾起無限欲望，狂熱地追趕幾次從牠爪掌間逃逸的那簇藍色花葉；血臀年幼無知，根本不知道自己正被牽著鼻子一步一步走向危險的深淵。

斷趾姨媽之所以要對血臀下如此毒手，丹頂佛心裏很明白，目的是要摧毀牠賴以生存的精神支柱；斷趾姨媽沒辦法直接傷害牠，便在血臀身上動壞腦筋；這一招確實歹毒，假如斷趾姨媽的陰謀得逞，寶貝血臀真的掉進裂縫去，牠丹頂佛肯定悲痛欲絕，不僅喪失努力奮鬥的信念，也會喪失繼續活下去的勇氣，當然也就不會再有心思去爭搶孔雀藍王妃貼身女僕的崗位；這樣的話，斷趾姨媽也就掃除了最大的生存障礙，重新回到孔雀藍王妃身邊去。事關生存利益，便是你死我活的鬥爭。

你不仁，休怪我不義。丹頂佛咬牙切齒地想。事實證明，和平競爭這條路根本是行不通的，在大林莽，遵循的是弱肉強食的叢林法則。牠不能永遠被動地接受挑釁，牠不能再傻乎乎地等待災難臨頭，牠不能無所作爲坐以待斃。牠要主動出擊，爲了寶貝血臀能存活下去，牠要以牙還牙以血還血。

六　永不被揭穿的秘密

有這麼厚顏無恥的猴，丹頂佛快要被氣得吐血了。

那隻名叫藥妞的雌猴，竟然又鬼頭鬼腦來到牠的身邊，滿臉諂媚的表情，伸手作乞討狀。丹頂佛當然知道藥妞想乞討什麼，這傢伙一定又在思念被金腰帶猴王殘害的幼子毛毛，想來摟抱血臀，借別人的幼猴填補落寞的母愛，以排遣失子的悲痛。

別說事情僅僅過去半個多月，即使事情過去十年，丹頂佛也不會忘記那個恐怖的鏡頭：藥妞兩隻前爪托舉著血臀，站立在那座駝峰狀磐石頂上，讓窮兇極惡的大公猴們前來抓捕！一想到當時的情景，牠就會渾身顫慄，血一個勁往上湧，腦袋嗡嗡作響。

這個歹毒如蛇蠍的傢伙，竟然還有臉來乞求抱血臀！

一隻碧綠如翡翠的紡織娘在草葉上飛來跳去，丹頂佛假裝自己的注意力被這隻漂亮的紡織娘吸引住了，背過身去舉爪拍打。這是一種慫恿，一種誘惑，讓想要偷盜的賊大膽行竊。藥妞果然上當，伸爪來摟抱血臀。當藥妞黑黝黝骯髒的爪子快要觸碰到血臀的一瞬間，丹頂佛就像背後也長著眼睛，突然轉過身來，一把揪住藥妞的手臂，狠狠咬了一口。

你再敢偷偷摸摸來打血臀的主意，看我不咬斷你的手臂！

這一口咬得不輕，丹頂佛上齶兩枚獠牙在藥妞手臂上戳出兩個血洞，把周圍的猴毛染紅了一大片。藥妞發出一聲慘嚎，疼得在地上打滾。

丹頂佛一點也不擔心有誰會站出來打抱不平。在眾猴眼裏，藥妞是鼻涕蟲，是掃帚星，是散播災禍的瘟神，即使牠像拆零件一樣咬掉藥妞整條手臂，也沒有誰會來指責牠的。

你是過街老鼠人人喊打，打了也白打！

丹頂佛以爲，藥妞被咬得皮開肉綻，一定會知難而退逃得遠遠的。可牠想錯了，藥妞在地上打了幾個滾後，趴在一棵枯倒的大樹後面，神情悽楚，哀哀嚎叫：

——可憐可憐我吧，讓我來幫你照料你的寶貝血臀吧；過去的事是我做錯了，我向你磕頭認罪行不行？你打我罵我都可以，我是豬玀，我是斑蝨，我是狗屎堆；你就

行行好吧，讓我抱一抱血臀！

藥妞的模樣比過去更邋遢了，頭頂的冠毛亂得像雞窩，身上的體毛被樹汁草漿黏成一坨坨一綹綹，臉上和四肢累累傷痕，血污和汗汙遍佈全身，散發出一股刺鼻的惡臭，用乞丐這個詞來形容恰如其分。

丹頂佛過去曾對藥妞不幸的遭遇產生過同情和憐憫。但現在，所有的同情和憐憫早就像太陽下的霧一樣蒸發得乾乾淨淨，只剩下咬牙切齒的恨。惡有惡報，活該落得如此下場。

過去，雲霧猴群所有的母猴都把藥妞視爲不受歡迎的猴，就牠丹頂佛以平等姿態對待藥妞，將其視爲同病相憐的難友，結果怎麼樣？關鍵時刻藥妞從背後捅了牠一刀，險些置血臀於死地。好心沒有好報，牠幹嘛還要好心呀。

藥妞是猶大，是漢奸，要不是藥妞的無恥出賣，獨眼老醜也不會死得這麼慘啊。再沒有比忘恩負義更讓人也更讓猴痛恨的事了。牠苦於找不到合適的機會，不然的話，真想拔掉藥妞身上所有的猴毛，使其變成一隻像人類一樣醜陋的裸猴，爲獨眼老醜報仇雪恨！

丹頂佛理所當然對藥妞的哀嚎充耳不聞。我不需要你懺悔，我也不需要你求饒。

我只希望你立刻從我面前消失，滾得越遠越好。

丹頂佛齜牙咧嘴撲躍上去，作驅趕狀，藥妞嚇得屁滾尿流逃掉了。可過了一會兒，藥妞又賊頭賊腦來到牠面前，躲在那棵枯樹背後，呀呀淒厲地叫著，還捶胸頓足作嚎啕狀，好像在痛悔以往的過失。

哀嚎也罷，哭泣也罷，喊冤叫屈也罷，無非是在製造噪音，丹頂佛的心絕不會被打動的。

這一招不靈，藥妞又換了一招，突然用頭去撞樹幹，咚咚咚咚，好像在擂動木鼓。不像是在假撞，確實是在真撞，撞得樹皮迸濺樹葉紛飛，撞得頭破血流腦袋鼓起一隻隻鴿蛋似的青包。藥妞一面撞還一面嘯叫，彷彿在說：你要是不肯原諒我，我就撞死在你面前！

你嚇唬誰呀？真是個十足的無賴！你就是撞成腦震盪，撞成植物猴，也休想得到寬恕。拜託了，你最好將腦袋往石頭上撞，腦袋瓜開瓢流出白花花的腦漿，這樣我們才看得過癮呢。

藥妞似乎還不死心，軟的不行就來硬的，張牙舞爪，原地蹦跳，好像要拚個你死我活。丹頂佛毫無懼色撲躍上去，先發制猴，在藥妞大腿上狠狠撕了一爪。

兩隻雌猴扭成一團。無論體力還是意志，藥妞根本就不是丹頂佛的對手，兩三個回合，丹頂佛又在藥妞肩頭咬了一口，咬出一條兩寸長的創口，藥妞支撐不住，歐歐嗚咽著狼狽潰逃。

你再敢來胡攪蠻纏，我就把你撕咬成碎片！

這以後，藥妞倒是不敢再跑到丹頂佛跟前來了，只是躲在遠遠的地方，用混雜著艾怨、乞求、告饒、內疚、自責和悔恨的眼光，偷窺丹頂佛和血臀。

神經病！

望著色彩斑斕的虎皮和血盆大口，望著坐在懸崖邊緣的斷趾姨媽，丹頂佛腦子裏突然冒出一個奇特的假設，倘若此時此刻斷趾姨媽一腳踩滑，斷趾姨媽斷了三根腳趾是有可能腳掌打滑的，從這二十多米的陡岩上滑落下去……丹頂佛爲自己的想法嚇了一大跳。這想法也實在太大膽了，簡直是異想天開。

黑葉猴屬於岩棲靈長類動物，習慣在懸崖峭壁上生活，猴爪的抓握能力極強，不大可能出現一腳踩滑的現象。斷趾姨媽雖然斷了三根腳趾，也照樣攀岩爬樹，從來沒從陡崖上掉下去過。

唉，這是不切實際的幻想，別去想了，根本不可能實現的。

可是……可是斷趾姨媽少了三根腳趾，確確實實是有可能腳掌打滑的啊，丹頂佛忍不住這麼想。

這是在羅梭江畔一個名叫飲馬渡的地方，每年盛夏季節，成千上萬小米蝦從四面八方麇集到這裏產卵，在潮水作用下，許多小米蝦被沖上沙灘。小米蝦味道鮮美，尤其是抱卵的雌米蝦，透明的身體底下掛著滿滿一窩金黃色的蝦卵，吃起來是一種特別的享受。

每年這個季節，雲霧猴群都要來飲馬渡撿食被潮水沖上岸的小米蝦，歡天喜地飽餐一頓，就像過節一樣，或許可稱得上是黑葉猴傳統的米蝦節。

雲霧猴群是太陽當頂時來到飲馬渡的，正是漲潮時，一層層雪白的水浪席捲金沙灘，排浪過後，被洗涮得格外平整的沙灘上，擱淺的小米蝦在金色的沙灘上拚命蹦彈，陽光照射在透明的小米蝦身上，寶石般燦燦發亮。

趕了半天路的黑葉猴正饑渴難忍，立刻湧上沙灘，有的用猴爪撲抓小米蝦，有的

乾脆趴在沙灘上張大嘴，讓小米蝦自動跳進嘴巴裏來。這叫請君入口，自投胃囊。

全體黑葉猴正在大快朵頤，突然，站在一座礁石頂端擔任哨猴的白鬍子公猴啊歐啊歐發出報警的嘯叫，叫聲短促而尖銳，預告發生重大險情。猴們在金腰帶猴王的率領下，一陣風似地逃到江邊一座陡岩上。陡岩離地面約二十多米，坡度接近九十度，左右兩邊都是高山峻嶺，地勢極爲險要，是黑葉猴躲避天敵最理想最安全的藏身之地。

只有短短幾分鐘時間，所有黑葉猴便一隻不剩地撤退到陡岩上。剛才還吵嚷喧鬧的沙灘，變得一片寂靜。約五、六分鐘後，江隈青灰色礁石間，赫然出現一隻孟加拉虎，沿著沙灘漫步走來。

全體黑葉猴，在大約兩百米長的陡岩上，呈一字形排列，用敬畏的眼光注視越來越近的老虎。

不僅人類談虎變色，黑葉猴也談虎變色。虎是森林之王，尤其是孟加拉虎，毛色濃豔，體格健壯，性情暴烈，是東北虎、華南虎、爪哇虎、印度虎、高加索虎等全世界六個老虎亞種中最威猛的虎種。敢單獨闖進象群捕捉乳象，敢衝散野牛群撲殺牛犢，是熱帶雨林名副其實的霸主。

幸虧黑葉猴有嚴格而完善的站崗放哨制度，幸虧擔任哨猴的白鬍子公猴及時聞到老虎身上那股腥臭的體味，並及時發出預警，不然的話，倘若在平坦的沙灘上遭孟加拉虎偷襲，起碼有好幾隻黑葉猴會葬身虎腹。

孟加拉虎來到陡岩下。雖然彼此相距僅二十多米，但沒有一隻黑葉猴因恐懼而逃跑。地勢太陡峭了，別說老虎了，就是以靈巧著稱的金錢豹，也無法攀爬上來。每一隻黑葉猴心裏都清楚，自己待在如此險峻的陡岩上，是十分安全的。

孟加拉虎停了下來，抬起那張額頭飾有黑色王字型斑紋的虎臉，瞪起一雙銅鈴大眼，凝望排列在陡岩上的黑葉猴。

丹頂佛這才看清，這是一隻母虎，腹部吊著四隻圓鼓鼓的乳房，虎鬚略顯焦黃，面帶三分憔悴。

不難猜測，這是一隻剛分娩不久的母虎，在離此地不遠的某個草叢或樹墩裏，有嗷嗷待哺的虎寶寶。母虎望著陡岩上的黑葉猴，虎眼閃動饑饉的寒光，腹部不停抽

搐，虎舌不斷舔理唇吻兩側的鬍鬚。看得出來，牠正處於饑餓狀態，迫不及待想捕獲獵物。

人類社會有雌老虎最凶的說法，這是有科學根據的。老虎本來就兇猛，無論雌雄，都是讓其他獸類聞風喪膽的超級殺手。

凡哺乳期的母獸，出於保護幼崽的母愛本能，性情都會變得更兇猛。譬如母雞，平時看到黃鼠狼立刻會魂飛魄散唯恐逃得不快，但要是帶著剛出殼的雞雛的母雞，面對窮兇極惡的黃鼠狼，也會勇敢地張開翅膀將小雞庇護在自己翼羽下，並用嘴喙去啄黃鼠狼的眼窩。

大林莽曾發生這樣的事情，一隻性格溫順的雌山羊，產下羊羔後，有一天三隻豺狗突然闖進羊群來，豺狗殘忍狡詐，會用爪子捅進羊的屁眼裏掏挖羊腸，是山羊最可怕的天敵，所有的山羊都爭先恐後逃跑了，那隻雌山羊和牠出生才幾天的羊羔被三隻豺狗圍住，那隻平日裏膽子很小的雌山羊，這時候變得極其勇敢，用頭頂的犄角與豺狗頑強搏殺。

這是一場力量懸殊的較量，持續了整整一個小時，雌山羊耳朵被咬掉一隻，羊尾巴被咬掉半截，全身多處掛彩，卻仍守護在羊羔面前不肯退卻，最後三隻豺狗只好放棄這場狩獵，灰溜溜撤走了。

母愛就像鋼刀淬火，使雌獸變得無比堅韌勇敢。

雌老虎本來就有老虎百獸之王的神勇，又有帶崽雌獸捨生忘死的獻身精神，當然會格外兇猛。這隻孟加拉母虎果然厲害，快速奔到陡岩下，縱身一躍，跳上岩壁，四隻虎爪摳住凹凸不平的石頭，嗖嗖嗖往上躥躍。好幾隻年輕猴嚇得失聲尖叫往更高的山崖逃竄，還有幾隻幼猴嚇得小便失禁，滴滴嗒嗒順著岩壁往下淌，也不曉得會不會碰巧流進虎嘴去。

金腰帶猴王雖然也嚇得冠毛聳立，但卻仍端坐在岩石上沒有逃，絕大多數成年猴也只是做出轉身欲逃的架勢而已。並非猴們吃了豹子膽不怕老虎了，而是依照經驗推斷，再優秀的虎也不可能順著筆陡的岩壁躥上二十多公尺的山崖上來。

果真如此，孟加拉母虎僅僅躥上五、六公尺高，便無力再往上攀爬，不得不停頓下來。老虎不是壁虎，老虎沉重的軀體無法在絕壁上停留，虎爪在岩石上又抓了兩

把，抓落一些塵土和碎石，身體便無可奈何地往下滑落，只得跳回地面去。

金腰帶猴王聳立的冠毛漸漸謝落，其他成年猴也紛紛收斂起轉身欲逃的架勢，那些狼狽逃竄的年輕猴也帶著羞赧的表情返回到陡岩邊緣來。危險即將過去，沒必要再這麼緊張了。

孟加拉母虎跳回地面後，使勁搖晃碩大的虎頭，好像要把剛才所遭受的挫折——那不愉快的經歷——從記憶庫甩落出去，然後在左右兩側來回走了一遍，似乎在觀察是否有別的途徑可捉到這些看起來近在咫尺的黑葉猴。結果卻令牠失望。牠發出一聲地動山搖的虎嘯，像是在給自己找台階下，然後自嘲地甩動虎尾，在原地轉了兩圈。

既然不可能捉到這些高踞陡岩的黑葉猴，再待下去徒增煩惱而已，放棄是最明智的選擇。食肉動物大多是機會主義者，不會爲虛無飄渺的希望或理想而白白消耗寶貴的體力和時間。

顯然，孟加拉母虎想離開此地，到別處去碰碰運氣。

就在這時，丹頂佛冒出一個把自己都嚇了一大跳的念頭：此時此刻斷趾姨媽如果不慎摔落下去，將會出現怎樣的情景呢？絕對是個讓所有黑葉猴都目瞪口呆的爆炸性新聞！假如真發生這樣的事，牠就不必再日夜提防來自斷趾姨媽的暗算。牠的寶貝血臂就減少了一分生存危機。

指望斷趾姨媽自己失足摔下去，那種可能性微乎其微。但倘若有誰在斷趾姨媽背後猛推一把，斷趾姨媽就難免不會摔落下去。

想到這裏，牠一顆猴心忍不住哆嗦了一下。此時此刻把斷趾姨媽從陡岩上推下去，無疑是一種卑鄙的謀殺。而黑葉猴社會，同一個族群內，是嚴禁謀殺的。禁止同族殺戮，是每一隻猴都必須遵守的禁忌。假如罪行暴露，牠必將遭受最嚴厲的懲罰，會被金腰帶猴王和那幾隻兇悍大公猴活活撕成碎片。再說了，做這樣的事，還免不了會遭受良心的譴責。罷罷罷，還是放棄這個可怕的念頭吧。

可是，這絕對是天賜良機，機不可失時不再來，將來恐怕就是打著燈籠也找不到這麼好的能徹底消除隱患的機會了。過了這個村就沒有這個店了啊。牠覺得自己不應該存在道德顧慮，牠不是陰謀詭計的始作俑者，是斷趾姨媽先突破道德底線想要謀害牠的寶貝血臀，那次在「一線天」那條可怕的裂縫前，要不是牠發現及時的話，血臀已經從這個世界消失了，在動物界，以牙還牙以血還血並沒有什麼不道德的，牠不過是以其猴之道還治其猴之身而已。

應該說採取行動最主要的心理障礙是害怕罪行暴露會受到懲罰，暴露的風險其實

並不大，牠想，整個雲霧猴群呈一字形在陡岩上排列，牠和斷趾姨媽剛巧是在最靠邊位置，面對處在大自然食物鏈最頂端的孟加拉虎，所有黑葉猴的神經都高度緊張，所有的視線都聚焦在老虎身上，沒有誰會注意其他事情，雖然是大白天，只要牠動作迅猛，乾淨俐落，是完全有可能蒙過其他黑葉猴眼睛的。

當然，要成功地將斷趾姨媽推下陡岩，必須完成潛伏、躥躍、撞擊等一系列動作，還要在發出響聲前撤離現場，在這個過程中，牠無法確保自己百分之百的不暴露。風險是不可能完全排除掉的。做任何事情都是有風險的，除非你什麼也不做。

狠狠心咬咬牙冒冒險，一勞永逸解決問題，永遠不再擔驚受怕，還是值的。

可是……可是一旦事情敗露，牠和血臀將死無葬身之地……

這時，孟加拉母虎已轉過身去，懷著失望的心情，拖著疲憊的身體，邁步往遠處江邊一條草木葳蕤的溝壑走去。

機會轉瞬即逝，世界上是沒有賣後悔藥。

丹頂佛不再猶豫，迅速移到斷趾姨媽身後。

這個時候，眼瞅著老虎就要撤離，斷趾姨媽與其他黑葉猴一樣，繃緊的心弦悄然放鬆，身體微微前傾，雖然屁股還坐在石頭上，但上半身其實已越出陡岩邊緣，半懸在空中。丹頂佛閉緊嘴巴不發出任何聲音，突然躥躍出去，兩隻前爪抓住石頭，兩隻後爪蹬踏地面，對準斷趾姨媽的後腰，用肩膀猛烈抵撞。牠動作快如閃電，用足全部力氣，斷趾姨媽來不及回頭看，身體就像鳥一樣從陡岩邊緣飛了出去。在同一個瞬間，丹頂佛就地一滾閃到石頭背後，抱起血臀躲進亂石堆去。

斷趾姨媽到了空中，才發出淒厲的嘯叫。牠似乎不願意掉下陡岩去，像鳥似地搧划四肢，遺憾的是牠畢竟不是鳥，不可能飛得起來，身體無可奈何地往下墜落。

歐啊——救命啊！

黑葉猴們全都傻了眼，就像看亦真亦幻的魔術表演，不明白是怎麼回事。

孟加拉母虎本來已邁步準備撤離了，聽到淒厲的猴嘯，好奇地回頭張望，啊哈，一隻黑葉猴像枚大果子一樣從陡岩上掉下來了，天上掉餡餅，真讓牠喜出望外，銅鈴大眼瞇成一條縫，喜上眉稍了。

斷趾姨媽掉下去約十來公尺落在陡坡上，身體像個球似地又咕咚咕咚往下滾，快

滾進沙灘才停下來。陡岩上的黑葉猴們咿哩哇啦叫喚，那是在提醒斷趾姨媽趕緊逃離虎口。斷趾姨媽雖說在雲霧猴群中屬於無足輕重的人物，但畢竟是同類，又是同一個族群的成員，大家當然會爲牠的生命危險捏一把汗。丹頂佛也繞到另一側，擠進一字形佇列，跟著其他黑葉猴一起朝陡岩底下的斷趾姨媽大呼小叫。

——快爬上來，老虎要咬你屁股啦！

孟加拉母虎大步流星朝斷趾姨媽趕去。

斷趾姨媽大概是摔暈了，四肢似乎也摔傷了，搖搖晃晃掙扎著站起來，懵懵懂懂奔逃，卻糊裏糊塗走錯了方向，不是往陡岩上攀爬，而是往老虎所在的江邊走去。

咿哩哇啦，咿哩哇啦，黑葉猴們高聲尖叫，提醒斷趾姨媽別犯方向路線的錯誤。斷趾姨媽這才發現自己是在往虎嘴裏送，嚇得魂飛魄散，立刻轉身欲往陡岩上攀爬，但已經晚了，孟加拉母虎已以泰山壓頂之勢撲躥上來；餓虎撲食，雷霆萬鈞，一下就把斷趾姨媽撲倒在地，張開血盆大口咬住趾姨媽的後脖頸。

這是虎克敵制勝的殺手鐗，別說瘦弱的黑葉猴了，就是強壯的野牛，一旦被虎咬住後脖頸，強有力的頷骨也能將野牛頸椎擰斷；老虎殺黑葉猴，一點不誇張地說，就像人掐死一隻螞蟻一樣容易，只見孟加拉母虎碩大的虎頭輕輕一擰，斷趾姨媽四肢踢蹬了幾下，就嗚呼哀哉了。

孟加拉母虎叼起斷趾姨媽，這一頓不算太豐盛的午餐，匆匆回虎巢去了。

黑葉猴們用哀戚的眼光目送老虎離去，也算是對斷趾姨媽的一種弔唁。

很快，孟加拉母虎魁梧的身軀隱沒在瀾滄江畔一條荒草掩映的小山溝裏。

斷趾姨媽就這樣從這個世界消失了。

斷趾姨媽在雲霧猴群中地位卑微，無足輕重，用不了幾天就會被遺忘乾淨。

誰也沒有看見丹頂佛從背後撞擊斷趾姨媽，丹頂佛時機掌握得恰到好處，動作又乾淨利索，恐怕連斷趾姨媽到死也弄不清是誰把牠撞下陡岩去的。神不知鬼不覺，大家都蒙在鼓裏，都以爲是斷趾姨媽因爲爪掌殘疾的緣故，沒抓穩而不小心摔下去的。這是一個永遠也不會被揭穿的秘密。奇怪的是，丹頂佛卻體會不到成功的喜悅。牠費了九牛二虎之力，爭得的卻是女僕的地位，這種低層次競爭，說出來很丟臉的啊。但不管怎麼說，牠搬掉了壓在心上的一塊石頭，可以鬆口氣了。

七　孔雀藍王妃

丹頂佛的女僕策略，取得一定效果。

那天上午，牠正在懸崖的一塊平台上替孔雀藍王妃舔理掉黏在尾巴上的樹漿，牠的寶貝兒子血臀和孔雀藍王妃的寶貝兒子黑橄欖在一旁玩耍。

就在這個時候，金腰帶猴王突然從旁邊一棵小樹跳到平台上來，這塊凌空伸展的大青石平台面積很小，三隻成年猴加兩隻幼猴，差不多就把整個空間擠滿了。

丹頂佛一向避免與金腰帶猴王正面接觸，特別是愛子血臀，想方設法避開金腰帶猴王的視線，恨不得金腰帶猴王從記憶中忘掉有這麼一隻來自外族的名叫血臀的幼猴才好。現在突然間面對面碰到了，丹頂佛嚇得心跳加快，一把抱起血臀，想奪路逃竄，但已經來不及了，金腰帶猴王堵住了去路，陰沉沉的目光盯著牠懷裏的血臀，露出一副貪婪猙獰的嘴臉，嘴角似乎還溢出了一線口涎。

風吹霜打，日曬雨淋，獨眼老醜塗抹在血臀身上的鮮血，早就顏色褪盡氣味飄散，連一點痕跡都找不到了，對金腰帶猴王來說，等於解除了殺戮的禁忌，又可以隨心所欲處置血臀了。

丹頂佛驚得頭皮發麻，血臀似乎也感受到了危險，小小的身體瑟瑟發抖，腦袋在牠胸口亂撞，恨不得鑽到牠肚子去躲起來。

金腰帶猴王那根油光水滑又粗又長的尾巴硬得像根木棍，直直刺向天空，頭頂那片冠毛也霸氣地聳立起來，種種跡象表明，行兇虐殺已進入倒數計時。

丹頂佛唯一的求生希望，就是孔雀藍王妃這頂保護傘了。

牠立即抱著血臀躲到孔雀藍王妃背後，匍匐在地，連連親吻孔雀藍王妃骯髒的爪子，做出一個弱者在一個強者面前所能做得出來的最卑微最下賤的哀求姿勢，嘴裏囁嚅有聲：

求求您，救救我的孩子，我會報答您，永遠做您最忠誠的奴僕！

俗話說，人心都是肉長的，其實，猴心也是肉長的。丹頂佛盡心竭力服侍孔雀藍王妃，時間長了，肯定會建立起主僕情誼。

孔雀藍王妃望望兇相畢露的金腰帶猴王，又望望驚恐萬狀的丹頂佛，似乎明白了

是怎麼回事，沉思了幾秒鐘，突然伸手將血臀從丹頂佛懷裏接了過去，溫柔地抱進自己的懷，親吻撫摸，梳理皮毛，好像極疼愛的樣子。

金腰帶猴王詫異地瞪大眼睛，似乎心裏藏著一個大大的問號。孔雀藍王妃把血臀貼到自己的心窩上，把乳頭塞進血臀柔軟的小嘴，做出餵奶的姿勢。

當然這只是象徵性的動作，沒等血臀咂動嘴唇吮吸，孔雀藍王妃就把乳頭抽回去了。但儘管是象徵性動作，卻內涵豐富意義非凡。

在黑葉猴社會，母猴一般是不會給別人家的孩子餵奶的，還在哺乳期的幼猴，一旦生母慘遭意外，通常就會活活餓死。孔雀藍王妃給血臀做出餵奶的姿勢，是在用肢體語言明白無誤地告訴金腰帶猴王，牠已經把血臀當做養子看待，傷害了小傢伙，就等於傷害了牠！

丹頂佛注意觀察金腰帶猴王的反應，這傢伙滿臉驚詫，使勁用爪掌拍打自己的腦殼，好像懷疑自己是在做夢，敲打自己的腦殼要把自己打醒了。

孔雀藍王妃又重複了一遍象徵性的餵奶動作，金腰帶猴王這才相信眼前所發生的一切都是真實的。

愛妃的面子總是要給的，金腰帶猴王不好再發作了，殺氣騰騰翹起來的猴尾漸漸變軟，恢復正常狀態，但一張猴臉依然嚴峻，表明心裏並不高興。

孔雀藍王妃扭動柔曼的腰枝，娉娉婷婷貼到金腰帶猴王身上，纖纖細手觸摸對方身上強健的肌肉，施展雌性魅力，進行猴式撒嬌。

用黑葉猴的審美標準來衡量，孔雀藍王妃具有回眸一笑百媚生的美感，金腰帶猴王似乎無法抵擋愛妃的美麗，嚴峻的臉色漸漸舒緩，展開前肢想要擁抱孔雀藍王妃，孔雀藍王妃突然一轉身，將懷裏的血臀送到金腰帶猴王面前，用意很明顯，是想讓金腰帶猴王抱一抱血臀。

丹頂佛在一旁看得真切，興奮地期待著。金腰帶猴王真要是肯抱抱血臀，意義不同凡響，表明已同意接納血臀為本族群的正式成員，死囚犯改判成無罪釋放，小傢伙的安全也就有了保障。遺憾的是，金腰帶猴王四肢著地，沒改變蹲站的姿勢，還把腦袋扭了過去。

這套形體動作表明，金腰帶猴王拒絕抱血臀。

孔雀藍王妃無可奈何地縮回手臂，轉身把血臀交還給丹頂佛。

丹頂佛有點失望，但並不絕望。牠相信孔雀藍王妃的本領，今天可以讓金腰帶猴王放棄殺戮，明天就可以讓金腰帶猴王當眾摟抱血臀。牠相信很快就會等到這一天

的。

牠想得太簡單了，牠想得太天真了。

半個月後，那天早晨，丹頂佛抱著血臀跟隨雲霧猴群到箐溝採食野草莓。正是野草莓成熟的季節，輕雲似的綠葉，紅豔豔的草莓像無數隻小太陽。野草莓是真正的綠色食品，汁水如蜜，咬一口甜透心。血臀雖然還在吃奶，但已到了哺乳期的末尾，早就開始跟著媽媽學吃各種樹葉和漿果。小傢伙還是第一次吃到野草莓，味道確實美，貪心地搶食，吃得滿臉都是草莓汁。

母子倆正吃得高興，突然，傳來一聲怪嘯。丹頂佛心頭一緊，抬眼看去，白鬍子公猴正騎在前面不遠一棵小樹上，對著牠擠眉弄眼歐歐嘯叫。白鬍子公猴曾與丹頂佛交配過，至今仍還斷斷續續保持著這種曖昧關係。

對具備感情能量的黑葉猴來說，雌雄間的交配絕非單純的生理現象，這種複製基因繁衍生命的行爲，伴隨複雜的情感活動，建立起這種特殊關係的雌性與雄性，會保持很長一段時間精神上的交流與溝通。

雖然當著金腰帶猴王與其他幾隻大公猴的面，白鬍子公猴也會參與到追捕殺戮血臀的行列裏來，但背著金腰帶猴王與其他幾隻大公猴，白鬍子公猴卻對丹頂佛表現出種種友善行爲，爲了討好丹頂佛，有時也會對血臀做出稱得上慈愛的舉動。

例如有一次，雲霧猴群渡河去覓食，去的時候河面還不足三米寬，河水清淺見底，淙淙流淌，很容易就過去了，隨即老天爺下了一場暴雨，回來時河面變成十幾米寬，河水暴漲，泥沙混濁，激浪翻滾。黑葉猴雖然會泅水，但水性很一般，面對如此兇險的河水，成年猴還勉強能渡過河去，幼猴就非常危險了。

雲霧猴群中其他幾隻帶崽的母猴，在大公猴們的簇擁下，母子平安渡過河去。丹頂佛膝下的血臀，是外族雄性幼猴，屬於不受歡迎的角色，當然不在被保護之列。

整個雲霧猴群統統渡過河去，只有丹頂佛孤獨地在河岸徘徊，浪濤洶湧，牠抱著血臀泅水，恐怕游不到對岸就會被漩渦捲入河底餵魚啊。但假如不泅水渡河，牠獨自抱著血臀滯留在猛獸出沒的河對岸，也極有可能會身遭不測。

牠無依無靠，一籌莫展。就在這時，身旁灌木叢窸窸窣窣一陣響，牠以爲遇到食肉猛獸，嚇得心驚肉跳，剛想逃跑，灌木叢嗖地蹦出一隻黑葉猴來，牠定睛一看，

哦，是白翳子大公猴。原來趁著雲霧猴群渡河的混亂之際，白翳子公猴悄悄藏了起來，目的就是留下來陪伴牠一起渡河。在白翳子公猴的保駕護航下，牠與血臀終於安全渡過河去。

還有一次，老天爺下起雷陣雨。雲霧猴群所有黑葉猴都鑽進溶洞躲雨去了，丹頂佛害怕金腰帶猴王和另外幾隻兇悍的大公猴會趁機攻擊血臀，關起門來打狗堵住籠子抓雞，在溶洞裏連迴旋逃命的餘地也沒有，所以只能待在溶洞外的樹林裏。

閃電小青蛇似的在黑壓壓烏雲間遊竄，霹靂震得山搖地動，豆大的雨粒將芭蕉葉都撕碎了。丹頂佛渾身淋得像落湯雞，冷得瑟瑟發抖，每一響驚雷，血臀都會嚇得尖叫起來。不僅如此，還有離群的落寞、被遺忘的惱怒和孤立無援的痛苦。

正當牠情緒最低落時，白翳子公猴偷偷從溶洞裏溜出來，冒著瓢潑大雨來到牠身邊，默默陪伴牠，還將自己的身體弓成傘狀罩在血臀身上，使小傢伙免受雨澆之苦。雖然仍是風狂雨驟，電閃雷鳴，但丹頂佛似乎有了依靠，感覺好多了。

此時此刻，白翳子公猴躲藏在樹上，朝牠擠眉弄眼嘯叫，心有靈犀一點通，牠意識到白翳子公猴是在給牠通風報信，是在用一種特殊形式給牠傳遞警報。牠這才意識到，自己吃野草莓吃得太高興了，忘乎所以，竟然走進雲霧猴群覓食陣容的中央位置來了，這是十分危險的。牠抱起血臀就想逃跑，但爲時已晚，雲霧猴群統治集團成員——那三隻大公猴已從三個不同的方向向牠圍攏過來，個個吊眉瞪眼，摩拳擦掌，完全是屠夫的嘴臉。

這三隻大公猴的身分值得鋪開說一說。

雲霧猴群像所有其他黑葉猴群一樣，實行的是雄性權力聯盟。階級秩序呈金字塔結構。塔尖當然是金腰帶猴王，塔基是芸芸眾生。統治集團共有五隻大公猴。金腰帶猴王當然是排第一位的，俗稱猴王；白鬍子公猴排在第二位，俗稱副帥；那隻前爪特別大、名字就叫大手雄的排在第三位，俗稱三王；那隻兒時愛打架臉上有好幾道傷疤、名字叫花面雄的排在第四位，俗稱四王；那隻肚臍眼鼓出一大坨來，形狀極像葡萄，因此起名叫葡萄肚的排在第五位，俗稱五王。

將丹頂佛圍住的就是大手雄、花面雄和葡萄肚這三隻大公猴。

大手雄兇悍的目光盯著丹頂佛懷裏的血臀，猴爪不由自主地做出攫抓動作；花面

雄嘴角滴著口涎，一副躍躍欲撲的姿勢；葡萄肚那坨突凸出來的肚臍眼變成紫紅色，顯示其內心的噬殺衝動。

形勢對丹頂佛極其不利。牠身陷重圍，無路可逃。三隻身手矯健的大公猴把牠圍在中間，就算牠能逃，也逃不出牠們的魔爪。這一帶都是低矮的野草莓樹，即使能僥倖逃出包圍圈，也無處躲藏。當然也不能指望白鬍子公猴前來救援，白鬍子公猴只有在背著大家時，才敢偷偷摸摸對牠好，根本就不敢公開站出來幫牠的。陷入絕境，如何才能逃生呀？

讓丹頂佛頗覺奇怪的是，這三隻大公猴雖然將牠圍在中間，並步步緊逼，但卻遲遲沒進行攻擊，似乎在等待什麼。大手雄頻往左側張望，花面雄歐歐往左側嘯叫。丹頂佛順著這兩隻大公猴的視線望去，左側約三十米遠，一叢特別茂盛的野草莓樹下，金腰帶猴王和孔雀藍王妃正在採擷野草莓。牠這才恍然大悟，三隻大公猴之所以遲遲不動手，是在等待金腰帶猴王表態。

在猴群，凡重要決策或非常行動，如外出覓食、轉移宿營地、進攻其他猴群、懲罰觸犯了某種戒律的罪猴、處置外族雄性幼猴等等，必須要由猴王首肯才能進行，在這一點上猴王的權威性發揮得淋漓盡致，誰要是違反這個規矩，自作主張採取行動，就會被視爲犯上作亂的篡權者，必定會受到猴王最嚴厲的報復。

顯然，此時此刻，只要金腰帶猴王做個同意的姿勢，或者使個同意的眼色，這三隻早就等得不耐煩了的大公猴立刻就會衝上來從丹頂佛懷裏搶走血臀撕成碎片。

金腰帶猴王瞇起眼睛朝這邊張望，臉上露出興奮的表情，似乎對三隻大公猴的行爲想要表示贊許。

丹頂佛也不知哪裏來的勇氣，悶頭朝擋在自己正面的葡萄肚撞過去，葡萄肚完全沒提防，摔了個四仰八叉，牠趁機衝開包圍，以最快的速度奔到那叢特別茂盛的野草莓樹下，匍匐在孔雀藍面前，俯首貼耳哀哀輕嘯做出乞求保護的姿勢。大手雄、花面雄和葡萄肚尾隨追捕，在這叢特別茂盛的野草莓樹下，又把丹頂佛給圍住了。

在這緊要關頭，孔雀藍王妃從丹頂佛手裏接過血臀，騎坐在自己的膝蓋上，然後給小傢伙清理身上的扁虱。孔雀藍王妃的動作輕柔溫宛，透露出母性的慈愛。毫無疑問，孔雀藍王妃是在用清晰的肢體語言告訴三隻虎視眈眈的大公猴：我把這隻雄性幼猴當自己的兒子看待，我在牠身上寄託了母親的情懷，我不允許你們傷害牠！

大手雄、花面雄和葡萄肚面面相覷，驚訝、沮喪、憤慨，表情急遽變幻，突然齊斬斬將腦袋轉向金腰帶猴王，咿哩哇啦發出一通嘯叫，那是一種責問，也是一種抗

議：——明明是必須清除的死囚猴，怎麼會變成王妃懷裏的小嬌客？眼睛一眨，老母雞變鴨，這也變得太快了點吧！

——黑葉猴社會也興玩魔術嗎？

——撕食外族雄性幼猴，符合雲霧猴群的根本利益，您身爲猴王，不該帶頭違背族群的禁忌！

金腰帶猴王在孔雀藍王妃面前跳來躥去，不時攤開爪掌做出索討的姿勢。丹頂佛的心跳到了嗓子眼，牠明白金腰帶猴王的用意，是要讓孔雀藍王妃交出血臀來。這是和平索討，雖然不含強迫意味，但猴王出面索討，王者威嚴本身就帶有強迫性質，丹頂佛擔心孔雀藍王妃會屈服某種壓力，把血臀遞交出去。倘若果真這樣，血臀小命休矣。讓牠頗感欣慰的是，孔雀藍王妃不僅沒將血臀交出去，反而嘟起嘴皺起眉露出不高興的樣子，繼而又扭動腰肢嬌嗔地朝金腰帶猴王叫了幾聲。

無論人類還是動物，嫵媚都是一種很厲害的武器，美眉魅力無窮，英雄難過美人關。金腰帶猴王到底捨不得惹孔雀藍王妃生氣，舉起前爪拍拍肚皮，抹抹嘴皮，這套肢體語言，明確地告訴躍躍欲撲的三隻大公猴，牠已經吃飽，沒什麼食欲，當然也就沒興趣進行一場殘酷的殺戮。

徇私枉法，包庇死囚猴，你也做得太過分了啊！大手雄捶胸頓足嚎叫。

重色輕友，肆意妄爲，也太傷弟兄們的心了！花面雄忿忿地吼。

天下不公，猴心不服。葡萄肚也跟著起哄。

金腰帶猴王發怒了，頭頂那叢冠毛豎立起來，身上的猴毛也姿張開來，齜牙咧嘴咆哮。猴王的英明決策豈容質疑？你們再敢胡言亂語，小心我扒了你們的皮！

金腰帶猴王畢竟是有至高無上權威的，三隻大公猴無可奈何地悻悻退卻。

雖然憑藉智慧又一次度過生存危機，但丹頂佛心裏卻高興不起來，牠很明白，血臀的處境並未根本改變，仍是隨時可以被處置的死囚猴；把命運寄託在孔雀藍王妃的仁慈上，那是很不牢靠的；要是金腰帶猴王哪天情緒煩燥，或者另有新寵了，或者與孔雀藍王妃發生齟齬了，或者哪天食物短缺發生饑荒了，血臀照樣會遭殺害。

牠不能老過這種提心吊膽的日子，牠不能讓自己的寶貝頭上老懸著一把利刀。牠一定要設法徹底改變這種局面。

這是條狡猾的黑尾蟒，纏繞在樹枝上，黑褐色花斑蛇皮與斑駁樹皮的顏色非常接近，這叫迷彩僞裝，很容易騙過其他鳥獸的眼睛。

丹頂佛在樹枝上攀爬，離那條捲在樹葉間黑黝黝如泥鰍的蛇尾僅有半米時，這才發現黑尾蟒的存在。幸虧牠在樹冠上行走的路線由西向東先接近蛇尾，要是路線相反由東向西先接近蛇頭的話，今天可就慘了。流星錘似的蛇頭會突然從葉簇間刺探出來，一口咬住牠的身體，然後蛇身脫離樹枝，叼著牠一起摔落地面，在落地的一剎那，蛇長長的身體絞得像支大麻花，將牠五花大綁似地團團裹住，迅速收緊，捆得牠無法動彈，纏得牠喘不過氣來，勒得牠窒息而死，最後將牠囫圇吞進肚去，若干天後，變成一堆臭烘烘的蛇糞被排泄出去。

雖然處在蛇尾方向，但丹頂佛還是嚇出一身冷汗。黑尾蟒雖然是無毒蛇，但巨大的蛇嘴能活吞黑葉猴，是黑葉猴最可怕的天敵之一，惹不起躲得起，還是快點離開爲妙。

丹頂佛想搖動樹枝，利用樹枝的彈力，彈跳到另一棵樹上去。

就在這時，牠發現一個讓牠心驚肉跳的鏡頭：孔雀藍王妃的愛子，那隻名叫黑橄欖的幼猴，被前面一簇翡翠般鮮亮的嫩葉所吸引，正順著一根橫杈蹣跚爬去，這恰恰是黑尾蟒蛇頭潛伏的位置，黑尾蟒玻璃珠子似的眼睛盯著越爬越近的黑橄欖，具有敏銳熱感應功能的叉形舌須在蛇嘴外快速伸縮顫動，脖子已弓成可怕的S狀，這是蛇即將發動攻擊的信號。

頂多還有一、兩秒鐘，黑尾蟒就會閃電般飛躥出去，黑橄欖就算活到盡頭了。

這時候，孔雀藍王妃和金腰帶猴王正尾隨在黑橄欖身後，相距約五、六公尺遠，一面在樹桿上懶散地行走，一面採食枝椏上的嫩葉，對黑橄欖所面臨的危險毫無覺察。

對丹頂佛來講，此時此刻，搖動樹枝彈跳到另一棵樹上去，與此同時尖叫報警，是明哲保身最安全的做法。當然這麼一來，黑橄欖必死無疑。牠只要搖動樹枝，必然驚動黑尾蟒，引發提前攻擊；尖叫報警，只能是提前為黑橄欖敲響了喪鐘。當然，牠沒有什麼責任，遇見難以抵抗的天敵，轉身逃跑是天經地義的事，尖叫報警更是無可厚非的行為。金腰帶猴王與孔雀藍王妃沒有任何理由怪罪牠，要恨也只能恨蟒蛇太狠毒，怪也只能怪黑橄欖命太薄。

老實說，黑橄欖夭折，對牠丹頂佛來講，甚至還能產生一種復仇的快感。黑橄欖是金腰帶猴王的親生兒子，好你個金腰帶猴王，你把別人家的心肝寶貝當做死囚猴，

必欲除之而後快，還要囁其血啖其肉敲其骨吸其髓，老天有眼，也讓你嘗嘗失子的悲痛！

然而，另一種想法瞬間出現在牠腦子裏，或許這就叫靈感閃現吧。

黑尾蟒正纏繞在丹頂佛底下約一米半一根橫杈上，因爲準備對黑橄欖實施攻擊，所以僅是尾部在樹枝上纏繞了一個圈，纏得很稀鬆。這個細節非常重要，是決定成敗的關鍵。丹頂佛想，倘若自己出其不意地從上層樹枝跳下去，剛好就可以落到蟒蛇的尾部，黑尾蟒毫無防備，身體在樹枝上纏繞得不緊，牠完全有可能揪住蛇尾與黑尾蟒一起從幾丈高的樹上摔下去，如果這樣的話，黑橄欖就能蟒口脫險了。

不能用捨己救人來理解丹頂佛的想法。捨己救人屬於高尚情懷，只有人類身上才具有如此偉大的品質。動物的一切行爲都是與切身利益聯繫在一起的，利他行爲說到底是一種投資行爲，今天的付出是爲了將來成倍的獲得。

黑橄欖長得特別像金腰帶猴王，腰間也有一圈金黃色的毛帶，不僅五官和體形維妙維肖，連神態和脾性也活脫活像，就像是一個模子裏刻出來的，無非一個是大模型另一個是小模型而已。

或許就是因爲長相酷似的緣故，金腰帶猴王特別喜歡黑橄欖，其他幼猴想要爬到牠身上玩耍，牠會不耐煩地一巴掌將幼猴打出一丈遠，但黑橄欖無論怎樣爬在牠身上淘氣，拔毛揪尾，擰耳捏鼻，牠都不會生氣；閑來無事，牠會主動找到黑橄欖，逗小傢伙玩耍，這種溺愛的行爲對公猴來說是十分罕見的，在黑葉猴社會，通常父愛都是很淡薄的。

丹頂佛的算盤是這麼打的：自己如果能當著金腰帶猴王和孔雀藍王妃的面從黑尾蟒口中救出黑橄欖，肯定會博得金腰帶猴王的好感，會讓孔雀藍王妃感激涕零，這或許就能讓金腰帶猴王放棄謀害血臀。倘若真能這樣的話，也算是一樁公平的交易。

可是，風險太大太大。蛇是反應極其敏感的動物，完全有這種可能，牠從半米高的樹枝上跳下去，猴爪剛揪住蛇尾，黑尾蟒就在刹那間蛇頭反躥，一口將牠吞噬；就算牠能成功將黑尾蟒拽下樹去，在掉地的一瞬間，黑尾蟒也有可能以迅雷不及掩耳之勢用長長的身體將牠捆綁住，然後就像實施絞刑一樣將牠絞死。

牠倘若死了，血臀也絕無存活的可能。金腰帶猴王也罷，孔雀藍王妃也罷，決不會因爲牠救了黑橄欖而在牠死後承擔起養育血臀的責任，至多是改變血臀死囚猴的身分，不再將血臀當做必須處死的外族雄性幼猴。而血臀尚小，離開牠的照料，是不可能活下去的。牠之所以要冒九死一生的危險去救黑橄欖，目的非常清楚，就是要給自

己的寶貝血臀創造生存機會，但如果最終結果卻是牠自己先葬身蛇腹，繼而血臀也因爲失去牠的保護和照料而命喪黃泉，那就是蝕光老本的賠錢生意了。

與黑尾蟒搏殺，力量相差太懸殊，沒有多少勝算，稍有疏忽自己就會遭殃，不值得去冒這麼大的險，丹頂佛想。牠想打退堂鼓。可是，另一種想法也非常頑強，要想驅散籠罩在血臀頭上的死亡陰影，扭轉死囚猴的悲慘命運，徹底改變血臀的處境，似乎這是最佳機遇了。過了這個村恐怕永遠就沒有這個店了。天天提心吊膽，時時驚魂不定，這樣的日子真的該結束了。

就在丹頂佛猶豫之際，黑尾蟒那條漆黑如大泥鰍的尾巴，神經質地彈跳了幾下，這無疑是種信號，表明黑尾蟒即將對目標發動攻擊。牠沒時間再遲疑了，讓機會流逝，不如與命運賭一把。牠嗖地從上層樹枝跳了下去。

丹頂佛與黑尾蟒僅相距一米半的高度，剎那間，牠的爪子便落到滑膩膩的蛇尾上。與此同時，牠發出尖厲的嚎叫。這樣做是爲了引起金腰帶猴王和孔雀藍王妃的注意，讓牠們看見牠冒險救黑橄欖的行爲。這一點非常重要，牠才不願做了好事不留姓名甘當無名英雄呢。

讓牠欣慰的是，隨著牠的嚎叫，金腰帶猴王和孔雀藍王妃的視線被吸引過來了，不僅看到牠從上層樹枝往下跳，還看到正虎視眈眈盯著黑橄欖的黑尾蟒，金腰帶猴王露出驚恐的表情，孔雀藍王妃頭頂的冠毛豎得筆直——嚇得頭皮都發麻了。

如有天助，丹頂佛出擊時機把握得恰到好處，牠猴爪抓住蛇尾時，黑尾蟒正張開巨大的嘴巴欲朝黑橄欖咬下去，黑尾蟒全神貫注準備偷襲目標，所有力量都集中在上半身，尾巴處於麻痹鬆懈狀態，當猴爪揪住蛇尾後，丹頂佛用足力氣順勢在黑尾蟒尾部咬了一口。黑葉猴的牙齒極有特色，上齶門齒兩側各有一枚長約一寸半的獠牙，尖銳如彎鉤，一口咬下去，噗一聲輕響，刺穿蛇皮深深扎進蛇肉裏去。

就像盪秋千一樣，丹頂佛懸吊在黑尾蟒尾巴上。

黑尾蟒做夢也沒想到自己的尾巴會遭攻擊，本來張大蛇嘴是要朝黑橄欖咬下去的，在最後一秒鐘不得不停止偷襲。牠似乎不相信會有這麼大膽的黑葉猴敢跳到牠尾巴上來，驚愕地瞪起玻璃珠子似的蛇眼，竭力想弄明白這究竟是怎麼回事。

從一米半的高度墜落下來，慣性的衝力，再加上丹頂佛身體的重量，黑尾蟒就像坐滑梯一樣，吱溜溜從樹枝上倒滑下去。

黑尾蟒因爲要竄躍噬咬黑橄欖，長長的身體僅有尾部在樹枝上纏了一個鬆散的結，被丹頂佛在蛇尾上又抓又咬的，那唯一一個鬆散的結也解開了，整個身體就像一

條長繩子晾在樹枝上。

身體從樹枝上滑下去三分之二了，黑尾蟒才如夢初醒，擰動脖子，蛇頭反躥，想要攻擊吊在尾巴上的丹頂佛，卻已經晚了，蛇的身體已從樹枝整個滑落下去。

嘩啦一聲響，丹頂佛和黑尾蟒同時從幾丈高的樹冠上墜落掉地。

樹下鋪著厚厚一層落葉和青草，掉地時丹頂佛又剛好是壓在蛇尾上，雖然是重重摔在地上，卻是毫髮無損。在落地的一瞬間，丹頂佛立刻蹦跳起來，心急火燎地撲向那棵大樹，想重新爬到樹上去。牠半秒鐘都不敢耽誤，牠明白，此時此刻是生死攸關的節骨眼兒，牠必須搶在黑尾蟒反撲前重新爬到樹上去，不然的話，一旦黑尾蟒清醒過來，長長的身體唰喇旋轉，很方便就能將牠捆綁起來。

牠想牠是能搶在黑尾蟒反撲前重新爬到樹上去的，黑尾蟒身體比碗口還粗，少說也有三、四米長，起碼有一、兩百斤重，從這麼高的樹上摔下來，不說受傷吧，至少也會摔得暈頭轉向，短時間內失去判斷能力和反撲意識，應該有足夠的時間讓牠重新爬到樹上去；還有一個有利條件，丹頂佛身爲黑葉猴，從小在懸崖峭壁上滾爬摸打，爬樹是拿手好戲，特別是在危險逼近的緊急關頭，嗖嗖嗖，一眨眼就能躥到樹頂上去。完全有這種可能，等牠鑽進樹冠騎在枝椏上採食嫩葉了，黑尾蟒還躺在樹下沒能從懵懂狀態中甦醒過來呢。

牠想得太簡單了。牠太低估黑尾蟒的能耐了。

啪地一聲，黑尾蟒沉重的身體砸在地上；嗖地一聲，丹頂佛蹦跳起來撲向那棵大樹。就在這同一瞬間，黑尾蟒的身體突然像施了魔法似地舞動起來，扭轉翻挺，蹦躂彈跳，深褐色的蟒背和淡黃色的蟒腹在碧綠的草地上格外顯眼，變幻著不同的顏色，令猴眼花繚亂。這是蟒蛇特有的捕獵技巧，俗稱蟒打花，就是身體舞動得像朵菊花，利用彈跳的身體和眩目的色彩，形成一個活動陷阱，或者說組合成一張變形獵網，專門用來對付機敏善逃的獵物。

丹頂佛沒料倒黑尾蟒會清醒得這麼快，不不，牠沒料到黑尾蟒從這麼高的樹上摔下來竟然沒有出現短暫的昏厥，立刻就能進行快速反撲，牠也從沒遭遇過蟒打花這樣的陣勢，缺乏這方面的應對經驗。一刹那，牠自己反倒有點懵了。彈跳如泥鰍的蛇尾掃中牠的腿，牠絆了一跤，混沌的腦子這才清醒過來。牠必須快點爬上樹，才能擺脫恐怖的蟒打花。

此時此刻，牠離樹幹約有兩米左右。牠竭盡全力往前躥躍，但蟒打花厲害程度遠遠超出牠的想像，牠才往前跨出一步，蟒蛇粗壯的筒形身體又撞到牠的後腰，把牠撞

翻在地。牠剛爬起來，變幻莫測的蛇的身體，又像一根結實的橡皮棍子，嗵地一聲擊中牠的前胸和頭部。牠頓覺胸口發悶，噁心反胃，想要嘔吐。牠掙扎著又朝前躥了一步，謝天謝地，總算爪子摟著樹幹了。牠跳起來指爪摳住粗糙的樹皮往上攀爬，黑葉猴身體輕盈靈巧，爬這樣的樹應該說如履平地，可是，牠感覺自己的四肢彷彿是用柳絮搓成的，軟綿綿沒有一絲力氣，才爬上去一米就乘滑梯似的滑下來了。胸口火燒似地疼，腦袋裏像裝著一架紡車，嗡嗡嗡轉個沒完。

那條該死的黑尾蟒玩了一把蟒打花，豎起脖子，身體波浪形擺動，朝大樹遊躥過來。丹頂佛又試著往樹幹上爬，無濟於事，才爬上去兩步又虛軟地滑落下來。抬頭朝樹冠瞥了一眼，本來有好幾隻黑葉猴在這棵大樹上採食嫩葉，這時已全部逃得無影無蹤。

牠曉得，面對黑尾蟒這樣兇惡的天敵，沒有誰會來幫牠一把。不能指望會發生奇蹟。如果牠不能自己救自己，牠今天是必死無疑了。黑尾蟒已遊得很近了，鮮紅的舌頭不斷吞吐，嘴巴也已張開，露出彎鉤似的尖利的蛇牙。這是攻擊的前兆，惱羞成怒的黑尾蟒就要進行致命的噬咬了。

丹頂佛虛脫的感覺在變本加利，不僅胸口堵得快要窒息，四肢也發麻發顫，別說爬到樹上去了，連邁步走動都幾乎不可能了。牠很快就會被吞進黑咕隆咚蛇腹了，牠絕望地想，怪只能怪自己太愚蠢，不僅斷送自己的性命，還要斷送寶貝血臀的性命。唉——

就在這時，樹冠上傳來呀啊呀啊的叫聲，牠抬眼望去，原來是血臀，正用後肢抱著一根樹枝，細細的尾巴也捲在樹枝上，小小的身體呈倒懸狀，兩隻前爪向牠伸下來，用意很明顯，是急切地想把牠拉到樹上去。

這個舉動很幼稚，上下之間起碼還有兩、三丈遠的距離，即使長臂猿也夠不著的。再說了，血臀還是個剛剛斷奶的幼猴，就算夠得著也沒有力氣把牠拉上樹去的。然而這個可笑的舉動，卻讓丹頂佛感動得想哭。

在這個世界上，唯有血臀是真正關心牠死活，血臀離不開牠，牠也離不開血臀，母子相依，母子情深，牠死了，血臀也活不成。爲了血臀，牠不該有絕望的想法，牠一定要勇敢地活下去。退一萬步說，今天牠在劫難逃，牠也要爬到樹上去待在血臀身邊，要死母子死在一起。

動物也有感情世界，動物也有精神力量。霎時間，一股激流在牠心中湧動，暈眩的腦袋似乎清醒了些，胸口火燒般的灼痛也緩解了很多，四肢感覺有了點力氣，再次摟著樹幹往上攀爬。

一米、兩米、三米……剛剛爬上去一截，黑尾蟒就遊到樹下了，身體貼著樹幹唰地躥挺豎直，就朝牠那根拖在身體底下的猴尾咬來，牠立刻將猴尾豎起來，黑尾蟒咬了個空，弓起脖子身體往下縮了約一米，那是準備進行第二波攻擊。

也許是因爲用力過度，丹頂佛胸口火燒火燎般疼痛起來，四肢也不停地顫抖起來，搖搖欲墜快支撐不住了。牠曉得，現在是生死轉換的緊要關頭，情形萬分危急，別說從樹幹上掉下去了，就是待在原地不動，黑尾蟒發起第二波攻擊，蛇頭吱吱貼著樹幹上躥，也能咬住牠的後肢將牠從樹幹上拽下來。牠必須抓住這個短暫的瞬間再往上爬幾步，爬到那根橫杈上去，才有可能蟒口餘生。可是，牠的力氣已經耗盡，已無力再往上挪動一寸了。

呀啊呀啊，在這節骨眼上，血臀又叫喚起來。那叫聲彷彿施過魔法，每一聲叫喚就好比一支強效興奮劑，丹頂佛一顆猴心狂烈跳動，又奇蹟般地恢復了些力氣，往上爬了幾步，前爪攀住那根橫杈。黑尾蟒真的發起第二波攻擊，身體貼著樹幹嗖地躥了上來。好險啊，蛇嘴觸碰到丹頂佛的腳掌，蛇牙卻咬了個空。假如牠的動作再慢半拍，牠生命的歷史就要改寫了。

黑尾蟒再次失利，身體萎縮下去，像盤草繩晾在地上。

丹頂佛咬緊牙關，總算爬到橫杈上，來到血臀身邊。牠已耗盡所有力氣，再挪動半步也非常困難了。牠把血臀摟進懷裏，母子相依騎在樹枝上。這個時候，如果黑尾蟒再次爬上樹來，牠是不可能再有力氣逃竄的，只能是束手被擒。唉，母子死在一起，總比分開死要好一些。

黑尾蟒盤在樹下，腦袋昂起半米高，鮮紅的蛇信子有節奏地吞吐，用腦袋中的熱感應器探測獵物的去向。丹頂佛的身體在顫抖，心也在顫抖，感覺自己就像寒風中一片孤零零的枯葉，風再猛烈一點就會被吹落了。

也許是從樹冠上摔下來受了點傷，也許是饑餓感還不太強烈，也許是經過一番搏殺感覺有點累了，也許是受習慣思維的支配，認爲已逃上樹去的黑葉猴躥跳如風根本是抓不到的，半分鐘後，黑尾蟒昂立的腦袋氣餒地耷落下去，慢吞吞遊離大樹，鑽進草叢，消失在一片亂石灘裏。

呦歐——丹頂佛發出哽咽的鳴叫。蟒口餘生，牠沒有死，牠成功了，牠激動得想哭。

八　擺脫死亡陰影

一切如丹頂佛所預料的那樣，血臀被摘掉了死囚猴的帽子，成爲雲霧猴群的正式成員。

接納儀式在一片桃樹林裏舉行。族群所有黑葉猴剛剛飽餐一頓野山桃，仲秋的野山桃甜脆爽口，是黑葉猴頂愛吃的美食之一。藍天白雲，豔陽高照，金風送爽，好食物加好天氣等於好心情。

老猴們愜意地躺在枝椏上閉目養神，成年猴用靈巧的爪子互相整飾皮毛，幼猴們則樹上樹下追逐打鬧。

蟒蛇事件過去已好幾天了，丹頂佛身體已基本康復，也帶著血臀爬到桃樹上痛痛快快吃了個飽，然後在樹下草坪上與血臀玩捉迷藏的遊戲，以消化肚子裏塞得滿滿的野山桃。

就在這時，孔雀藍王妃和金腰帶猴王從一棵桃樹上跳了下來，逕自來到丹頂佛和血臀身邊。

啊歐——啊歐——金腰帶猴王發出雄渾嘹亮的吼叫。

王者自有威勢，老猴睜開眼，成年猴停止整飾皮毛，幼猴也不再追逐打鬧，所有黑葉猴的視線都集中到金腰帶猴王身上。

孔雀藍王妃抱起血臀，先將小傢伙摟進自己的懷裏，愛撫地捋順小傢伙的背毛，然後一轉身，將小傢伙送至金腰帶猴王面前。

丹頂佛的心卜卜亂跳，等待這激動猴心的時刻。

金腰帶猴王接過血臀，讓小傢伙吊在自己的脖子上，在草坪上兜了一小圈，還在小傢伙的額頭做了個親吻的動作。

讓小傢伙吊在自己脖頸上兜一小圈，猶如舞台上的亮相，不容置疑地告訴全體黑葉猴，這隻幼猴是我們雲霧猴群的正式成員；在小傢伙的額頭上親吻一下，猶如皇帝加蓋玉璽，表明接納小傢伙成爲族群正式成員是合法有效的。

程序雖然簡單，動作也有點潦草，但對丹頂佛來說，卻是個具有歷史意義的偉大瞬間。

從此，牠不用再整天爲血臀的安全提心吊膽了，也不用再東躲西藏像賊似地生活了。牠可以堂堂正正做猴，正正常常過日子了。

更重要的是，血臀有權活下去了，在雲霧猴群中可以像其他幼猴一樣，享有生存權和被保護權。

對金腰帶猴王來說，赦免一隻未成年的死囚猴，並不是什麼大不了的事情。丹頂佛捨生忘死從黑尾蟒的口中救出牠最寵愛的幼猴黑橄欖，作爲回報，牠利用猴王的權勢接納血臀爲雲霧猴群正式成員，投之以桃報之以李，應該說是一筆公平的交易。

按公平原則辦事，不僅是人類社會做人的準則，也是猴類社會做猴的準則。

金腰帶猴王將血臀放在草地上，然後朝在族群中結成權力聯盟的那幾隻大公猴發出召喚的叫聲。這是接納儀式的最後一道程序，讓這些大公猴也來表示認同。

白鬍子公猴態度最爲積極，興沖沖地躥跳過來，先圍著丹頂佛舞兮蹈兮兜了兩圈，以示祝賀，隨後去到血臀身邊，四肢著地將小傢伙罩在自己身體底下，這是一個具有象徵意義的動作，表示願意成爲小傢伙的保護傘。

大手雄、花面雄和葡萄肚，雖然臉上露出不悅的表情，但還是依次跑攏來，蹁開腿在血臀身上做了個騎跨的動作，擺出認同姿態來。

丹頂佛激動得想哭，千辛萬苦，九死一生，受了多少委屈，遭了多少活罪，今天總算大功告成，徹徹底底使寶貝血臀擺脫了死亡的陰影。

大概有三個月時間，丹頂佛的日子確實過得很舒心。牠可以大大方方帶著血臀出入大溶洞，坦然地與別的黑葉猴爭搶食物，放心地讓血臀與族群中其他幼猴玩耍。危險離得十分遙遠，恐懼不再像影子似地追隨牠。由於牠是孔雀藍王妃的貼身女僕，又與雲霧猴群中的二王白鬍子公猴有著一層特殊關係，因此牠在族群中的地位比普通母猴要高一些，沒有誰會無緣無故來找牠麻煩，生活可以說無憂無慮。牠以爲自己的生活從此步入了正常軌道，永遠可以享受這份平靜與安寧。

牠大錯特錯了，應了句好景不長的俗話，這段平靜的日子僅僅維持了三個月，冬天還沒有過完，事情就發生了微妙的變化。

這段時間，按黑葉猴的生命成長史，血臀由童年階段跨入少年階段。對這個階段的黑葉猴來說，生理上最顯著的變化，就是皮毛換色。

剛出生的黑葉猴通常都是淺灰色，俗稱胎毛，族群差異並不明顯，隨著年齡的增長，毛色漸漸變深，到了少年期，胎毛褪盡，換上一身黑色皮毛。

雖然都是黑葉猴，都是一身黑毛，但不同族群毛色會有顯著差異。雲霧猴群的毛色，屬於焦黑型，就像遭雷擊燒焦的樹樁。而丹頂佛原先所在的布朗猴群，毛尖黑裏透紫，閃爍紫金光芒。

還在童年期時，血臀一身深灰色胎毛，與雲霧猴群的幼猴站在一起，還看不出有多大區別。進入少年期，血臀身上的皮毛逐漸變得紫黑，又粗又亮，就像塗了一層釉，泛動金屬光澤。與雲霧猴群燒焦的枯草般顏色的幼猴站在一起，反差十分明顯，用與眾不同光彩奪目來形容一點也不過分。只要不是近視眼，誰都能一眼就看出，血臀屬於雲霧猴群中的「雜種」。而黑葉猴裏是沒有近視眼的。血臀身上與眾不同的皮毛，等於在時時提醒所有的黑葉猴，這是一隻與雲霧猴群沒有血緣關係的外族小公猴！

有好幾次，金腰帶猴王瞪大一雙迷惑的眼睛，望著與其他幼猴在一起玩耍的血臀，顯得很不高興。有一次，丹頂佛親眼看見，血臀從金腰帶猴王面前經過時，金腰帶猴王突然抓住血臀的胳膊，先是用爪掌在血臀背部使勁搓揉，像是要把血臀皮毛上與眾不同的色彩揩拭掉，這當然是徒勞的，於是就粗魯地拔血臀身上的毛，血臀哇哇亂叫，金腰帶猴王這才鬆手放了血臀。

對動物來說，獸毛的粗細疏密，色澤的暗亮濃淡，其實是身體素質強與弱的外在表現。一般來說，身體素質強的個體，皮毛光鮮明亮，身體素質弱的個體，皮毛黯淡無光。獸類是這樣，鳥類也是如此。人類進化成無毛的裸猿，雖然不再直接適用皮毛明暗定律，但還是將皮毛明暗定律套用到服飾上：強者所穿的衣裳更鮮亮華麗，弱者所穿的衣裳更陳舊簡樸。

毫無疑問，血臀這身鶴立雞群般的亮閃閃的皮毛，老是在金腰帶猴王面前晃來晃去，刺痛了金腰帶猴王的眼睛，也刺傷了金腰帶猴王的自尊心，引起了難以抑制的嫉恨。

丹頂佛當然不願看到這種局面。牠希望血臀能完全融入雲霧猴群，希望所有的黑葉猴都忘記血臀的出身。牠試圖能改變或減弱血臀與其他幼猴毛色上的差異。牠讓血臀在泥地裏打滾，讓污濁的泥灰遮蓋皮毛上耀眼的光澤；牠故意讓血臀蘸上樹漿草汁，把皮毛弄得邋裏邋遢；牠不再一日三遍替血臀整飾皮毛，任由扁虱和跳蚤蔓延滋生；牠甚至用牙咬折血臀身上的毛尖，掐滅毛尖上那層太過囂張的紫金色……

牠用盡一隻母猴所能想到的辦法，結果卻收效甚微。

血臀在泥地裏打了滾，轉身蹦蹦跳跳，便把污濁的泥灰抖落乾淨；皮毛上彷彿塗了油，那蘸上去的樹漿草汁，很快就會掉得一乾二淨；健康的肌膚好像對寄生蟲有天然免疫力，儘管很少整飾皮毛，扁虱和跳蚤也不敢在血臀身上肆虐；少年猴新陳代謝十分旺盛，那掐斷的毛尖，沒幾天就又蓬蓬勃勃長出來了……

人類可以隨心所欲將頭髮染紅染黃染黑染白，黑葉猴社會沒有美容美髮，不可能去超市買一包染髮膏來把血臀的皮毛染成焦黑色。

更讓丹頂佛憂心如焚的事還在後頭呢。

就像人類有強國和弱國之分，黑葉猴也有強勢族群和弱勢族群之分。布朗猴群種氣強盛，相對來說，雲霧猴群的種氣偏弱些。雲霧猴群裏有好幾隻與血臀同齡的幼猴，在童年期，血臀與牠們站起來一般高，躺下去一般長，看不出有多少差別。進入少年期後，種氣強弱開始發揮作用，血臀的身體明顯比牠們強壯，個頭比牠們高半寸，肩膀也比牠們寬半寸，爬樹攀岩的本領也要比牠們高強些。

一隻身體出類拔萃的雄性猴，即使是同一族群的成員，都會被猴王視爲潛在的競爭對手，藉故驅逐出猴群。更何況血臀是隻與雲霧猴群沒有血緣關係的外族雄猴，金腰帶猴王當然就更不會容忍了。

丹頂佛很快發現，自己的擔心不是多餘的，當血臀與其他幼猴站在一起因身體強壯而顯得格外出眾時，金腰帶猴王就會瞇起陰毒的眼睛不懷好意地打量血臀。

有一次，血臀和幾隻年齡相仿的幼猴在一起玩耍，一條約半尺長墨綠色四腳蛇突然從一條石縫裏躥出來，其他幼猴都嚇得哇哇亂叫，四散奔逃，血臀卻沒有跟著大家一起逃，只見牠全身紫黑色的猴毛唰地姿張開來，毛尖閃爍一片紫金光芒，發出一聲稚嫩的嘯叫，勇敢地躥上前去，一把將四腳蛇捉住，將蛇頭塞進嘴裏咔嚓一咬，就開始活吃蛇肉了，其他逃散的幼猴慢慢聚攏來，血臀就吐出一些碎蛇肉分給牠們吃。

這件事發生時，金腰帶猴王就在旁邊，用一種詫異而又憎惡的眼光久久盯著血臀，嘴腔裏兩枚獠牙神經質地叩動，好像恨不得一口活吞了血臀。丹頂佛把這一切都看在眼裏，忍不住打了個寒噤。

爲了防患於未然，丹頂佛一而再再而三地告誡血臀：你身體比別的幼猴強壯，這一點本來就已經惹得大家不開心了，你還這麼張狂，這麼愛出風頭，拚命表現自己，不是嚇唬你，你這是在自討苦吃，不不，比自討苦吃要嚴重得多，是在自尋死路，一步步走向毀滅的深淵啊！你要夾著尾巴做猴，生活中保持低調，是最好的護身符！

然而，血臀把丹頂佛的告誡當耳邊風，仍我行我素。

唔，你走路的時候頭不要昂得太高，別神氣活現好像自己是什麼大人物，對對，把頭再低一點，脖子再往裏縮一點，丹頂佛使勁將血臀的腦袋往下按，你那根尾巴也有問題，尾巴是黑葉猴情緒的晴雨表，你尾巴翹到天上去幹什麼呀？在其他猴子面前，你一定要做出謙恭的姿態，要露出卑賤者的嘴臉，生活是個舞台，你要學會演戲嘛！牠將血臀豎得筆直的尾巴使勁壓下去，塞到兩胯之間，強迫小傢伙做出夾緊尾巴做猴的姿態。

可惱的是，血臀在牠面前低頭縮頸夾緊尾巴，一轉身，剛剛離開牠的視線，那倔強的腦袋便昂立起來，那根桀驁不馴的尾巴又翹到天上去了。

血臀還是一隻剛滿一周歲的少年猴，不諳世事，不曉得猴心險惡，不懂得在生活舞台上應當戴著假面具演戲，率真而又任性，想怎麼樣就怎麼樣。

最最可怕的還是血臀與黑橄欖之間你爭我鬥的緊張關係。

黑橄欖是金腰帶猴王與孔雀藍王妃的愛子，與血臀同齡，也是一隻少年猴。在大自然，每一個物種都有自己獨特的成長發育時間表。就黑葉猴來說，雄猴跨入少年階段，便意味著吵鬧和爭紛。當然，這是以遊戲形式表現出來的吵鬧和爭紛。

少年猴們整天聚在一起，吵吵鬧鬧，打打殺殺。一會兒你撲過來咬我一口，一會兒牠又躥上來撕我一爪，一會兒這隻幼猴喊爹哭娘，一會兒那隻幼猴尖叫狂嚎，鬧得烏煙瘴氣。雄性少年猴們更是如此，除了進食睡覺，就是一起打鬧玩耍。

一方面，少年猴身體開始發育，荷爾蒙增加，打打鬧鬧可以發洩剩餘的精力。另一方面，打鬧雖爲遊戲，但遊戲是生活的預演，在這種無休止的打鬧中，比較強弱，決出輸贏，角逐地位，排列秩序，增強競爭意識，適應叢林法則，爲將來跨入成年猴社會做好準備。

黑橄欖是金腰帶猴王和孔雀藍王妃所生的愛子，從小食物充盈營養豐富，長得比一般幼猴要高大一些，皮毛也較一般幼猴要光滑油亮些。黑葉猴社會雖然沒有「王子」的概念，但由於出身顯赫，血統高貴，特別受金腰帶猴王的寵愛，從小養成了一種唯我獨尊的王者風範，事實上就是雲霧猴群的「王子」。與同齡幼猴在一起玩耍時，黑橄欖毫無例外扮演領袖角色，牠到樹林採擷雞素果，其他幼猴不敢到河邊去捉螃蟹。玩起追逐打鬧的遊戲來，如果把追逐者比喻爲官兵，把逃亡者比喻爲強盜，黑橄欖永遠是戰無不勝的官兵，每一次都會威風凜凜地將對手打得屁滾尿流。

事實上，黑橄欖體質比絕大多數同齡幼猴要棒，打鬧起來自然不是牠的對手，即使有個別幼猴體力上能與黑橄欖媲美，但精神上也無法與黑橄欖匹敵，黑橄欖身後有孔雀藍王妃和金腰帶猴王兩座強有力的靠山，誰惹得起呀？

有一次，一隻名叫草木灰的幼猴，在一條小河邊捉到一隻翡翠般透明的小青蛙，剛巧被黑橄欖撞見，黑橄欖伸手向草木灰索要那隻小青蛙，也不知草木灰是肚子太餓了還是看不慣黑橄欖的惡霸作風，突然就把小青蛙塞進自己嘴裏，然後撒腿就往母猴浮漂漂身邊逃。

母猴浮漂漂是幼猴草木灰的生母，很明顯，草木灰往浮漂漂身邊逃，是想尋求媽媽的庇護。黑橄欖追了上來，壓在草木灰身上，一隻猴爪掐住草木灰的脖子，另一隻猴爪摑打草木灰的嘴，強迫草木灰把已經吃進嘴的小青蛙吐出來。

草木灰哼哼唧唧呻吟，扭頭向母猴浮漂漂投去求救的目光。母猴浮漂漂看見兒子被毆，自然很心疼，臉部猴毛和頭頂冠毛姿張開來，兩隻猴爪在地上拚命拍打，嘴裏發出哇啦哇啦的怪叫，企圖嚇唬住黑橄欖。但牠的企圖落空了，黑橄欖對母猴浮飄飄的恫嚇置若罔聞，仍窮兇極惡地毆打草木灰。

母猴浮漂漂氣得渾身發抖，衝到扭成一團的兩隻幼猴跟前，齜牙咧嘴嘯叫，似乎在威脅黑橄欖：你若再不放開我兒子，我就要咬掉你的爪子了！黑橄欖根本不賣母猴浮漂漂的帳，反而掐脖子掐得更緊了，摑嘴巴也摑得更狠了。

母猴浮漂漂忍無可忍，朝正在逞兇的黑橄欖舉起了爪子……歐，歐歐，傳來一串威嚴的猴嘯，嗚，嗚嗚，傳來一串憤怒的猴叫，哦，是金腰帶猴王和孔雀藍王妃趕過來了，母猴浮漂漂立刻就像漏氣的皮球，冠毛閉謝尾巴耷落萎癟下去，哀哀嚎了一聲，躲閃開去。

黑橄欖更加有恃無恐，打冤家似地拚命毆打草木灰，草木灰的嘴腫得像只血蘑菇。終於，草木灰忍受不了疼痛，張開了嘴，黑橄欖從草木灰血肉模糊的嘴腔裏掏出那隻小青蛙，塞進自己的嘴……

在金腰帶猴王和孔雀藍王妃的嬌慣縱容下，黑橄欖氣指頤使，目空一切，普通的成年猴都不放在眼裏，儼然一副惡少的嘴臉。

現在的惡少，將來的猴王，惡者爲王，大自然就是如此。

偏偏血臀會與黑橄欖鬧起摩擦來。

認真說起來，從一開始丹頂佛就擔心血臀會與黑橄欖鬧矛盾。血臀還在童年期時，丹頂佛就注意讓血臀擺正自己的位置，別去招惹黑橄欖。當兩隻幼猴碰面時，丹頂佛總要伸出爪子，壓低血臀的身體，讓血臀感覺自己比黑橄欖低一等，讓黑橄欖感

覺自己比血臀高一等，這樣彼此就能相安無事了。

有一次，血臀和黑橄欖騎在一根樹枝的兩頭，同時伸手去採擷中間那枚金黃的蛋黃果，兩隻小手幾乎同時抓住了蛋黃果；呵呦，黑橄欖蠻橫地叫喚，鬆開你的爪子，這枚好吃的蛋黃果歸我了；呦歐，血臀急切地呼喊，是我先發現這枚蛋黃果的，鬆開爪子的應當是你；兩隻幼猴像兩隻好鬥的小公雞一樣，大眼瞪小眼，眼瞅著就要撕打起來。

這時，丹頂佛剛巧路過那根樹枝，急忙躥上去，啪地在血臀手背上打了一掌：小祖宗喲，叫你在牠面前要謙讓些，你怎麼當耳邊風呀？爭什麼爭，把蛋黃果讓給牠，聽到沒有！

血臀還梗著脖子不願鬆手，丹頂佛狠狠賞了血臀一耳光，血臀這才被迫鬆開爪子，讓黑橄欖將那枚蛋黃果摘走。

黑橄欖洋洋得意地吞吃那枚可口的蛋黃果，而血臀則撫摸著丹頂佛打疼的臉頰，哭喪著臉蜷縮在樹旮旯裏。

等黑橄欖走遠後，丹頂佛跳到血臀身邊，緊緊將血臀摟進懷裏。唉，別怪媽媽心恨，媽媽不想這麼做，媽媽捨不得讓你受委屈，媽媽是沒辦法才出手揍你的。人在屋簷下不得不低頭，猴在屋簷下也不得不低頭。謙讓是一種生存策略。忍一忍吧，忍字頭上一把刀。退一步海闊天空啊。

丹頂佛的教誨初始還起點作用，與黑橄欖在一起玩耍時，血臀便儘量躲著黑橄欖，當黑橄欖走到牠身邊時，牠便匍匐身體，讓自己顯得矮小些，尾巴也會知趣地耷落下來，碰到黑橄欖來搶奪牠手中食物，牠也不再與之爭吵，而是扔下食物掉頭逃跑。惹不起躲得起，雙方的矛盾自然就平息了。

然而，隨著身體逐漸發育，由童年期跨入少年期，血臀的老毛病又漸漸犯了，黑橄欖走近牠身邊，不肯再把身體匍匐下來，而是神氣活現地挺胸昂首，那根尾巴也驕傲地豎在空中。

在黑葉猴社會，身體姿勢很重要，姿勢就是態度，一個強頭倔腦的姿勢，表明一種不肯服輸的態度。

嗨嗨，你怎麼忘記了我的叮囑了，把身體給我匍匐下來，把尾巴給我耷落下來，小祖宗唉，你別再給我惹事生非了，我想過幾天太平日子！丹頂佛不斷向血臀灌輸順民意識，然而，牠的教誨越來越不管用了，血臀愛理不理，把牠的教誨當耳邊風。

唉，兒大不由娘啊！

終於發生了激烈的衝突，起因是血臀那個紅屁股。

血臀這個名字，顧名思義，就是屁股血紅，或者說屁股紅得像在滴血。對人類而言，這肯定是一種含有貶損的綽號，人類都是白屁股，若有紅屁股，說不定就是生理缺陷。但對黑葉猴來說就是另一回事了。大多數猴類的屁股都是紅的，剛好與人類相反，猴子紅屁股是正常態，白屁股就是生理缺陷了。

在黑葉猴社會，屁股紅是成熟的標誌，也是健康的標誌。剛出生的幼猴，屁股是粉紅色的，隨著年齡增長，屁股的顏色會漸漸加深。身體越強壯，生命力越旺盛，屁股就越紅。倘若屁股突然由紅轉白，那肯定是健康出了問題。年老體衰時，屁股就變成淡紫色了。紅屁股顏色濃淡，通常是與地位成正比的。地位越高，屁股越紅，猴王的屁股紅彤彤像只碩大的紅蘿蔔，一旦被從王位上趕下台，紅蘿蔔便會變成白蘿蔔。

血臀出生時就與眾不同，小屁股紅豔豔就像一輪紅太陽，故而起了血臀這麼個別致的名字。跨入少年期，隨著身體竄高骨骼變粗，屁股越來越紅，就像戴著一朵永不凋謝的大紅花。

或許是因爲妒嫉，或許是因爲血臀屁股紅得太扎眼，有一次少年猴們聚在一起玩耍，剛巧旁邊有個爛泥塘，黑橄欖突然從背後將血臀撲倒，順手從泥塘裏撈起一把污泥，塗抹在血臀屁股上。紅屁股霎時間變成黑屁股。

黑橄欖高興得手舞足蹈，呦呦亂嚷，好像在說：你這個討厭的傢伙，你只配有爛泥似的黑屁股！

就像烏雲遮不住太陽的光輝一樣，污泥也無法改變血臀屁股的顏色，才過了半天，血臀屁股上的污泥就掉得乾乾淨淨，又露出紅豔豔耀眼的光彩。但從此以後，黑橄欖就像吃錯了藥似的，一有機會就拿血臀的屁股胡鬧，或者用樹葉蓋住血臀的屁股，或者用鳥糞擲扔血臀的屁股，或者用爪子撕抓血臀的屁股。就像一個偏執狂，沒完沒了地折騰血臀的屁股。

開始時，血臀還能忍氣吞聲，但連續多次受到騷擾，血臀似乎失去了耐心，對著黑橄欖齜牙咧嘴尖叫，擺出鬥毆的架勢，要不是丹頂佛及時制止，兩隻少年猴肯定就打起來了。

真正爆發衝突，是在人類種植的包穀地裏。

那天傍晚，雲霧猴群到瑤寨背後的山坡上去偷吃已成熟的包穀。熱帶雨林肥沃的土地上，一年四季都可以種莊稼。雖是冬天，飽滿的包穀掛在莖杆上，散發出香甜的氣息，令猴饞涎欲滴。

黑葉猴專門有一套偷吃包穀的技巧，身手矯健的成年公猴順著莖杆爬到植物頂端，猛烈搖晃，借著身體的重量，嘩地一聲將包穀杆壓斷，其他黑葉猴便一湧而上摘取掛在莖杆上的包穀棒。

看守包穀地的人不在，黑葉猴們大吃一頓，個個吃得肚兒溜圓，直打飽呃。飽餐一頓後猴們還意猶未盡，湧進包穀地看守人居住的窩棚，舞瓢敲鍋，扯被拖枕，鬧騰取樂。幾隻少年猴，去到火塘邊，饒有興趣地玩弄那只燒水用的銅壺。

火塘裏架著柴禾，柴禾上蓋著火灰，雖然沒有明火，但並沒完全熄滅，厚厚的火灰下仍藏有微弱的暗火。血臀正撅著屁股在掀銅壺蓋，黑橄欖突然從火塘裏抽出一根柴禾，去打血臀的屁股。

柴禾的一端燒成焦炭，冒著縷縷青煙。也許黑橄欖並沒想用火炭去燒血臀的屁股，而只是想用燒焦的柴禾塗黑血臀的屁股，但那是帶火的柴禾呀，焦炭落到血臀屁股上，血臀哇地驚叫起來，蹦出一尺高，小臉痛苦地扭曲了。

空氣中彌散開一股皮肉被燒灼的焦糊味。黑葉猴的屁股上沒有毛，帶火的柴禾落到屁股上，當然灼傷皮膚。

血臀兩眼冒火，再也控制不住自己，嚎叫著撲過去。當時，丹頂佛就在旁邊，本想出面制止的，但轉念一想，黑橄欖實在也做得太過分了，用帶火的柴禾燒血臀的屁股，早已超出淘氣範圍，已經不是什麼孩子氣的惡作劇，而是赤裸裸的「人」身侵害，老拿血臀的屁股做文章，不僅傷害血臀的身體，也是踐踏血臀的自尊，是可忍孰不可忍，看來一味謙讓也不是個辦法，該出手時還得出手，就讓血臀與黑橄欖打一架好了，也讓這個不知天高地厚的惡少領教一下血臀的厲害，也許黑橄欖以後就會有所收斂，不敢再肆無忌憚地欺負血臀了。

更重要的是，金腰帶猴王和孔雀藍王妃都不在窩棚裏，是個難得的教訓黑橄欖的機會。想到這裏，丹頂佛裝著什麼也沒看見，退出窩棚，到包穀地散步去了。

血臀扭住黑橄欖撕打起來。兩隻少年猴你擰我的胳膊，我扭你的大腿，互相摟抱著在地上打滾。碰翻了銅壺，推倒了油瓶，砸碎了碗盞。從窩棚滾進包穀地，壓倒了好一片包穀杆。

黑橄欖雖然與雲霧猴群其他同齡幼猴比，身坯要粗壯些，但與來自布朗猴群的血臀比，就沒了身材上的優勢。布朗猴群的種氣比雲霧猴群要強盛些，比較起來，血臀也比黑橄欖顯得高大一些。身大力不虧，再說了，血臀被壓抑在心底的怒火爆發出來，變得勇不可擋。

很快，血臀就騎在黑橄欖身上，佔據了上風。黑橄欖呦呦怪叫，拚命掙扎，卻難以翻過身來。或許是出於以牙還牙的念頭，血臀壓住黑橄欖的背，啊嗚在黑橄欖屁股上咬了一口。少年猴雖然牙齒還不夠鋒利，但在無毛的屁股上狠狠咬一口，也難免會皮開肉綻。

你用火燙我的屁股，我就用牙咬你的屁股，這是公平合理的，丹頂佛想。

黑橄欖殺豬似地哭嚎起來，狂顛亂跳，從血臀的身體底下掙脫出來，狼狽逃竄。

血臀似乎還嫌教訓得不夠，拔腿要去追趕，被丹頂佛拉住了。夠了，這麼教訓牠一頓已經足夠了。人類社會是得饒人處且饒人，黑葉猴社會是得饒猴處且饒猴。你明白嗎？

這時，孔雀藍王妃聽到黑橄欖的哭嚎，急急忙忙從包穀地鑽出來，見黑橄欖捂著屁股蹦躂，便讓黑橄欖趴在牠膝蓋上，檢查黑橄欖的屁股。

黑橄欖的屁股上，有一排齒痕和幾粒血珠。孔雀藍王妃譴責的目光射向血臀，憤怒地嘯叫起來。

丹頂佛趕緊也讓血臀趴在牠膝蓋上，亮出那只紅彤彤與眾不同的屁股，細嫩的紅皮膚上，被火炭燎出好幾隻血泡。哦，兩個淘氣包互相打架，兩隻小屁股都受了點傷，誰也沒吃虧，誰也沒占便宜。

孔雀藍王妃臉上的怒容這才稍稍平緩了些。

按丹頂佛的意思，血臀出手教訓過黑橄欖一次，給了黑橄欖顏色看，恩怨就可告一段落了。各自退回到原先生活中的老位置上去，黑橄欖繼續扮演同齡少年猴領袖的角色，血臀還是繼續當順民，各自相安無事。之所以被迫進行自衛還擊，就是爲了維持永久的和平秩序。只要從此以後，黑橄欖不再無緣無故欺負血臀，血臀不再身心遭凌辱，就算功德圓滿，達到了最終目的。

丹頂佛很快發現，自己的想法是一廂情願，根本行不通。而不願回到原先生活中

老位置上去的，不是黑橄欖，恰恰是血臀。

自打包穀地窩棚打過架後，血臀就彷彿變了隻猴，不管何時何地「人」前「人」後，再也不肯匍匐在地壓低身體，那尾巴也不再肯耷落下來，尤其是和黑橄欖待在一起時，昂首挺胸擺出勝利者的傲慢姿勢，那根尾巴也驕傲地豎得筆直，好像在提醒對方：你神氣什麼呀，你曾經是我的手下敗將，你如果不服氣，我們再打一架如何？

黑橄欖當然咽不下這口氣，曾經有過的失敗記錄就好比是心靈上一塊瘡疤，一次又一次被揭開瘡疤，當然會惱羞成怒，於是便不顧一切地撲上來與血臀撕打。兩隻少年猴變成冤家對頭，三天一小架，五天一大架，打得不亦樂乎。雖然黑橄欖不乏拚命三郎的勁頭，但相比之下身體素質畢竟要遜色一些，每一次打架，幾乎最後都是黑橄欖吃虧。或者被血臀撳在地上翻不過身來，或者被頭上捶出個青包來，或者身上被拔掉幾綹猴毛。

每當這個時候，孔雀藍王妃的臉上便會露出咬牙切齒憤怒的表情。

丹頂佛知道，孔雀藍王妃之所以會特別惱怒，除了母親看到兒子挨打所產生的心疼外，還有另外一個原因，那就是覺得血臀忘恩負義；血臀本來命中註定是個死囚猴，好幾次命懸一線，靠孔雀藍王妃的憐憫與同情，血臀才得以死裏逃生；現在，血臀竟然想爬到牠兒子的頭上去了，當然會燃起雙倍的怒火，產生雙倍的怨恨。

丹頂佛自然要動用母親的權威來勸告血臀。小祖宗喲，你活得不耐煩了嗎？人家不找我們的麻煩，就該念阿彌陀佛了，你倒好，偏要與黑橄欖針尖對麥芒鬥來鬥去。人家要整我們，就像踩死一隻螞蟻那麼簡單，你懂嗎？胳膊是扭不過大腿的，你必須擺正自己的位置，別再惹火燒身了！

然而，血臀對牠的勸告一句也聽不進去了。血臀犯了年輕生命最易犯的錯誤，自視過高，對公平與公正抱有不切實際的幻想。牠太年輕了，弄不懂黑葉猴社會錯綜複雜的人際關係。牠只知道自己比黑橄欖強大，根據強者爲尊的叢林法則，理應黑橄欖對牠俯首稱臣，而不是倒過來牠向黑橄欖俯首稱臣。

就算你確實比那個惡少要強一些，你也沒必要鋒芒畢露嘛。你身分特殊，過早爭強好勝，會招來禍端的。你要學會韜光養晦，哦，就是把出人頭地的想法藏在心中，表面上做出謙恭的姿態。

血臀根本就不懂什麼叫韜光養晦，少年猴率真的天性，就是要努力表現自己。終於闖下滔天大禍。

這天中午，少年猴們聚在一起玩耍，從岩隙裏突然躥出一隻金背小松鼠，七、八隻少年猴興高采烈地尾隨追攆。金背小松鼠蹦蹦跳跳逃到山崖上去，少年猴們也跟著從陡坡攀爬上去。

好不容易將金背小松鼠包圍起來了，調皮的金背小松鼠吱溜鑽進一條窄窄的石縫，倏地不見了。雖然獵物逃逸，但少年猴們玩興並未受到影響，仍在山崖上你追我趕地鬧騰。

那是一座峻峭的山峰，四周都是絕壁，站在山崖上，一覽眾山小。在山崖一塊一米多高兩米見方的磐石下，少年猴們玩起了爭奪王位的遊戲。遊戲規則是這樣的：那塊磐石象徵王位，大家都想坐到那塊磐石上去，於是你擠兌我，我推搡你，比誰的力氣更大，比誰的摔跤技巧更高，最終的勝利者獨霸王位——眉飛色舞地蹲坐在磐石上，其餘少年猴愁眉苦臉圍繞在磐石下。王者高高在上，民者匍匐在地，這符合生活常識。

這當然只是一種遊戲。一種地位角逐的遊戲。遊戲是生活的預演。對黑葉猴來說，在群體中的地位高低，其實在少年期的遊戲中就已排序好了；遊戲絕非單純的玩，鬧著玩裏頭有大名堂，比出誰強誰弱誰高誰低，名份一經排定，一生都很難逆轉。

應了一句老話：一切雄性都是社會地位的角逐者。少年猴們對玩爭奪王位的遊戲樂此不疲，一會兒甲與乙組成聯軍推翻了丙，一會兒丙與丁又結成同盟顛覆了甲乙聯軍。你方唱罷我登場，玩得昏天黑地。

鬧了一陣後，突然，黑橄欖大叫一聲跳上磐石，奮力將那隻名叫草木灰的少年猴一腳從磐石頂上踹下去，然後拚命姿張開身上的猴毛，儘量讓自己的身軀變得高大，齜牙咧嘴朝磐石下圍成一圈的少年猴們歐歐怪嘯。這等於在當眾宣告：遊戲到此結束，王位歸我所有，你們誰也不准來搶了！

磐石下的少年猴們，有的立刻匍匐身體做出諂媚的姿態，有的敢怒不敢言用手掌啪啪使勁拍打石頭，有的惹不起躲得起悻悻溜下山崖……

沒有哪隻少年猴膽敢再跳上磐石去與黑橄欖撕打。

黑橄欖有特殊的家庭背景，身體也較之普通少年猴要強壯些，從來就是這群少年猴的小領袖，玩爭奪王位這種遊戲，最終讓黑橄欖獨霸王位，似乎也是順理成章的事。

黑橄欖尾巴翹到天上，獨自在磐石頂上舞兮蹈兮，體驗未來猴王的幸福感覺。

這時候，血臀跳將出來了。遊戲還沒做完呢，憑什麼你就該獨霸王位？別「人」怕你，我偏不賣你的賬，看你能把我怎麼樣。牠嘯叫一聲，縱身一躍，嗖地躥上磐石去。

磐石頂上，黑橄欖冠毛怒豎，張牙舞爪準備迎戰。

血臀剛跳上磐石，落地未穩，黑橄欖就撲到血臀身上，在血臀大腿上狠狠咬了一口。

這完全不符合遊戲規則。每項遊戲都有約定俗成的獨特規則。爭奪王位這項遊戲，在打鬥過程中，爲避免受到傷害，雙方是不可使用指爪和牙齒的，只能互相推搡或摟抱著扭打，形式有點像日本的相撲，主要是比誰的力氣大，能把對方從磐石頂上推下去就算勝利。

血臀沒料到黑橄欖會張嘴咬牠，明目張膽違反遊戲規則。這一口咬得結結實實，兩枚獠牙刺穿皮肉，在血臀大腿上鑽出兩個血洞。血臀疼得嘶嘶倒抽冷氣，差一點就從磐石頂上滾落下來。黑橄欖變得像個小瘋子，用指爪撕，用獠牙咬，毒招頻出，早已不是在做遊戲了，而是在尋釁滋事，打架鬥毆，流血衝突。

血臀憤慨了。是你先不遵守遊戲規則的，那就休怪我不客氣了。牠抱住黑橄欖的腿，把黑橄欖摞倒在地，使勁掐黑橄欖的脖子。黑橄欖發出呀呀啊啊的呻吟。雙方扭成一團，滾到磐石邊緣。又各自站立起來，前掌對前掌，額頭抵額頭，展開頂牛，都想把對方頂下磐石去。

雖然血臀身體略壯些，力氣也略大些，但大腿剛剛被咬破，勉強保持勢均力敵。一會兒黑橄欖把血臀頂到磐石邊緣，一會兒血臀又把黑橄欖推到磐石邊緣，來回拉鋸，相持不下。這一次，又是黑橄欖把血臀頂到磐石邊緣，黑橄欖發狠地用額頭連續叩擊血臀的額頭，咚咚咚咚，似乎下決心要把血臀撞出腦震盪來。血臀想不到黑橄欖會出這種怪招，腦袋被叩得嗡嗡響，移動額頭想躲避，額頭倒是躲過了叩擊，鼻樑卻被叩個正著，頓時眼冒金星，兩腿發軟，一下就被頂到邊線位置。

牠的一條後肢已經騰空，眼瞅著就要被黑橄欖甩下磐石，突然，牠猛地側轉身體，將正面讓了出來，在側轉身體的同時，前爪捏住對方的手腕，順勢往前猛拉。黑橄欖哇地驚叫一聲，像鳥似地從磐石上飛了出去。這叫順勢借力，以四兩撥千斤。讓所有在場的少年猴們目瞪口呆的是，黑橄欖彷彿真的變成一隻大黑鳥了，竟然在空中足足滑翔了兩公尺多，飛出山崖，跌落陡坡去了。呦呀，呦呀，少年猴們嚇得高聲尖叫。

假如正常地從磐石上滾下來，哪怕是正常地從磐石上跳下來，也不可能從山崖上摔下去的。山崖上的平台面積雖然不大，但從磐石到陡坡最窄處也有兩公尺寬，足夠黑葉猴打好幾個滾。咕咚，咕咚，黑橄欖真的像只圓滾滾的大橄欖，從陡坡上滾落下去，足足滾下去三、四十公尺，才被山腰上一棵小松樹給攔截住。

黑葉猴們從四面八方聚攏到山腰那棵小松樹。黑橄欖渾身是血，已失去知覺，靜靜地躺在小松樹下。孔雀藍王妃將黑橄欖抱在懷裏，輕輕搖晃，哀哀嘯叫。好半天，黑葉猴才睜開眼睛，又過了好一陣，小傢伙才四肢舞動啊地發出一聲哭嚎。孔雀藍王妃試探著將黑橄欖放在地上，小傢伙抖抖索索爬了幾步，不幸中的萬幸，四肢完好無損，沒有落下什麼殘疾。但模樣可怕極了，額頭跌破一個洞，鮮血順著眼角滴滴嗒嗒往下淌，胳膊、大腿、背脊和屁股上都有明顯擦傷，稱得上是傷痕累累。

丹頂佛在第一時間就趕到出事現場，一顆猴心劇烈跳動，緊張得喘不過氣來，直到看見黑橄欖還能站起來走路，繃緊的心弦這才稍稍鬆弛一點。

公平地說，血臀這麼做，並非故意要謀害黑橄欖，而是自己在快被頂下磐石去時的應急舉措。一隻巴掌拍不響，黑橄欖也是有責任的。要不是黑橄欖窮兇極惡使出吃奶的力氣與牠頂牛，牠側轉身體後黑橄欖也不會產生如此巨大的衝力，像鳥似地飛出山崖去。然而，黑橄欖不會這麼去想，孔雀藍王妃也不會這麼去想，金腰帶猴王更不會這麼去想。

黑橄欖在地上抖抖索索走了幾步，一抬頭，望見吊在松枝上的血臀，臉上浮現驚恐萬狀的表情，就像撞見吃猴不吐骨頭的生番一樣，撲進孔雀藍王妃的懷抱，小腦袋在孔雀藍王妃胸口擠呀鑽呀撞呀，恨不得進到孔雀藍王妃肚子去才感覺安全。這無疑是在指認兇手。孔雀藍王妃氣得七竅冒煙，咬牙切齒地對著血臀呦呦怒嘯，瞧這模樣，恨不得將血臀一口吞吃了。

幸運的是，黑葉猴社會有一條不成文的規矩，未成年幼猴互相打架鬥毆，無論發生什麼事情，成年猴是不允許介入進去的。同宗同族，皆爲兄弟姊妹，是不允許以大幫小以大欺小的。

丹頂佛希望能平息孔雀藍王妃的怒火，牠匍匐在地，小心翼翼地爬到孔雀藍王妃面前，撮起嘴討好地去嗅聞孔雀藍王妃的腳掌，發出委婉的叫聲，那是在喃喃低語，溫溫勸慰：我的血臀失手摔傷您的黑橄欖，我向您表示最誠摯的道歉。大人不記小人過，大猴不記小猴過，您大猴有大量，就寬恕血臀這一次吧。我向您保證，再也不會發生類似的事情了。哦，您的黑橄欖真了不起，從這麼高的地方滾下來，居然沒有傷筋動骨。從小骨頭硬，長大成猴精。大難不死，必有後福。歷經磨難，百煉成鋼。將來必定大富大貴，拜相封候，國之棟樑，猴中豪傑，社會精英，前程無量。恭喜了，恭喜了。

孔雀藍王妃冷不防伸出爪子在丹頂佛肩上撕了一把，並發出厭惡的呵斥聲：你給我滾遠點，不然我就拔光你身上的猴毛！

丹頂佛明白了，自己是馬屁拍在馬腳上，孔雀藍王妃已對血臀恨之入骨，恨不得立刻把血臀打入十八地獄，無論牠怎麼去哀求，也不會改變立場了。

那壁廂，金腰帶猴王的表情更加可怕，一雙充滿殺機的眼睛死死盯著血臀，從地上撿起一根松枝，塞在嘴裏狠命嚼咬，咔嚓喇，咔嚓喇，樹皮迸碎，木屑飛濺。這個舉動無疑含有可怕的象徵意味。這時候，那隻名叫浮漂漂的母猴，跑攏過來，伸手想替金腰帶猴王整飾皮毛。

在黑葉猴社會，這是最友好的安慰方式。金腰帶猴王突然甩動脖頸，毫不領情地朝浮漂漂漂咬去。浮漂漂扭頭想躲閃，卻慢了半拍，金腰帶猴王咬住了牠背上的猴毛。浮漂漂大聲討饒，金腰帶猴王卻殘忍地咬住不放。噗，金腰帶猴王從浮漂漂背上咬下一大口猴毛。誰勸解，誰討打。這叫狗咬呂洞賓，不識好「人」心。浮漂漂逃到一個石洞裏，委屈地嗚咽哭泣。

丹頂佛忍不住打了個寒噤。牠明白，金腰帶猴王把好心被當做驢肝肺，咬了浮漂漂一口，其實是在用一種借代的方法，發洩心頭之恨。浮漂漂無非是在替血臀受過而已。丹頂佛想，現在金腰帶猴王和孔雀藍王妃肯定後悔極了，悔不該當初在眾目睽睽之下接納血臀為雲霧猴群正式成員，悔不該心太軟。要是血臀身分未變，還是前來投靠的外族雄性幼猴，還是法定的死囚猴，金腰帶猴王就不用受黑葉猴社會「不得殘害同一族群內未成年幼猴」這條禁忌的束縛，早就撲上來把血臀咬爛嚼碎了。

看來，前段時間厄運只是暫時隱退，現在又粉墨登場了，又要暗無天日了，又要度日如年了。

九　惡意遺棄

果然如丹頂佛所預測的那樣，災禍接踵而來。

在金腰帶猴王的率領下，雲霧猴群翻過九十九座大山，渡過九十九條大河，去往一個名叫羊角灣的地方採食紅菱角。

羊角灣是熱帶雨林裏的水鄉澤國，河汊縱橫交錯，水塘星羅棋佈。正是紅菱角成熟的季節，每年這個時候，雲霧猴群都會到羊角灣來採食鮮嫩美味的紅菱角。堪稱一年一度的紅菱角節。

黑葉猴們爬山涉水，緊走慢趕，整整走了兩天時間，第三天黃昏這才來到目的地。飽餐一頓後，在附近找了個小山包，權當宿營地。

長途跋涉，累得腰痠背痛，肚子裏又塞飽了紅菱角，丹頂佛眼皮就像塗了樹膠，一躺下去就睡著了，血臀靠在牠的懷裏，也睡得呼嚕呼嚕像隻小豬。

一覺醒來，已是翌日清晨，鳥語花香，安靜得有點反常。丹頂佛環顧四周，傻了眼，昨夜黑壓壓睡了一地的黑葉猴，猴去山空，一隻都不見了。牠心頭陡地一緊，在小山包頂上直立遠眺，水塘邊小河旁，晨嵐嫋繞，有幾隻黃麂在悠閒地散步，根本看不見黑葉猴的身影。牠引頸高吭，發出聯絡的長嘯，只有空谷回聲，聽不到同伴的應答。

雲霧猴群不可能是遭到食肉獸的偷襲或人類的屠殺，猴群有嚴格的哨猴制度，一有風吹草動就會發出響亮的報警聲。退一萬步說，就算哨猴失職，半夜睡著了，確實遭受食肉獸偷襲或人類屠殺，應當會有野獸的吼叫、獵狗的吠叫和獵槍的轟鳴，理應將牠從睡夢中驚醒。再退一萬步說，就算牠睡得特別死，驚天動地的聲響也未能將牠從睡夢中弄醒，四周應該有斷肢殘骸和斑斑血跡，但小山包上乾乾淨淨，看不到任何大屠殺的痕跡。

一夜之間，整個雲霧猴群突然失蹤了，從這個世界蒸發了，這可能嗎？

只有一種解釋，在牠熟睡時，雲霧猴群靜悄悄離開了羊角灣。

黑葉猴是一種晝行夜伏的動物，沒有特殊情況，夜晚是不會轉移宿營地的。即使哨猴發現遠處有綠燈籠似的獸眼在晃動，害怕遭到猛獸襲擊，需要半夜轉移，按照慣

例，也會叫醒群體中的每一個成員，集體行動，以躲避風險。

整個雲霧猴群就牠和血臀沒被叫醒，幾十隻黑葉猴統統走光了，就剩牠們母子倆，這絕不可能是一種無意的疏漏，而一定是有意的遺棄，而且是有預謀有計劃的遺棄。

毫無疑問，只有金腰帶猴王有權力也有能力做這件事。

完全可以想像昨天半夜發生的情景，夜闌更深，啓明星升起來後，早有準備的金腰帶猴王和孔雀藍王妃，躡手躡腳爬起來，分頭弄醒沉睡中的黑葉猴。金腰帶動用猴王權威，兇神惡煞般進行威脅，禁止黑葉猴們發出任何聲響。或許有那麼一兩隻黑葉猴，發出輕微的夢囈，立即遭到金腰帶猴王的恫嚇。沒有誰膽敢違令，個個緊閉嘴唇，噤若寒蟬。就這樣，在牠和血臀熟睡之際，整個猴群無聲無息地離去了。

金腰帶猴王之所以要這麼做，意圖很明顯，就是要甩掉牠們母子倆。

丹頂佛想尋找猴群留下的足跡，跟蹤追攆，回到族群中去。遺憾的是，河流太多，水塘太多，零亂的足跡每每被河流阻斷，被水塘淹沒，像走進迷魂陣，辛辛苦苦兜了一大圈又回到起點。

丹頂佛投靠雲霧猴群後，還是第一次到羊角灣來。就像多數雌猴一樣，去某一個地方覓食，牠只是盲目地追隨金腰帶猴王，猴王往東牠就跟著往東，猴王往西牠就跟著往西，從不費心去辨識路線和方向。牠要回雲霧猴群去，卻完全摸不著方向。牠在三岔路口徘徊。東南西北，糊裏糊塗；山高水長，無法回家。

正在牠焦急萬分一籌莫展時，突然，前面一棵小樹赤褐色的樹幹上，有幾絲白色在隨風飄蕩。霞光照射在那幾絲白色上，閃閃發亮。

似乎有一種神秘的心靈感應，牠的情緒莫名其妙地亢奮起來。趨步上前一看，哇哈，是一綹約兩寸長的白色猴毛！

雖然每一隻成年黑葉猴臉上都有兩條白色絨毛，俗稱「白鬢」，但普通「白鬢」都很短，最多有半寸長。整個雲霧猴群，只有白鬍子公猴身上有這麼長的白色猴毛；白鬍子公猴除了臉頰上兩道「白鬢」外，嘴唇和下巴長有一圈兩寸多長的與眾不同的白鬍子，故而叫白鬍子公猴。

牠臉湊上去，聳動鼻翼仔細嗅聞，果然聞到白鬍子身上那股特殊的體味。再研究那綹白毛，卡在樹皮的縫隙裏，插得很牢哩。這不像是無意間蹭掉的猴毛，倘若是無意間蹭掉的猴毛，絕不可能牢牢種植在樹皮縫隙裏的。再說了，兩寸長的白毛長在白鬍子公猴嘴唇和下巴上，再怎麼弄，也不可能會蹭掉在樹幹上的。只有一種可能，白

鬍子公猴是有意將臉上的白毛掛貼在樹幹上的。

牠順著猴毛掛貼的方向，又朝前走了百把米，嘖嘖，在一棵被霹靂擊倒的大樹上，燒焦的樹皮間，又發現了幾根銀光閃爍的白色猴毛。再往前蹚過一條小河，水塘邊一塊醒目的大卵石上，又發現了一小撮白得耀眼的猴毛……

一股暖流在丹頂佛胸中激蕩，牠明白了，白鬍子公猴是在用黏貼白毛這樣一種方法，給牠指引方向，這是特殊的路標，聰明絕頂的路標。

丹頂佛想像著當時發生的情景：半夜三更，白鬍子公猴正睡得香，突然被粗魯地推醒。借著皎潔的月光，白鬍子公猴看見，幾乎所有的黑葉猴都被從睡夢中拉了起來，正摸索著走下小山包，踏上歸途。牠懵懵懂懂跟在金腰帶猴王身後，才走了幾步，牠就發現丹頂佛正摟著血臀在角落裏酣睡。

既然是集體轉移宿營地，那就該把這對母子叫醒啊。牠剛想跳過去，金腰帶猴王面目猙獰地攔住了牠，齜牙咧嘴發出無聲的警告。在猴群，一切都要聽猴王的。沒辦法，牠只好放棄叫醒丹頂佛母子的念頭。

走著走著，牠的步履越來越沉重，總覺得有一隻無形的手，在牽拉牠的心。牠曉得，遭到遺棄的丹頂佛母子，假如長時間歸不了群的話，將意味著什麼。牠曉得金腰帶猴王是故意要遺棄丹頂佛母子。牠沒有膽量反抗金腰帶猴王的淫威，可又不忍心看著丹頂佛陷入絕境。牠憂心如焚，卻又不得不一步三回頭地漸漸遠離丹頂佛母子。牠想找到既不得罪金腰帶猴王，又能解救丹頂佛母子的兩全之策，牠絞盡腦汁地想啊想。走下小山包後，突然牠靈機一動，想出個絕妙的主意來。

假如一路上留下醒目的標記，明早丹頂佛醒來後，不就可以順著標記找到回家的路了嗎?拿定主意後，牠就拔下嘴唇和下巴上的白毛，掛貼到小樹赤褐色的樹皮上去。爲了不讓輕柔的猴毛被風吹走，牠用指甲將猴毛掐進樹皮縫隙。每走一段路，牠都要用同樣的方式，在合適的地方留下別致的標記。

有了路標，就有了正確的方向。丹頂佛領著血臀，一路尋找白鬍子公猴留下的標記，走了兩天半，第三天下午，才回到雲霧猴群的大本營——那只紫氣氤氳的大溶洞。

當丹頂佛跨進溶洞，發出「我回來了」的嘯叫時，牠注意觀察金腰帶猴王和孔雀

藍王妃的反應。金腰帶猴王驚詫的眼睛瞪得像大泡眼金魚，全身猴毛迅速姿張又迅速閉謝，顯示其內心的憤懣與氣餒。孔雀藍王妃則像看見一棵樹突然會走路了一樣，吃驚得幾乎要暈倒。這也從另一個角度證明，把牠和血臀遺棄在羊角灣，絕非無意的疏忽，而是蓄意的謀害。

再看白鬍子公猴，本來鬢角和下巴長滿一圈濃密的白毛，此刻「白鬢」還在，但嘴唇四周大半圈白毛不見了，露出難看的粉紅皮肉，似乎還有殘留的殷殷血絲；一張白毛飄逸的銀白色臉，變得半邊白半邊黑，色彩極不和諧，白鬍子公猴應當改名叫陰陽臉公猴了，實在有礙觀瞻。但丹頂佛卻打心眼裏喜歡這張怪誕的猴臉。爲了能讓牠順利回到雲霧猴群，白鬍子公猴拔掉了嘴唇四周大半圈白毛，給牠沿途做標記，每每想到這一點，牠心裏就像灌了蜜似的甜。

災禍只是剛剛拉開了序幕。

僅僅隔了半個月，又一場陰謀降臨血臀頭上。

那天清晨，雲霧猴群到羅梭江邊撈青苔。

羅梭江清澈見底，早春時節，江底卵石間，絲絲縷縷碧綠透明的青苔，隨著波浪在水底飄蕩。青苔糯滑鮮美，營養豐富，是地道的綠色食品，也是黑葉猴的傳統美食。撈青苔，對黑葉猴來說，稱得上是個節慶。

猴群來到江邊的懸崖絕壁上，尋找合適的大樹，爬到伸向江心的樹幹上，成年猴我摟著你的腰、你摟著牠的腰，頭向下腳朝上，一隻接一隻倒懸在樹枝上，吊梯似地形成一條長長的猴串，從樹枝一直垂掛到水面，隨著猴串輕輕擺動，最下面那隻猴子，突然半個身體撲進江去，伸手撈出一塊青苔，升回到水面後，將青苔像傳遞接力棒那樣沿著猴串傳到樹上去，晾曬到樹枝上，等撈到足夠多的青苔後，全體黑葉猴便聚在樹冠上美餐一頓。熱熱鬧鬧，歡天喜地，好玩極了。

雲霧猴群找到一棵長在懸崖上的櫻桃樹。如華蓋般的樹冠上，黑葉猴上躥下跳，嘯叫喧鬧，歡度青苔節。

柳絲綠，青苔肥，正是撈青苔的最佳時機。清晨開始採撈，太陽升上樹梢後，偌大的一棵櫻桃樹上，已經掛滿翠綠的青苔，就像掛滿了綠色旗幟。足夠雲霧猴群全體黑葉猴飽餐一頓了，於是，進行少年猴採撈訓練。

在成年猴撈青苔的過程中，未成年的少年猴們淘氣地將猴串當猴梯，爬上爬下玩耍，觀摩成年猴撈青苔的精湛技藝，當成年猴們豐收在望時，便會讓少年猴們依次爬到猴串末端，就像實習生們在實習期間被允許上崗操作一樣，讓牠們模仿成年猴的動作，上半身撲到水裏去採撈青苔，實踐出真知，也算是一種零距離學習方式。

少年猴們興趣盎然，爭先恐後爬到猴串上去參加別開生面的社會實踐。按照地位排序，第一個當然是黑橄欖。而垂掛在猴串最末端，緊貼在水面上的，就是金腰帶猴王。

只見金腰帶猴王讓黑橄欖兩條腿絞纏在自己脖頸上，牠的胳膊摟住黑橄欖的腰，隨著身體擺動，猴串蕩蕩悠悠，嘩啦一聲，黑橄欖撲進江去，水花四濺，當升回到水面時，黑橄欖兩手空空，什麼也沒撈到，鼻子裏卻嗆進水去，啊啾啊啾連打了好幾個噴嚏。再試了一次，右爪總算撈起半塊青苔，勉強過關了。

接著又有幾隻少年猴在金腰帶猴王的指導下，下到江裏採撈青苔，有的不敢在水裏睜眼，結果撈上來一把泥沙，有的不懂得在水裏應當屏住呼吸，結果青苔沒吃到，卻灌了一肚子江水。

少年猴的狼狽相，逗得成年猴們哈哈直樂，營造出濃厚的生活情趣……

終於輪到血臀了，小傢伙與眾不同，顯得特別自信，在空中張開雙臂，做好攫抓準備，身體落水時，就像魚鷹似地直直鑽進江裏，動作輕盈，姿勢優美，噗地一聲，水花壓得很低，一點不比經驗豐富的成年猴差。

一眨眼，血臀從江中升上水面，讓成年猴們驚訝的事發生了，只見血臀左手撈起一塊碧綠的青苔，右手握著一尾兩三寸長的小魚，魚兒還在拚命掙扎，銀白色魚鱗在陽光下閃閃發亮。

一隻乳臭未乾的少年猴，第一次下水撈青苔，就撈起一整塊青苔來，已經是很了不起的事了，竟然同時還撈起一條鮮活的小魚來，實在不可思議。這事要是發生在成年猴身上，也算得上是個奇蹟了。

也許，這是一條笨魚，智商極低，屬於癡呆一類，正巧讓血臀碰上，不費吹灰之力就撿了個便宜。也許，血臀下水的一瞬間，那魚兒受了驚嚇，沒了方向感，胡鑽亂游，剛好就撞到血臀的右爪間來，不撿白不撿，來了個順手牽「羊」，抓住了倒楣的魚兒。不管怎麼說，那魚兒被血臀逮出水面了。

血臀得意之極，揮舞著左爪上的青苔和右爪上的小魚，哇哇驕傲地嘯叫。應了句樂極生悲的俗話。

金腰帶猴王鬆開摟住血臂腰的兩條胳膊，似乎是要去接血臂手中的青苔和魚，突然，可怕的事發生了，也不知是怎麼搞的，血臂從金腰帶猴王脖頸上脫落出來，噗嗵掉進江裏去了。

黑葉猴雖然會游泳，但水性很一般，風平浪靜時勉強能泅渡二、三十米寬的小河，根本無法在大江大河劈波斬浪。

正因爲如此，黑葉猴才採用在樹枝上倒懸猴串的辦法來採撈青苔，以避免直接到江裏撈青苔時被洶湧的江水捲走。

羅梭江水流湍急，江風獵獵，濤聲陣陣。

血臂還是隻少年猴，不諳水性，不會泅水，在波浪間胡亂掙扎，腦袋浮出水面後，嗷嗷呼救，才叫了兩聲，一排湧浪壓過來，又把牠打入江底，過一會又冒出頭來，被江水迅速沖向下游。

最幸運的是那條銀白色的小魚，死裏逃生，重回羅梭江。

風大浪猛，這一帶又是激流險灘，沒有誰膽敢跳下江去救血臂。明擺著的，即使有誰跳下江去，非但救不了血臂，反而還會白賠一條性命。

金腰帶猴王順著猴梯躥上樹冠，緊張而又激烈地嘯叫，上躥下跳，似乎爲自己的意外失手深感痛心，還誇張地一手攀住樹枝，一手伸向羅梭江作打撈狀，這當然是徒勞的，別說是胳膊長度有限的黑葉猴了，就是長臂猿，也不可能隔著這麼遠的距離把在激流中掙扎的血臀打撈上來。

當時丹頂佛正騎在櫻桃樹枝丫上，目睹了事情發生的全過程。

牠絕不相信金腰帶猴王是因爲疏忽大意而使血臀掉落江去的，毫無疑問，那是故意使壞，目的是要血臀掉進湍急的江裏淹死。

丹頂佛肝腸寸斷，已處於半昏厥狀態。黑葉猴們，攀爬在櫻桃樹冠上，齊聲嘯叫，大約是在提醒血臀往岸邊游。

血臀被一股激流裹挾著，根本無法靠岸，反而更往江心漂去。看得出來，血臀已筋疲力盡，並且驚慌失措，已支撐不了多久了，要不了幾秒鐘，就會被無情的江水吞噬。

就在這性命攸關的危急時刻，突然，江心汆來一根碗口粗的樹枝，隨著波濤起伏顛動，汆到血臀身邊。

完全出於撈救命稻草的本能，血臀抓住了樹枝。對溺水的動物來說，抓住了汆在江面上的樹枝，就等於抓住了救生圈。血臀總算可以自由呼吸了，抓住那根救命的樹

枝，向下游漂去。

丹頂佛從絕望中回過神來，立刻跳下櫻桃樹，沿著崎嶇的江岸，去追攆血臀。全體黑葉猴，也都跟在丹頂佛後面，在江畔陡峭的岩壁上，追逐順江而下的血臀。追出兩千多米，在一個U字型江灣，血臀抱著那根樹枝，終於沖出激流，沖到岸邊來了。

丹頂佛趕到時，血臀癱倒在沙灘上，肚子鼓得像個孕婦，已經昏迷過去。牠將血臀倒提起來，血臀哇哇吐出許多江水，這才甦醒過來。

黑葉猴們陸續趕到，興奮地嘯叫，爲血臀死裏逃生表示慶賀。金腰帶猴王也不例外，蹦躂跳躍，還伸出爪子梳理血臀身上濕漉漉的猴毛，好像爲血臀的遇難呈祥感到由衷高興。

丹頂佛仔細觀察，金腰帶猴王雖然肢體動作很熱烈也很奔放，但眼光始終冷冰冰的，嘴角也明顯下沉，透露出一絲遺憾的表情。

過了一會兒，金腰帶猴王去到那根碗口粗的樹枝前，樹枝有三米多長，一半浸在江裏一半擱在岸上，金腰帶猴王狠狠踹了那根樹枝一腳，樹枝又被踹進江去，順著水流漂走了。

要是沒有這根碗口粗的樹枝，血臀此時此刻恐怕已經沉入江底餵魚了。金腰帶猴王如此仇視這根碗口粗的樹枝，將其陰暗的內心暴露無遺了。

又過了七天，血臀頭上再次災星高照。

這天中午，雲霧猴群來到山腳一片野木瓜樹林裏採食成熟的木瓜，突然，爬在一棵榕樹上擔當哨猴的白鬍子公猴咿呀歐咿呀歐發出尖銳的報警聲，全體黑葉猴舉目眺望，數百米開外的亂石崗上，赫然出現一群大青猴，正氣勢洶洶往野木瓜樹林趕來。金腰帶猴王立即發出撤退指令，霎時間，所有黑葉猴從木瓜樹上跳下來，往雲霧嫋繞的山峰奔逃。

大青猴也叫獼猴，學名叫恒河猴，體魄壯碩，生性兇猛，是猴類中的大哥大。大青猴是猴，黑葉猴也是猴，按理說大家都是猴兄猴弟，不說相親相愛吧，起碼彼此也該和睦相處。事實卻恰恰相反。

大青猴是雜食主義者，也就是說，像人類一樣，素的也吃，葷的也吃。人類把黑葉猴稱作烏猿，用烏猿骨頭泡的酒稱作烏猿酒，屬於名貴補酒，所以人類千方百計捕殺黑葉猴。也不曉得是不是受了人類的教唆，大青猴也像人類一樣對黑葉猴垂涎三尺，把黑葉猴當做滋補的山珍海味，只要一見到黑葉猴就窮追猛攆，做夢也想吃一頓烏猿大餐。

豺狼虎豹固然兇猛，是吃猴不眨眼的惡魔，但這些食肉猛獸大多不會爬樹，有個別猛獸如山豹之類雖然也會爬樹，但不會從一棵樹上騰跳到另一棵樹上去，黑葉猴遭遇這些食肉猛獸，較容易提防也較容易逃生。大青猴就不一樣了，大青猴具備猴類爬樹攀岩等技能，身手矯健與黑葉猴不差上下，非常瞭解黑葉猴的習性，黑葉猴逃到樹上去，大青猴便追到樹上去，黑葉猴逃到懸崖峭壁上去，大青猴便追到懸崖峭壁上去，幽靈似的很難擺脫，更有甚者，大青猴還有一套圍追堵截的戰略戰術，會用穿插分割的辦法，將一群有序奔逃的黑葉猴衝得七零八落，變成一群無頭蒼蠅，以利各個擊破，或者對某一隻落單的黑葉猴實施重重包圍，假如落單的黑葉猴逃到一棵樹上，大青猴便會以這棵樹爲軸心，東西南北好幾棵樹上都有一隻大青猴把守，讓你插翅難逃。

據統計，黑葉猴群每遭遇十次大青猴，就有九次會損兵折將，換句話說，遭遇大青猴襲擊，黑葉猴群只有百分之十的可能全體勝利大逃亡。因此，在黑葉猴的生存詞典裏，大青猴是僅次於人類的第二號天敵。

黑葉猴們驚駭地尖叫著，向大本營——雲霧婸繞的溶洞逃去。

大青猴群興奮地嘯叫著，像一陣青灰色的颶風，朝黑葉猴刮過來。

從物種進化角度說，大青猴的進化節拍比黑葉猴要快半拍，尾巴已經有了明顯的退化傾向，身體變得粗壯，更能適應在地面生活。也就是說，大青猴在地面的奔跑能力，要超過黑葉猴。

彼此的距離在一點一點縮短，很快，相距僅有七、八十米了。

就在這時，雲霧猴群已逃到山峰下，開始攀爬陡岩。山峰高聳入雲，紫氣氤氳的山頂，就是雲霧猴群的大本營——溶洞。逃生有望，勝利在望，所有黑葉猴都暗暗鬆了口氣。

黑葉猴雖然在地面上奔跑的速度不如大青猴，但攀岩的本領卻遠遠超過大青猴。相對來說，黑葉猴身體輕盈，尾巴發達而靈巧有力，既能捲握樹枝，也能勾拉岩角，必要時還能立在地上支撐一部分身體重量，更能適應在懸崖峭壁間生存。眼前這座挺拔陡峭的山峰，稱得上是上蒼賜給黑葉猴們的護身符。從山腳到山腰，坡度就很陡，

除了猴類，其他動物很難立足。

山腰有一圈高約四、五米俗稱佛跳牆的石坎，越過這道石坎，地勢更爲險峻。四周皆爲高幾十丈直立的陡壁，陡壁上很少有樹，光禿禿的陡壁上長滿蒼翠的苔蘚，除了鳥類以外，只有黑葉猴能在上面攀爬跳躍。

過去雲霧猴群也曾遭到大青猴襲擊，當黑葉猴們在平地奔逃時，是大青猴占上風，彼此距離越縮越短，一旦黑葉猴逃上山峰，形勢立刻發生逆轉，黑葉猴明顯就占上風，彼此距離越拉越長。

到了山腰，翻過佛跳牆陡坎，黑葉猴就不用再驚慌奔逃了，大青猴面對幾十丈高難以攀登的絕壁，會望而怯步，明智地放棄追攆。

全體黑葉猴都順利踏上山峰，在陡岩上敏捷地跳躍，向山腰攀爬。大青猴們氣喘吁吁地尾隨追擊。彼此距離又拉長到兩百米開外了。黑葉猴們終於登上山腰，開始翻爬佛跳牆石坎。石坎雖然又高又陡，卻難不倒黑葉猴，逃命的時間也還充裕，用不著慌慌張張互相擠兌傾軋。大家都能逃生，逃生機會也是一種資源，資源很豐富，那就不用你死我活殘酷競爭了。

有幾隻成年黑葉猴率先翻上石坎，然後從上面伸出手來，拉年老體衰的黑葉猴一把。還有一些成年黑葉猴志願殿後，懷抱幼猴的母猴們翻越石坎有點吃力，那些殿後的志願者就在下面幫忙托一把。

遵守秩序，講究禮貌，扶老攜幼，共渡難關。

這個時候，丹頂佛抱著血臀來到佛跳牆石坎前，準備翻爬。

血臀雖然已由童年期跨入少年期，但畢竟還是隻未成年的幼猴，丹頂佛擔心寶貝兒子在逃亡路上會有什麼閃失，所以一路上都讓血臀吊在自己身上，母子合二爲一一起逃命。

子吊母懷，這是猴類慣用的育兒方式。猴子一生下來四隻爪子就有抓握功能，母猴讓子猴面對面貼在自己胸口上，小猴兩隻前爪揪住母猴頸毛，兩隻後爪揪住母猴腰間體毛，這樣母猴就能正常地爬樹攀岩，無論怎麼顛簸，小猴都不會從母猴身上摔落下來。這種子吊母懷的育兒方式，對黑葉猴來說，是不可或缺的生存技能。

血臀在一天天長大，身體變得越來越重，從野木瓜樹林逃到山腰石坎下，丹頂佛已累得大汗淋漓，上氣不接下氣。丹頂佛正要咬緊牙關往佛跳牆石坎上攀爬，血臀突然鬆開爪子從丹頂佛身上跳了下來，自己往上攀爬。

丹頂佛回頭望了一眼，大青猴還在兩百米開外的山坡下，危險離得尚遠，有足夠的時間讓血臀學學怎麼翻越這道佛跳牆石坎，牠想，血臀已經是少年猴了，少年猴就意味著要開始培養獨立生活的能力，在確保安全的前提下，讓小傢伙多鍛煉鍛煉，是有好處的，再說了，牠也確實累得快要虛脫，也好趁此機會喘口氣。於是，丹頂佛沒有出面干涉，就讓血臀自己攀爬佛跳牆石坎，而牠則緊隨在血臀身後，保駕護航，以防萬一。

這個時候，金腰帶猴王正護送孔雀藍王妃和牠們的愛子黑橄欖，翻越佛跳牆石坎。孔雀藍王妃和黑橄欖已經順利到達石坎頂端，金腰帶猴王也只差兩、三步，即可翻上佛跳牆石坎去。

石坎下的血臀與石坎上的金腰帶猴王，正好處在一條垂直線上。

血臀雖然年紀還小，攀岩能力卻已經很了不得，果斷地抓住岩壁上的棱角和縫隙，一步一步穩穩當當地往上攀爬，絲毫也沒有因爲後面有大青猴在追趕而心虛膽怯。很快，小傢伙已往上爬了兩米多，只要再有幾秒鐘時間，就能成功登頂。

尾隨追攆而來的大青猴，大概意識到再怎麼努力也無法逮到黑葉猴了，士氣一下降到冰點，紛紛放慢腳步，有的索性停了下來，找塊樹蔭乘涼去了。

就在這時，禍從天降。只聽得頭頂一聲驚叫，金腰帶猴王似乎是一腳踩空了，像坐滑梯一樣從石坎上滑落下來，不偏不倚，剛巧砸在血臀身上，就像檯球桌上母球擊打子球，母球停了下來，子球飛快往前滾去，金腰帶猴王在佛跳牆石坎上站穩了，而血臀卻像接力滑梯一樣接著往下滑。丹頂佛雖然處在血臀下方，但事情發生得太突然，牠還來不及反應，血臀就隨著一聲尖叫唰地擦著牠的身邊滑下去了。這股撞擊力很大，血臀滑到石坎底後，又接著往斜坡下滾，滾了三個前空翻，摔出五、六公尺遠，這才刹住車。

出事時，追趕在最前面的幾隻大青猴，離佛跳牆石坎僅有六、七十公尺。那幾隻大青猴本來已經對捕捉黑葉猴不抱什麼希望，追趕的腳步懶散而緩慢，突然看見一隻少年猴從石坎上滑落下來，希望之火又重新點燃，追趕的腳步勤快而急促，歐歐叫著，撲躍上來。

石坎上，黑葉猴們放聲齊嘯，催促血臀趕快逃到石坎上來。

血臀這一跤摔得不輕，也看見大青猴正加快步伐朝自己趕來，想站起來再次逃到石坎上來，可才站起來走了兩步，又跌倒了。

啪啪啪啪，金腰帶猴王拚命用爪掌摑自己的腦殼，好像為自己失足滑落深深自責。

最前面那隻大青猴，離血臀只有三十來米了。血臀還跌跌衝衝像在表演舞蹈。

丹頂佛雙足在石坎上用力一蹬，沒有任何猶豫，縱身跳下佛跳牆石坎。牠不能眼睜睜看著心肝寶貝被兇悍的大青猴擄走。牠曉得，自己這麼做是非常危險的，完全有這種可能，牠未能把血臀救上石坎，自己反倒成了陪葬品，也遭大青猴捕殺。用飛蛾撲火自取滅亡來形容牠的行爲一點也不過分。可牠還是毫不遲疑地跳下石坎，只要還有一線希望能救出血臀，上刀山下火海牠都在所不惜。

丹頂佛落到斜坡上打了兩個滾，來到血臀身邊，立刻做出子吊母懷的動作，半秒鐘都不敢耽誤，迅速回到石坎下，拚命往上攀爬。

這時，追在最前面那隻大青猴，離倉皇奔逃的母子黑葉猴僅有幾步之遙了。丹頂佛清晰地聽到大青猴濁重的喘息聲，聞到一股陌生的汗酸味。牠心急火燎，壁虎似地貼在石坎上，嗖嗖往上躥躍。那隻大青猴也跟著躥上石坎，繼續追擊。丹頂佛聽到石坎頂上傳來熟悉的嘯叫，抬頭瞥了一眼，哦，是白鬍子公猴，身體倒掛在石頭上，向下伸長手臂，做出接應的姿態。這給了牠信心，也給牠指明了方向，牠向白鬍子公猴所在的位置匆匆攀爬。

按理說，在絕壁似的石坎上，大青猴是無法追上黑葉猴的。但出了點小紕漏，丹頂佛或許是因為太慌張了，或許是因為懷中吊著一隻半大不小的少年猴負擔太重了，快爬到白鬍子公猴身邊時，一腳踩在一塊活動的石片上，嘩啦一聲，身體梭下去半米。雖然只是小小的失誤，短暫的停頓，卻有可能是生與死轉換的契機。牠發出求救的尖叫。倒懸在牠頭頂的白鬍子公猴敏捷地一把抓住牠的手腕。與此同時，牠覺得尾巴好像被什麼東西卡住了，低頭瞄了一眼，心臟病都要急出來了，那隻大青猴，右爪揪住了牠的尾尖！

白鬍子公猴抓住牠的手臂在往上拔，大青猴揪住牠的尾巴往下拉，就像在玩拔河比賽。

那隻可惡的大青猴，一面緊緊揪住丹頂佛的尾巴，一面大呼小叫，通知同伴快來幫忙。又有兩、三隻大青猴趕到了石坎下，正快速向上攀爬，意圖很明顯，是要趕來幫先前那隻大青猴的忙。而石坎頂上，大手雄、花面雄和葡萄肚等幾隻雲霧猴群中的大公猴，也都來到白鬍子公猴身邊，學著白鬍子公猴的樣，倒懸下身體來，想救援丹頂佛。

丹頂佛明白，自己與寶貝兒子的性命正處在命懸一線的危急關頭。大青猴援兵一到，只有兩種可能，要麼被拉下石坎去，變成大青猴宴席上的美味佳餚，要麼自己的

身體被活活撕成兩半，一半落到大青猴們手中，一半落到黑葉猴們手中。怎麼辦？怎麼辦！牠腦子變得一片空白，想不出脫生的辦法來。

尾巴遭到拉扯，肚子有一種脹痛的感覺。丹頂佛在野木瓜樹林裏塞了一肚子的木瓜，肚子本來就脹鼓鼓的難受。尾巴被粗魯地拽拉，繃得比弓弦還緊，肛門不斷抽搐，有一種忍不住想排便的感覺。噗地一聲，一泡熱騰騰臭烘烘連屎帶尿的糞便，從牠尾根噴瀉而出，澆到揪住牠尾巴的大青猴頭上。

大青猴是仰著臉的，糞便灌進牠的鼻孔和嘴巴，還灑得牠睜不開眼來。牠被突如其來的新式武器嚇了一大跳，也有可能是被糞便那股濃烈的味道熏暈了，剎那間鬆開了爪子。丹頂佛的尾巴從猴爪間解放出來，唰地一聲掄向半空，身體也在白鬍子公猴提拔下迅即躍上石坎頂。

就在這時，好幾隻大公猴已經趕到糞澆猴頭的那隻大青猴身邊。好險哪，只差了一秒鐘，丹頂佛和血臀就要從這個世界消失了。

雲霧猴群翻越石坎後，呼嘯一聲，登上幾十丈高長滿苔蘚的陡壁。

大青猴是無法在如此陡峭險峻的絕壁上活動的，大勢已去，只好垂頭喪氣撤走了。

9 惡意遺棄

雖然化險為夷，但丹頂佛心情絲毫沒有輕鬆。金腰帶猴王身強力壯，在雲霧猴群中屬於攀岩頂級高手，沒有這點本領也不可能當上猴王。一向技壓群芳的猴王，怎麼可能在遭到大青猴襲擊的節骨眼上失足從石坎上像坐滑梯似的滑下來呢？毫無疑問，這又是一次蓄意謀害。

從羊角灣的遺棄，到羅梭江的溺水，再到今日的借刀殺人，短短兩個月所發生的一連串不幸，足以說明金腰帶猴王把血臀視為眼中釘，肉中刺，心腹大患，必欲除之而後快。

歹毒用心，昭然若揭。

丹頂佛明白，血臀各方面都比黑橄欖強，僅憑這一點，血臀所犯的就是死罪。黑橄欖是金腰帶猴王和孔雀藍王妃最寵愛的王子，一顆掌上明珠。黑葉猴社會雖然不搞王位世襲制，但金腰帶猴王與孔雀藍王妃事實上是把黑橄欖當王儲在培養。從年齡上推算，等若干年後，金腰帶猴王年老體衰生命的峰值走向谷底，剛好就是黑橄欖年輕力壯生命的峰值進入高潮，黑橄欖是完全有可能接金腰帶猴王的班成為雲霧猴群新一任猴王的。

金腰帶猴王已當眾摟抱過血臀，正式接納為族群成員，已不好再公開帶著大公猴來殺害血臀，就換了一種方式，搞陰謀詭計來除掉血臀。

明槍易躲，暗箭難防。牠和血臀不可能每次都這麼幸運，不可能每次都化險爲夷，躲得過初一，躲不過十五，血臀隨時都有可能遭遇不測。

日思夜想，丹頂佛算是想明白了一個道理，只要金腰帶佔據猴王寶座，血臀就很難真正摘掉死囚猴的帽子，牠和血臀就休想太太平平地過日子。

不是東風壓倒西風，就是西風壓倒東風，那是你死我活的矛盾，不可能有調和的餘地。

一個念頭在丹頂佛腦子裏漸漸成熟：將金腰帶從猴王寶座上拉下來！

這並非異想天開，也不是白日做夢。

來雲霧猴群已有大半年了，丹頂佛有個突出的感受，在雲霧猴群中，金腰帶猴王的群眾基礎並不好，不是個受眾猴愛戴的好君王。

黑葉猴的生活詞典裏沒有民主這兩個字，所有的猴王都是獨裁者。但同樣是獨裁者，也有好壞之分。毫無疑問，金腰帶猴王屬於壞獨裁者。

這傢伙獨斷專行，冷酷無情，脾氣暴躁，常常表現出一種病態的殘忍。

有好幾次，某隻年輕的黑葉猴犯了錯誤，或者破壞啄食秩序爭搶食物，或者在統治者面前桀驁不馴，金腰帶猴王便會撲上去痛毆對方一頓，這倒沒什麼稀奇的，再仁慈的猴王也會體罰不聽話的搗蛋鬼，問題是，金腰帶猴王除了痛毆外，還橫蠻地抓起牠自己屙出來的大便，塞到犯錯誤的黑葉猴嘴裏，強迫搗蛋鬼吃牠的大便，這種體罰方式聞所未聞，在黑葉猴社會也算是個發明創造了。心理變態，令猴髮指。

有一次，一隻二十多歲齡的老年猴生病了，不知道是哮喘還是肺炎，不停地咳嗽，到了晚上更是喘咳得厲害，在深秋那個風雨交加的夜晚，也許是受了風寒，吭哧吭哧吭哧，毫不停頓地越咳越猛烈，溶洞裏回聲很大，那喘咳聲當然吵得大家都難以入眠。風燭殘年，又疾病纏身，惻隱之心，猴皆有之，睡不著就忍一忍嘛。可金腰帶猴王卻大發雷霆，拳打腳踢，毫不留情地將那隻老年猴趕出溶洞去。洞外寒風料峭，冷雨滴嗒，漆黑一團。

翌日晨，在一塊冰冷的岩石下，大家發現了縮成一團的老年猴，早已氣絕身亡了。即使對階級秩序較高的成員，那幾隻結成權力同盟的大公猴，金腰帶猴王也缺乏

盟友間的互相尊重，獨斷專行，飛揚跋扈，氣指頤使，不可一世。

有一次，那隻名叫大手雄的公猴，喜歡上了一隻名叫黑牡丹的雌猴，便用一隻樹蛙做誘餌，想把黑牡丹拐出雲霧猴群，就像人類度蜜月一樣，離開猴群到外面小住一段時間，體驗兩「人」世界的樂趣。

窈窕淑女，君子好逑，這本來是挺正常的事。不料這對野鴛鴦行事不秘，還沒來得及私奔，就被金腰帶猴王發現，揪住大手雄一頓暴打，把大手雄頭頂那片冠毛都扯斷了。

大手雄本來看上去挺高大雄壯的，冠毛被扯斷後，頓時矮了三分，雄性光輝形象大打折扣。更有甚者，金腰帶猴王還強迫大手雄匍匐在地，而牠像騎馬似地騎在大手雄身上，遊街批鬥似地在猴群中轉了一圈。這種別出心裁的懲罰，極大地傷害了大手雄的自尊心，很長一段時間大手雄萎靡不振，像斷了脊樑的癩皮狗。

丹頂佛不止一次看見，有黑葉猴朝金腰帶猴王的背影吐口水。有一次，金腰帶猴王在鑽灌木林時，左臂不小心被有毒的荊棘劃出一條半尺長的傷口，感染發燒，精神變得有點恍惚，那幾日大手雄和其他好幾隻黑葉猴心情格外舒暢，奔奔跳跳熱鬧得就像在過節一樣，遺憾的是，金腰帶猴王身體的抵抗力很強，幾天後左臂上的傷口就不治而癒了……

如果可以套用人民這個概念的話，在雲霧猴群，金腰帶猴王是君主，普通黑葉猴就是人民。金腰帶猴王不明白君輕民貴的道理，如此殘暴統治，最終是要自食惡果的。民如水，君如舟，水能載舟，亦能覆舟，這個道理，在人類社會與猴類社會是通用的。

丹頂佛從很多跡象判斷出，金腰帶猴王貌似強大，其實很脆弱，改朝換代並非毫無希望。

如果牠丹頂佛有選舉權的話，牠最願意選獨眼老醜來當猴王。獨眼老醜心地善良，寬厚仁慈，對血臀充滿父愛。在黑葉猴社會，母愛隨處可見，但父愛卻是稀少資源。獨眼老醜天生具有父愛，僅憑這一條，就完全有資格做猴王。可惜，獨眼老醜靈魂早已升天。就算獨眼老醜還活著，也不可能當猴王的。黑葉猴社會，衡量一隻公猴有沒有本事，不是看牠有多少愛心，而是看牠有多少力氣。

客觀冷靜地分析，白鬍子公猴有可能接替金腰帶當猴王的。白鬍子公猴年富力強，比金腰帶猴王小兩、三歲，在猴群中地位僅次於金腰帶猴王，排行第二，俗稱第二把手，講得好聽一點就是副統帥。一旦金腰帶猴王倒台，論資排輩，也該由白鬍子

公猴執掌權柄。

丹頂佛對白鬍子公猴的所作所爲並不是很滿意，白鬍子公猴不敢公開站出來保護牠，只敢偷偷通風報信，曾經最讓牠傷心的是，牠把愛情奉獻給了白鬍子公猴，但當金腰帶猴王圍攻牠和血臀時，白鬍子公猴非但不敢阻攔，還積極參與圍攻。

當然，白鬍子公猴並非一無是處，背著金腰帶猴王，也多次偷偷摸摸幫助和接濟過牠。尤其讓牠感動的是，那次牠和血臀被金腰帶猴王遺棄在遙遠的羊角灣，是白鬍子公猴拔光自己嘴唇四周大半圈白毛做路標，才使牠順利回到雲霧猴群。還有這次遭遇大青猴襲擊，危急關頭也是白鬍子公猴伸出手來拉了牠一把。

除了已亡故的獨眼老醜，在雲霧猴群裏，打心眼裏待牠好的也只有白鬍子公猴了。縱然白鬍子公猴有很多缺點，但不管怎麼說，白鬍子公猴是喜歡牠的，愛屋及烏，對牠的心肝寶貝血臀也較爲友善，起碼不會一而再再而三地要加害血臀。在不知道文明爲何物的黑葉猴社會，既勇敢又溫存、既善良又有正義感這樣十全十美的雄性是打著燈籠也找不到的，牠只能矮中挑長，牠只能在一堆爛蘋果裏挑一隻不太爛的蘋果，牠必須正視現實。

比較而言，白鬍子公猴是取代金腰帶猴王最合適的人選。

在黑葉猴群，猴王沒有終身制，王位更替，政權顛覆，是經常的事情。通常情況下，現任猴王露出年老體衰的徵兆，種群內某隻年輕力壯的大公猴感覺到自己的力量超過了猴王，便會強頭倔腦，桀驁不馴，或與猴王爭食，或與猴王爭偶，經常鬧點地震。猴王爲了維護自己的權威，不得不進行教訓，成爲勢不兩立的仇敵，最後終於演變爲一場改朝換代的戰爭。

丹頂佛懂得這一規律，決心利用這一規律。

問題是，金腰帶猴王不算老，遠未到離退休年齡，離自然淘汰還早得很哪。更加不利的是，金腰帶猴王與白鬍子公猴之間年齡僅差兩、三歲，等金腰帶猴王露出年老體衰的徵兆時，白鬍子公猴也差不多要夕陽西下了。再說，牠丹頂佛也不可能等這麼長時間，血臀的性命吊在刀尖上，隨時都有可能遭到金腰帶猴王的暗算，這王位更替越快越好，早一天發生政變，血臀就能早一天獲得解放。

在黑葉猴社會，除了年輕的野心家借助年齡和體力上的優勢將年老的猴王從王位寶座上驅趕出去外，還有另外一種政變形式，那就是同一年齡段兩隻大公猴，彼此旗鼓相當實力均衡，或爲了配偶問題彼此鬧起摩擦，或爲了食物問題互相產生矛盾，地位較低者咽不下這口窩囊氣，而身居王位者也疑心對方有篡位野心，互相猜疑，互不信任，矛盾越積越深，並逐漸激化，終於升級爲王位爭奪戰。

一般來講，同一年齡層之間發生的王位爭奪戰，由於猴王體力上並沒有衰敗跡象，且猴王是衛冕之戰，挑戰者是謀反之戰，一個是鎮壓叛逆，一個是弒君奪位，猴王心理上就占上風，所以挑戰者成功的機率極小，百分之九十的可能是猴王殘酷地鎮壓了叛逆。

雖說只有百分之十的希望，丹頂佛仍決心策動白鬍子公猴鋌而走險。牠不能坐以待斃，牠必須採取行動，驅散籠罩在血臀頭頂的死亡陰影。

捨得一身剮，敢把皇帝拉下馬；捨得一身剮，敢把猴王踩腳下。

白鬍子公猴無論體力還是智慧，都還差著金腰帶猴王一截，雖然在雲霧猴群種排號第二，但在金腰帶猴王面前從來低眉順眼，也不知道是謙虛謹慎還是奴性十足，要想讓白鬍子公猴主動招惹或挑釁金腰帶猴王，那是不現實的。唯一可行的是，在金腰帶猴王和白鬍子公猴之間「人」爲製造出摩擦和矛盾來。

首先是設法膨脹白鬍子公猴的虛榮心，激發牠的競爭意識，煽動牠的權力欲望。

一切雄性都是社會地位的角逐者。丹頂佛知道，除了低能、弱智和殘疾外，凡正常大公猴，特別是有點能耐的雄猴，在潛意識裏都有當猴王的野心或雄心。當猴王好啊，妻妾成群，錦衣玉食，一呼百喏，耀武揚威，白癡才不想當猴王呢。

丹頂佛不相信白鬍子公猴是個例外。白鬍子公猴也肯定想當猴王的，不過是覺得自己力量不佔優勢，把權力欲望壓抑在心底罷了。

丹頂佛想，對症下藥，就是要設法將白鬍子公猴壓抑在心底的那份欲望充分展現出來。

辦法當然是有的。

在溶洞口左側，有一塊奇特的漢白玉，形如蟠桃，俗稱蟠桃石，鑲嵌在一面絕壁上，十分醒目，四周垂吊著幾株蘭花，綻放淡紫和粉紅的花朵，莊嚴而又華麗。

蟠桃石的位置略高於溶洞口，坐在上面，俯瞰四周，自有傲視一切的王者氣勢。因此，在雲霧猴群，這塊蟠桃石就成了王位的象徵，只有猴王可以坐在上面，其他黑葉猴是嚴禁爬上去的。

有一次，一隻名叫亞冬的兩歲齡青年猴，出於好奇，爬到那塊蟠桃石上玩耍，剛

好被金腰帶猴王看見，扭住亞冬一頓暴打，打掉亞冬一顆門牙，還把亞冬趕出雲霧猴群，變成無家可歸的流浪猴。丹頂佛決定利用蟠桃石來做文章。

這天中午，金腰帶猴王帶著孔雀藍王妃和其他幾隻黑葉猴，下山到箐溝飲水去了，丹頂佛覺得機會來了，便領著白鬍子公猴繞到溶洞口左側的絕壁上，來到那塊意義非凡的蟠桃石下。哦，多麼漂亮的石頭啊，你怎麼不上去坐坐呀？牠輕輕叫著，示意白鬍子公猴跳到蟠桃石上去。

白鬍子公猴用羨慕的眼光仰望蟠桃石，卻遲遲沒有往上跳。牠不是不想往上跳，而是心裏有顧慮，不敢往上跳，丹頂佛想。

丹頂佛繞到一個可以攀爬的位置，縱身一躍，登上蟠桃石。白鬍子公猴驚駭地叫了一聲，扭頭往山下張望。山腰雲帶纏繞，連金腰帶猴王的影子也看不見呢。丹頂佛輕鬆地在蟠桃石上打了個滾。哦，上來吧，我知道你不是膽小如鼠的猴。

黑葉猴臉上長滿毛，所以沒有臉紅的概念，但不管怎麼說，怯懦畢竟是一件難爲情的事，尤其是在一隻自己喜歡的雌猴面前表現出怯懦來，更讓雄性羞愧難當。白鬍子公猴再次往山下瞥了一眼，證實危險確實離得還很遠，就挺英雄地咧開嘴嚎了一聲，嗖地躥上蟠桃石來。

怪不得雲霧猴群列任猴王都把這塊蟠桃石視作禁臠，不允許其他黑葉猴染指，這塊蟠桃石確實大有講究，上面光滑柔潤，色如羊脂，呈半透明狀，坐在上面頓時有一種身價倍增的感覺。更特別的是，由於光線折射作用，坐在蟠桃石中間，身上立刻就籠罩一層金色光線，不僅形象變得輝煌，身材也兀自變得高大魁偉起來。

山風獵獵，蘭花幽香，高高在上，既是自然美景，又是權力寶座，當然令猴陶醉。白鬍子公猴得意起來，在蟠桃石上這裏坐坐，那裏躺躺，一會兒凝神端坐，一會兒雄視左右，做出種種自尊自大的舉動來。

丹頂佛看看時機已經成熟，就跳下蟠桃石，帶著血臀，在蟠桃石下舞兮蹈兮，一會兒磕頭作揖，一會兒跪伏在地，一會兒又躥上蟠桃石親吻白鬍子公猴的腳，做出臣民覲見猴王的種種阿諛逢迎來。

哦，親愛的白鬍子，你坐在這個位置上真是好極了，光彩奪目，威風凜凜，一點也不比金腰帶猴王差。江山輪流坐，今天到我家。不是我要給你戴高帽子，確確實

實，你坐在這個位置上比金腰帶猴王坐在這個位置上要合適多了。你不用謙虛，你是有實力去競爭這個位置的。

白鬍子公猴陶陶然沉浸在幸福的幻想之中……

呦歐，突然，山腳下傳來一聲悠長的猴嘯，嘯叫聲耳熟能詳，一聽就知道是金腰帶猴王在叫。不難推測，金腰帶猴王帶著數隻黑葉猴，飲飽山泉後原路返回了。

丹頂佛注意到，金腰帶猴王嘯叫聲傳來的一瞬間，白鬍子公猴臉色驟變，剛才還眉飛色舞的臉，一下子變得驚恐萬狀，就好像蟠桃石上突然長出毒刺來了一樣，猴子屁股再也坐不住了，心急火燎地蹦跳起來，吱溜從蟠桃石上滑下來，四隻猴爪剛剛落地，又一溜煙逃進旁邊的一叢灌木去。

丹頂佛朝山下望了一眼，山腰那條乳白色的雲帶遮斷視線，連金腰帶猴王的影子都還看不見呢。

看來，想要借用權力寶座——蟠桃石來激發白鬍子公猴的競爭意識，根本是行不通的。

此計不成再來一計，丹頂佛設法讓白鬍子公猴吃醋。俗話說，色膽包天，通常情況下，當一個雄性醋缸打翻後，膽小如鼠會變得氣壯如牛，怕死鬼會變成拚命郎。但願這條規律能在白鬍子公猴身上起作用。

對丹頂佛來說，做起這種事來得心應手。動物界有一句名言，漂亮的雌性都是談情說愛的能手。丹頂佛當然也不例外。

牠當著白鬍子公猴的面，百般討好金腰帶猴王，不停地向金腰帶猴王拋飛媚眼，不僅暗送秋波還明送秋波，只要一有機會，就熱情地爲金腰帶猴王整飾皮毛。爲了能達到獻媚邀寵的最佳效果，牠忍著被蔓地而生的荊棘劃傷皮膚的危險，在香茅草叢裏打滾，讓草汁塗抹身體，遍體散發馥郁的馨香，就像人類美眉用玫瑰精油熏體美容一樣，體香四溢，對異性具有不可抗拒的魅力。當然，做這一切時，丹頂佛都巧妙地避開孔雀藍王妃的眼睛。

丹頂佛本來就是黑葉猴中的大美女，又曾經當過布朗猴群的第一夫人，氣質高雅，雍容華貴，又經過一番梳妝打扮，勾魂攝魄，誰看了都會怦然心動。金腰帶猴王自然無法抵擋丹頂佛溫柔的攻勢，漂亮的美眉投懷送抱誰不喜歡呀，只要孔雀藍王妃不在場，便黏黏乎乎靠到丹頂佛身邊來想占便宜。

狗改不了吃屎，貓改不了沾腥，雄性都是這個德行，吃著碗裏的望著鍋裏的，恨不得占盡天下美女。金腰帶猴王是雲霧猴群的最高領導，更有一種廣收並蓄的貪婪，

毫無顧忌地對丹頂佛表現出佔有欲望。

丹頂佛注意觀察白鬍子公猴的反應，每當金腰帶猴王到牠身邊肆無忌憚地調笑時，白鬍子公猴便尾巴耷落嘴吻撮起顯得十分痛苦，有幾次還用拳頭捶打自己的胸脯，表現出痛不欲生的樣子。這說明白鬍子公猴心裏充滿了雄性的嫉妒。

讓牠傷心的是，白鬍子公猴只敢在背地裏對金腰帶猴王側目而視，當著面連一點慍怒的表情都不敢流露出來。

有一次，丹頂佛正在給金腰帶猴王整飾皮毛，孔雀藍王妃突然跑過來了，丹頂佛知趣地跳閃開去，鑽進一個僻靜的角落。這時，白鬍子公猴跟過來了，全身猴毛姿張，眼睛瞪得比銅鈴還大，咬牙切齒地從喉嚨深處發出刻毒的咒罵聲，彷彿在說：

——看到你與金腰帶猴王調笑，我的心就像在油鍋裏煎，你再敢這樣背叛我，我要把你撕成碎片！

丹頂佛眼角吊起，嘴角彎翹，露出嘲弄的表情，咿咿呀呀委屈地叫，似乎在說：

——你只敢對我亂發脾氣，你還算個雄猴嗎？你有本事你找金腰帶猴王算帳去呀！你若打敗金腰帶猴王，當上雲霧猴群新一任猴王，我就一輩子寸步不離地守候在你身邊！

在動物界，爭偶戰爭頻頻發生，是很正常的事情。雄性爭偶，其實就是爭奪生命的延續權。

這時候，角落外面響起金腰帶猴王的呼叫聲，哦，孔雀藍王妃離開了，金腰帶猴王又在尋找丹頂佛了。假如想報奪妻之仇，現在正是時候。丹頂佛希望白鬍子公猴能怒從心頭起惡向膽邊生，爲了愛情捨生忘死，跳出去與金腰帶猴王玩一場爭偶決鬥。遺憾的是，白鬍子公猴身上的猴毛像含羞草一樣閉謝下來，逃也似的從丹頂佛身邊離開了。

這以後，白鬍子公猴索性採取鴕鳥政策，見到丹頂佛在爲金腰帶猴王整飾皮毛，乾脆就扭過頭去裝著什麼也沒看見。

也許，白鬍子公猴天生就不是一個勇敢的雄性，沒有勇氣嫉妒，只好自認倒楣將嫉妒掐死在自己心裏。也許，白鬍子公猴是個特別有自知之明的黑葉猴，知道憑藉自己的實力，跳出來與金腰帶猴王展開一場爭偶決戰，贏的可能非常渺茫，一旦打輸，不僅無法將丹頂佛拉回到自己身邊，自己的地位也要受到威脅，說不定還會危及生存權。犯不著爲了一隻雌猴去冒這麼大的風險。

旱鴨子趕不上樹，稀泥巴糊不上牆，刺激白鬍子公猴雄性妒嫉這個辦法毫不靈驗，丹頂佛不得不停止了這種危險的感情遊戲，主動疏遠了金腰帶猴王。

只剩下最後一個辦法了，那就是離間金腰帶猴王與白鬍子公猴的關係，讓金腰帶猴王對白鬍子公猴產生厭惡感，粗暴狠毒，昏君似地壓縮白鬍子公猴的生存空間，暴君似地剝奪白鬍子公猴的生存權利，看白鬍子公猴還能不能繼續忍讓下去。

想要挑撥離間，總能找到合適機會的。

有一次，雲霧猴群到溪流邊採食水蕨芨，回來的路上，遇到一棵蛋黃果樹。

蛋黃果是美味的熱帶水果，遺憾的是，剛剛遭到別的猴群的採擷，樹枝上的纍纍果實已被掃蕩一空，僅在樹冠頂端茂密的葉簇間還掛著一串金黃色的蛋黃果。毋庸置疑，最好的食物歸猴王所有。金腰帶猴王肚子裏已塞滿了水蕨芨，便將那串蛋黃果帶回溶洞，準備留著晚上當宵夜或明晨當早餐。

半夜，丹頂佛悄悄爬到正在熟睡的金腰帶猴王身邊，神不知鬼不覺地將那串蛋黃果偷出來，然後又躡手躡腳去到正在酣睡的白鬍子公猴身邊，把那串蛋黃果塞到白鬍子公猴身體底下。

黎明時分，白鬍子公猴一覺醒來，聞到蛋黃果香甜的氣息，用手一摸就抓到蛋黃果了，哈，天上掉下的餡餅，老天爺恩賜的豐盛早餐，喜得眉開眼笑，不吃白不吃，抓起來就狼吞虎嚥大快朵頤。

吃到最後一隻蛋黃果時，金腰帶猴王醒了，發現自己的蛋黃果不見了，溶洞內飄散一股蛋黃果特有的香味，便順著氣味流尋找過去，借著微弱的晨光，看到白鬍子公猴嘴角滴著果汁，地上是一堆蛋黃果的果皮和果核。

偷東西偷到猴王的頭上來了，這還了得?這可不是簡單的幾枚蛋黃果的問題，而是猴王的絕對權威受到挑戰。今天可以偷猴王的蛋黃果，明天就有膽量偷猴王寶座。是可忍，孰不可忍。

金腰帶猴王勃然大怒，不由分說扭住白鬍子公猴就拚命撕打。白鬍子抱住腦袋，委屈地哎唷哎唷叫。金腰帶猴王更是怒火高萬丈，抓了個現行，「人」贓俱獲，竟然還敢抵賴，你當我是弱智猴王呀!拳打腳踢，比打冤家還打得狠。

白鬍子公猴當然覺得冤枉，平白無故受到毒打，誰咽得下這口窩囊氣呀。牠好歹也是雲霧猴群的第二把手，副統帥什麼的，就算真的犯有過錯，也不該像懲罰小癟三一樣，出手這麼狠毒，一點面子也不給呀。就這麼忍氣吞聲，以後還有什麼臉去做副統帥呀。白鬍子公猴只有出手還擊，以維護自己的面子。

這麼一來，金腰帶猴王更是窮兇極惡，壓在白鬍子公猴身上發狠地噬咬。

白鬍子公猴的體力和智力畢竟不如金腰帶猴王，幾個回合下來，肩胛和大腿便被咬出兩個血洞，不得不委屈地嚎叫著逃出溶洞去。

讓竊賊付出了血的代價，金腰帶猴王出了這口惡氣，這場風波也就平息下來。

但一把手與二把手之間的裂痕已經出現，激化矛盾只是個時間問題了。

白鬍子公猴身上的傷口剛剛痊癒，丹頂佛又找到了挑撥離間的好機會。這天下午，白鬍子公猴在溶洞外石旮旯裏屙屎，大概是有點便秘吧，牠一面用力撅屁股，一面身體在石頭上磨蹭，蹭下一綹綹黑色的猴毛。白鬍子公猴終於將穢汙排出，立刻頭也不回地離開了。

丹頂佛從另一個方向跑攏去，忍著噁心，屏住呼吸，像捧寶貝似地捧起那泡還在冒著熱氣的糞便，攀爬到溶洞左側那塊漢白玉蟠桃石上，將糞便在上面糊塗亂抹，爲了提供更有力的犯罪證據，丹頂佛還將白鬍子公猴蹭掉在石頭上的幾綹猴毛也收集起來黏掛在蟠桃石上。

白鬍子公猴屙出來的屎也實在太臭了，牠用香茅草搓揉兩隻前掌，搓揉了好幾遍，仍能聞出令猴作嘔的氣味。唉，爲了達到目的，總要付出代價的啊！

隔了一會兒，夕陽西下時，金腰帶猴王便爬到蟠桃石上去了。在落日餘暉中登臨寶座，俯視臣民，這是金腰帶猴王每天都要履行的權利，以展示王者威儀。牠當然聞到那股令猴掩鼻的臭味，而且百分之百是黑葉猴屙的糞便。

將猴王至尊寶座當做骯髒的廁所，金腰帶猴王氣得像個怒目金剛，齜牙咧嘴地咆哮。眾猴惴惴不安，但沒有誰站出來宣佈對這件事情負責。

金腰帶猴王的嗅覺十分靈敏，眼光也很老辣，忍著屎臭在蟠桃石上找了一遍，沒費多少周折就找到幾綹猴毛。

每一隻黑葉猴身上的氣味都是不一樣的，一百隻黑葉猴就有一百種不同的氣味。金腰帶猴王將犯罪現場遺留的那幾綹猴毛放在鼻尖上聞了聞，又舉起來對著落日餘暉照了照，案情大白於天下，原來是白鬍子公猴做的齷齪勾當！

大自然鬼斧神工雕刻出來的這塊漢白玉蟠桃石，是王權的象徵，是威嚴的禁地，就像人類社會皇帝的金鑾殿，竟然敢在蟠桃石上屙屎，這無疑是褻瀆神聖，蔑視權威，嘲弄尊嚴，觸犯禁忌，犯了大不敬之罪，極其嚴重的挑釁行爲，十惡不赦的罪孽！

金腰帶猴王從蟠桃石上跳了下來，兇神惡煞般撲向白鬍子公猴。白鬍子公猴驚慌逃竄。金腰帶猴王吼叫著緊追不捨。

呦歐，呦歐，你無緣無故地又追著我打，我怎麼惹你了呀，我又做錯了什麼呀？

你這個無賴，有膽量犯罪卻沒有膽量承認，真是無恥到了極點，我要活剝了你的皮，讓你像兩足行走的人那樣成爲無毛裸猴！金腰帶猴王歐歐叫著，窮追猛打。

請你不要再製造冤假錯案，你說我犯罪請你拿出證據來！白鬍子公猴委屈地嘯叫，疲於奔命。

你要證據，好哇，我讓你死個明白。金腰帶猴王逼迫白鬍子公猴往蟠桃石上逃。

你這個流氓，你這個卑鄙的小人，你做出這等下流的事情，難道還不該受到懲罰嗎？

白鬍子公猴躥上蟠桃石。潔白如玉的寶座上，塗著骯髒的猴屎。

無法否認，這是牠屙出來的新鮮糞便，還撒落著牠身上的猴毛。牠完全懵了。剛才牠在石旮旯裏屙了一泡屎，鬼才知道怎麼會出現在蟠桃石上的。難道大便也會長出翅膀飛來飛去麼！可蟠桃石上糊塗亂抹的糞便確確實實是牠的啊。唉，真是跳進黃河也洗不清了。猴子倒起楣來，鹽巴也生蛆啊。

牠只得打躬作揖，還匍匐在地，臉貼在地上，做出一副甘願受罰請求寬恕的姿態來。大王大王請息怒，千錯萬錯錯在我。

金腰帶猴王仍不依不饒地大吼大叫。你大逆不道，罪該萬死。除非你把這些屎都吃下去，用舌頭把蟠桃石舔乾淨，不然今天你休想過關！

說實話，白鬍子公猴不想吃屎。黑葉猴沒有吃屎的習慣，只有狗才喜歡吃屎。但金腰帶猴王暴跳如雷，除非來一場你死我活的搏殺，這屎是非吃不可了。如果搏殺起來有三成勝算，牠也會咬咬牙竄上去與暴君一決雌雄。問題是，牠連一成的勝算也沒有，獲勝的希望十分渺茫，真要廝殺起來，牠極有可能會白白送命。

對黑葉猴來說，不存在士可殺而不可辱的氣節。送死還是吃屎，兩害相遇取其

輕，選後者較爲明智。

好在是吃自己屙的屎，怎麼說心裏也好受些。罷罷罷，就橫下一條心吃屎吧。大丈夫能伸能屈。

牠閉起眼，抓了一把屎，想像中抓的是香甜的蜂蜜，往嘴裏塞。從邏輯上說，吃自己的屎，就是把本來就在肚子裏的東西重新裝進肚子裏去，應該不難吞咽。事實卻並非如此。出口轉內銷，味道大變樣。有點酸有點澀有點苦，臭烘烘倒胃口，很難咽得下去。

更讓牠難堪的是，所有的黑葉猴都聚在蟠桃石下瞧熱鬧。牠這才意識到，吃屎所帶來的人格貶損，似乎比將難以下嚥的大便強吞進肚要嚴重得多。牠想到這一層時，牠已經吃掉兩把屎了，吃一口也是吃，吃十口也是吃，那就只有繼續吃了。

不僅要吞咽，還要舔掃乾淨……

真的有點噁心，好幾隻母猴都忍不住嘔吐了。

丹頂佛也擠在圍觀的猴群中，目睹白鬍子公猴吃屎，牠心裏隱隱作疼。

大王逼迫二王吃屎，在黑葉猴社會，當屬空前絕後的奇觀。牠發現，好幾隻母猴都對金腰帶猴王側目而視。喪心病狂總是不得猴心的。這爲將來白鬍子公猴奮起推翻金腰帶猴王的統治埋下了一個道德伏筆。

當然，當眾吃屎，白鬍子公猴的聲譽也受到了極大損害。但牠相信，這已經到了白鬍子公猴所能忍耐的極限了，只要再找個機會，讓摩擦再升次級，讓矛盾再升點溫，不愁白鬍子公猴不會萌生弒君奪位的念頭。

數日後，丹頂佛又找到一個火上澆油的機會。

溶洞左側靠近山頂的石壁上，有一對斑鳩在上頭築巢，那天中午，牠帶著血臀，跟隨白鬍子公猴爬到山頂去，想掏兩隻鳥蛋解解饞，不料吃力地登上山頂，猴爪伸進鳥巢搗鼓了半天，只掏出一卷草絲，鳥巢裏根本就沒有蛋。這多少讓丹頂佛感到失望，剛想離開鳥巢，無意中低頭一看，看到金腰帶猴王正坐在山腰那塊蟠桃石上打瞌睡。

山頂到山腰的直線距離約五、六十米，巧的是，鳥巢與那塊蟠桃石剛好形成一條直線，丹頂佛突然就有了靈感。牠左右環視一圈，哦，鳥巢所在的石縫前，有兩片巴

掌大的石片。

牠突然假裝一腳沒踩穩，眼瞅著就要失足摔倒了，白鬍子公猴當然義不容辭地伸手來扶牠。牠們都站在難以立足的絕壁上，牠靠在白鬍子公猴身上，白鬍子免不了會閃個趔趄什麼的，丹頂佛是有心，白鬍子公猴是無意，丹頂佛巧妙地將白鬍子公猴引領到那兩塊巴掌大的石片上，白鬍子公猴一腳踩了上去，將那兩塊石片蹬下山去，石片咕咚咕咚朝金腰帶猴王所在的蟠桃石滾落下去……

在石片掉落下去的一瞬間，丹頂佛早有準備，抱著血臀迅速撤離山頂，從是非之地抽身而退。

白鬍子公猴懵懵懂懂沒鬧明白是怎麼回事，還從山頂探出頭去，瞧瞧石片到底掉哪兒了。

第一塊石片正正砸在蟠桃石上，砰地一聲響，在漢白玉上砸出一個淺坑。第二塊石片砸在蟠桃石旁邊的土坡上，啪地一聲，塵土飛濺，像引爆了一顆小炸彈。金腰帶猴王正在打瞌睡，猛然被驚醒，雖然石片沒有砸到牠，卻也被嚇出一身冷汗來。牠很自然地抬頭去看是怎麼回事，一抬頭便清楚地看到白鬍子公猴的臉。好啊，又是白鬍子公猴在使壞，又被牠抓了個現行！

暗算猴王，心腸何其毒也。

金腰帶猴王氣極敗壞地吼叫著，躥到山頂緝拿兇手，但白鬍子公猴見勢不妙，早已慌慌張張逃到對面山上，藏進灌木叢去了。

金腰帶猴王站在山頂，朝著白鬍子公猴逃跑的方向刻毒地吼叫，那是在朗讀復仇的誓言：

——在雲霧猴群，有你沒我，有我沒你，從今以後你休想過太平日子！

聯想到半夜偷竊蛋黃果和在蟠桃石上屙屎這兩件事，金腰帶猴王斷定，兩塊石片從天而降，決不會是偶然的意外，肯定是白鬍子公猴精心策劃的陰謀，趁牠在蟠桃石上打瞌睡之際，故意在山頂瞄準牠扔下石片。

這兩塊石片，要是砸中牠腦袋，牠早就變成冤死鬼了，要是砸中牠的腰，牠此刻就成了斷腰猴，要是砸中牠的腿，牠此刻就成了斷腿猴。倘若牠被石片擊中當場斃命了，猴王不幸駕崩，白鬍子公猴是二王，順理成章就該由白鬍子公猴登基稱王；倘若牠被石片砸斷了腰或腿，在弱肉強食的叢林裏，殘疾猴是無法在猴王寶座上坐穩的，皇冠也同樣要落到白鬍子公猴頭上。

白鬍子公猴有作案動機，有犯罪前科，可以說是鐵案如山。算牠命大福大造化

大，阿彌陀佛，石片沒有能砸中牠。那是謀殺未遂。

三番五次發生犯上作亂的事，金腰帶猴王理所當然把白鬍子公猴視作睡在身邊的野心家和陰謀家。

本來嘛，一個群體中，地位越相近，關係就越緊張。金腰帶猴王是老大，白鬍子公猴是老二，彼此只差著一個等級，倘若發生謀反，白鬍子公猴的可能性最大。金腰帶猴王當然不能聽之任之，出於要保住自己王位的考慮，千方百計尋找機會打擊白鬍子公猴。或者在大庭廣眾下侮辱白鬍子公猴，或者找碴貶低白鬍子公猴，或者無緣無故追打白鬍子公猴。或者將白鬍子公猴驅逐出雲霧猴群，或者將白鬍子公猴貶爲地位最低的賤猴。剷除禍根，以絕後患，絕不會心慈手軟的。

在丹頂佛有效的推波助瀾下，金腰帶猴王與白鬍子公猴，一把手與二把手，關係越來越惡化，雲霧猴群形勢陡然緊張，大有一種山雨欲來風滿樓的陣勢，攪得猴心惶惶。

十　迫於無奈的野心家

白鬍子公猴感覺到了生存危機，日子一天比一天難過，有一種大禍臨頭的恐懼。捫心自問，牠並沒有篡位野心。蒼天可鑒，牠連這樣的念頭都不敢有。牠有自知之明，無論體力還是智商，牠都比不過金腰帶猴王，那又何必雞蛋去碰石頭，自找麻煩呢。

是的，牠對金腰帶猴王飛揚跋扈的做法有看法，但也只敢在背後嘀咕，暗地裏發點牢騷而已。牠曉得，第一把手有點架子有點脾氣，那是很正常的事情。老大嘛，難免會耍耍威風。世界上沒有十全十美的猴王。

牠已經不年輕了，用黑葉猴生命週期來衡量，牠已到了知天命的年齡。牠閱歷豐富，懂得生活甘苦，銳氣漸漸消褪，不切實際的雄心壯志也早已放棄，已不再像年輕雄猴那樣愛想入非非。對生活牠已沒有什麼奢求，牠很滿意現在的地位，一猴之下，

眾猴之上，比上不足，比下有餘，幹嗎要冒險犯上作亂呢？

事實上，牠處處維護金腰帶猴王的威信，金腰帶猴王說往東走牠絕不會往西去，是金腰帶猴王最忠實的追隨者。遺憾的是，金腰帶猴王將牠視爲篡權奪位的野心家，必欲除之而後快。

牠覺得自己倒楣透了，怎麼也想不明白，爲何會一次又一次得罪金腰帶猴王？開始是那串蛋黃果，半夜莫名其妙就跑到牠身邊來了，也怪牠自己嘴饞，稀裏糊塗就把那串蛋黃果給吞吃了；要是早知道吃下這串蛋黃果會與金腰帶猴王結下冤仇，即使餓得肚皮貼到脊樑骨，送到牠嘴邊牠都不敢吃的啊。

第二樁事情就更離奇了，牠在石旮旯屙的屎，竟然飛到蟠桃石上去了，害得牠只有當眾吃屎，並將蟠桃石舔掃乾淨。誰料一波未平又起一波，不小心將兩塊石片從山頂踢了下去……

毫無疑問，金腰帶猴王把牠看成弑君篡位的野心家，牠是跳到黃河也洗不清了。

牠一肚子委屈，卻找不到地方傾訴。誤會越積越深，疙瘩已經很難解得開了。

現在，金腰帶猴王把牠視爲不共戴天的仇敵，只要一看到牠影子，就會嚎叫著衝過來與牠扭打。牠只有躲，遠遠看見金腰帶猴王的影子就急忙逃竄，找個地方躲藏起來。

白天雲霧猴群外出覓食，牠孤零零地落在最後面，等其他猴子吃飽了離開了，牠才敢走攏採食場去吃別的猴吃剩的殘羹剩飯；夜晚睡覺，害怕會被金腰帶猴王關門打狗，牠只有在溶洞外獨自找個地方休息。

最讓牠惱火的是，許多黑葉猴都是勢利鬼，察言觀色，見風使舵，看到牠失勢了，落魄潦倒了，牆倒眾人推，也跟著起哄。

那隻名叫葡萄肚的大公猴，在雲霧猴群雄性權力聯盟中排行第五，過去每天早晨第一次見到牠時，立刻就會匍匐在地讓牠跨上一條腿去做出騎馬的姿勢，用黑葉猴特殊的請安方式，以示對牠恭敬與服貼；但現在，葡萄肚與牠迎面相遇，眼睛就像移到天靈蓋上去了一樣，昂著頭翹著尾大搖大擺從牠面前走過去，都不屑用正眼瞧牠了。

更讓牠難堪的是，原先跟牠挺要好的幾隻母猴，怕受到牽連，也對牠驟然冷淡起來。那隻名叫國璽的雌猴，以往曾對牠多次暗送秋波，主動替牠整飾皮毛，有一次國璽逮到一隻剛孵出來的小野雞，還含情脈脈地邀請牠同食呢；可現在，國璽的態度來了個一百八十度大轉彎，見到牠好像不認識一樣，有一次牠無意中靠近國璽，也就是尾尖不小心碰到了國璽的左耳，國璽竟然殺豬般地嚎叫起來，像躲避瘟神一樣撒腿就

跑。

那些個淘氣的半大猴子，也騎到牠脖子上來拉屎拉尿了，讓牠氣得七竅生煙的是，有一隻半大猴子見到牠時，趕緊撅起屁股屙出一陀屎，擠眉弄眼地朝牠大呼小叫，那是請牠去享用糞便大餐……

唯有母猴丹頂佛，還一如既往地尊重牠，晚上避得開金腰帶猴王的視線，還會從溶洞溜出來陪伴牠，使得牠在淒風苦雨的日子裏，仍能有一絲慰籍。

白鬍子公猴心裏很清楚，照這樣下去的話，要不了多長時間，牠就會淪落爲雲霧猴群中的賤猴。

黑葉猴社會有賤猴制度，所謂賤猴，顧名思義，就是地位最卑賤的猴，類似於人類社會中的賤民或奴隸。

賤猴通常由兩類猴子組成，一種是由於年老體衰被廢黜的老猴王，成者爲王，敗者爲寇，落毛的鳳凰不如雞，下台的猴王是垃圾，便成爲賤猴；另一類是覬覦猴王寶座卻在猴王爭奪戰中敗北的倒楣大公猴，失意的政客，失敗的野心家，通常都會身負重傷，變成人人唾棄的賤猴。

凡賤猴者，就像墜入十八層地獄，吃的是殘羹剩飯，睡的是荒郊野外，沒有哪隻猴子會爲其整飾皮毛，更沒有誰會噓寒問暖，誰都有權利朝其吐口水，悲慘度日，少則幾天，多則數月，便會悒鬱而亡。

可以這麼說，賤猴就意味著死亡。

白鬍子公猴明白，自己的地位搖搖欲墜，離賤猴僅有半步之遙了。白鬍子公猴最大的希望，就是低頭認罪，求得金腰帶猴王的寬恕。牠不想失去已經擁有的一切。但牠曉得，這種希望早已化爲泡影。爲了能求得金腰帶猴王的原諒，牠不顧自己的人格會受到嚴重損害，當眾吃屎，結果怎麼樣呢，當牠不小心將兩塊巴掌大的石片從山頂踢下來後，金腰帶猴王變本加厲地迫害牠。

連當眾吃屎這樣自輕自賤的方法都不能讓金腰帶猴王放牠一馬，那麼，可以斷定，牠無論用其他什麼方法，都無法改變金腰帶猴王對牠的憎惡與仇視。

擺在白鬍子公猴面前的有兩種選擇，要麼自甘淪落，從雲霧猴群的二把手淪落爲賤猴，要麼離開雲霧猴群去做孤獨的流浪漢。假如成爲賤猴，那是必死無疑。

離開雲霧猴群，牠是有把年紀的老公猴，不可能去投靠別的黑葉猴群，只能離群索居，最後也難免變成孤魂野鬼。這兩條都是死路。

除了這兩種選擇外，還有最後一條路，那就是孤注一擲，拿自己的性命去賭一把，向金腰帶猴王發起王位爭奪戰。

牠能打贏金腰帶猴王嗎？

也難怪牠猶豫不決，體力上牠就比金腰帶猴王差著一截，每次發生衝突，金腰帶猴王都占上風，雖然不是壓倒的優勢，雖然雙方都會負傷，但金腰帶猴王的傷要輕些，牠負的傷要重些。

除了體力上的差異外，精神上的優劣和心理上的落差就更大了。金腰帶猴王站在衛冕立場，似乎師出有名，要鎮壓亂臣賊子，得道多助，順天意，順猴心，打起架來理直氣壯；而牠站在叛逆的立場，似乎是在搞陰謀詭計，要興風作浪破壞安定團結的大好局面，失道寡助，違天意，違猴心，打起架來理歪氣癟。假如不發生奇蹟，在王位爭奪戰中牠取勝的希望是很渺茫的。

只要還有一絲生機，牠就不會去和金腰帶猴王爭奪王位。牠已沒有其他出路，牠只能鋌而走險。

牠可以讓出地位，讓出名譽，甚至讓出配偶，但牠不可能讓出生存權。

兔子被逼急了還要咬人呢。

官逼民反，民不得不反，所以造反有理。

這一天，雲霧猴群發生了一件不大不小的事情，猴群在金腰帶猴王率領下，到羅梭江邊撿食被潮水沖上沙灘的小螃蟹，剛剛孵化出來不久的半透明的小螃蟹，殼脆汁濃，味道鮮美，營養豐富，是黑葉猴的傳統美食。

那隻名叫藥妞的雌猴，也不曉得是頭昏眼花還是怎麼回事，在卵石間跳躍時一腳踩滑，跌進冰涼的江裏，雖然爬上岸來，卻濕得像隻落湯雞。

回到溶洞，藥妞就病倒了，額頭滾燙，渾身哆嗦，喘咳不已。金腰帶猴王大約是怕傳染，粗暴地將藥妞驅逐出溶洞。

第二天猴們發現，藥妞盤腿蹲坐在羅梭江一塊蓮花狀磯石上，凝望浩浩蕩蕩流淌的江水，不吃不喝也不睡，就像一尊雕像。

已進入冬季，羅梭江江風料峭，藥妞已經病魔纏身，孤苦伶仃待在這塊蓮花狀磯石上，哪裏還經得起江風寒露的侵襲。頂多還有一、兩天，藥妞就會變成一具屍體，或者晾在蓮花狀磯石上，被成群結隊的大嘴烏鴉啄食得只剩一堆枯骨半塊皮囊，或者跌進波濤洶湧的羅梭江，成爲魚兒的飼料。

大家心裏都明白，藥妞爲何在生命垂危時要跑到羅梭江那塊蓮花狀磯石上等死。一年前，就是在這塊蓮花狀磯石上，藥妞的心肝寶貝，那隻名叫毛毛的外族幼猴，被金腰帶猴王和幾隻大公猴撕碎吞吃了。

當時的場面特別恐怖。猴群剛剛從山頂下到江畔，金腰帶猴王和幾隻身強力壯的大公猴突然就嚎叫著攻擊正在吃奶的毛毛。藥妞抱著毛毛無路可逃，便踩著齊腰深的江水逃到這塊蓮花狀磯石上。金腰帶猴王和幾隻大公猴也跟著跳進羅梭江，團團將蓮花狀磯石圍了起來。金腰帶猴王發一聲威，幾隻大公猴從四面八方湧上蓮花狀磯石。藥妞插翅難逃，束手被擒。

一共有五隻大公猴參與這場屠殺。大手雄和花面雄揪住藥妞兩條後肢，白鬍子公猴和葡萄肚揪住藥妞兩隻前肢，金腰帶猴王就像摘果子一樣將毛毛從藥妞懷裏摘了下來。其他四隻大公猴一二三一起用力，撲嗵將藥妞拋進江去。

藥妞嗆了一口水，掙扎著浮出水面，游回到蓮花狀磯石旁，奮力向上攀爬，仍希望能從大公猴們的魔爪下搶回自己的心肝寶貝。就在這時，大手雄、花面雄、葡萄肚和白鬍子公猴，分別抓住毛毛的四肢，金腰帶猴王抓住毛毛的小腦袋，分別從五個不同的方向用力撕扯，標準的五馬分屍。

只聽得毛毛發出一聲撕心裂肺的哀嚎，小小的身體剎那間四分五裂，熱血飛濺，映紅了滔滔江水。

藥妞只覺得天旋地轉，趴在蓮花狀磯石上暈死過去。牠的下半身還泡在江裏，江風吹打牠的臉，冰冷的江水沖刷牠的身體，牠很快又甦醒過來，抬頭望去，五隻大公猴就是五個惡魔，各自捧著毛毛一塊身體，正在津津有味地啃吃。

牠身體軟綿綿地沒有力氣，卻仍艱難地往蓮花狀磯石上攀爬，那是母親的信念，要阻止惡魔糟蹋牠的孩子。這時，金腰帶猴王惡作劇地抓起毛毛的小腦袋，去擊打藥妞的腦袋。

金腰帶猴王不願讓藥妞上來攪亂大公猴們血腥的盛宴，想把藥妞再次推到冰冷的羅梭江裏去。

毛毛血淋淋的腦袋落到藥妞的臉上，藥妞看見，小傢伙兩隻眼睛還睜著，從眼眶裏一滴滴流淌出鮮紅的血淚，小傢伙的背後，是金腰帶猴王猙獰醜陋的臉，牠再次暈死過去……

毫無疑問，藥妞在生命燭火行將被惡運吹熄的時候，來到羅梭江這塊蓮花狀磯石上，不僅僅是爲了追憶悲慘的往事，心肝寶貝是在這裏結束生命的，牠也願意在這裏結束生命，母子死在同一個地方，對母親來說或許也是一種安慰，一個永遠也無法再拆散的團圓。

雲霧猴群大多數成員，對藥妞帶病蹲坐在羅梭江蓮花狀磯石上這件事採取漠不關心的態度。

對雲霧猴群來說，這是生活中一段小插曲。藥妞是從別的黑葉猴群投奔來的雌猴，既無顯赫門庭，亦無高貴血統，更無花容月貌，屬於不起眼的小角色。一個無足輕重的生命，死了還是活著，對群體並沒有多少影響。藥妞不在了，生活照樣進行，地球照樣轉。相反，那些帶崽的母猴還暗暗鬆了口氣。

藥妞自打寶貝兒子毛毛被大公猴們撕碎吞食後，就開始瘋瘋癲癲，總是趁其他母猴不注意時偷竊幼猴，雖然從未虐待和傷害過幼猴，只是對幼猴親親抱抱或整飾皮毛，但偷竊本身總歸會讓帶崽的母猴們擔驚受怕，攪得四鄰不安。瘋猴終於要到另一個世界去了，母猴們自然不會投反對票的。

丹頂佛的心情與那些帶崽的母猴一樣，也爲這隻喜歡偷偷摸摸摟抱幼猴的瘋母猴即將死亡而鬆了口氣，所不同的是，牠更有一種幸災樂禍的感覺，牠曾經很同情藥妞的遭遇，曾經很信任藥妞，結果在關鍵時刻，藥妞卻出賣了牠，牠的寶貝血臀差點就葬送在藥妞手裏。回想起那件事情，丹頂佛至今心有餘悸。藥妞奔赴黃泉，那是罪有應得。

羅梭江就在山腳下，像條哈達鋪在蜿蜒的山谷間。天氣晴朗，能見度很高。丹頂佛站在山頂俯瞰，哦，藥妞仍蹲坐在蓮花狀磯石上，像個凝固的小黑點。牠突然打了個寒噤，藥妞的今天，會不會就是牠的明天呢？不不，牠決不能讓藥妞的悲劇在自己身上重演。爲了不步藥妞的後塵，爲了不蹈藥妞的覆轍，牠一定要策動白鬍子公猴起來造反，推翻金腰帶猴王的統治。

十一 猴王爭奪戰

當天下午，白鬍子公猴和金腰帶猴王之間就爆發了王位爭奪戰。

事情的起因是這樣的：一隻從西伯利亞飛來雲南昆明越冬的紅嘴鷗，冬天過完後，又飛回西伯利亞去，途中被獵槍擊傷，勉強在空中飛了一段距離，實在飛不動了，便歪歪扭扭掉下來，剛好掉在雲霧猴群居住的溶洞口。

美食歸猴王所有，那隻倒楣的紅嘴鷗落到金腰帶猴王手裏。

黑葉猴是一種以植物爲主偶爾也吃些昆蟲、鳥類等小動物的雜食性猴類，按照猴群不成文的規矩，吃肉算得上是一種喜宴，由地位最高的幾隻大公猴集體分享，也算是雄性權力聯盟的一種特權。

金腰帶猴王抓住紅嘴鷗的腿，大手雄、花面雄和葡萄肚圍攏過去，伸出爪子活拔鳥毛。可憐的紅嘴鷗，唧唧嘀嘀發出垂死的哀鳴。

男女老少所有的黑葉猴都聚在周圍瞧熱鬧。這時，白鬍子公猴從一個隱秘的角落鑽出來，悄悄湊上前去，儘量避開金腰帶猴王的視線，繞到大手雄背後，伸出一隻爪子，穿過大手雄的胳肢窩，也去拔紅嘴鷗身上的羽毛。

說實話，白鬍子公猴此時肚子並不餓，並不在意這麼一點鳥肉。區區一隻與鴿子差不多大的紅嘴鷗，由五隻大公猴瓜分，而金腰帶猴王又必定要多吃多占，真正能分到牠手裏的，也就是丁點兒鳥肉，剛夠塞牙縫的。如果僅僅這點鳥肉而言，要不要並無多大關係。但鳥肉雖少，意義卻十分重大，是地位與權力的象徵，好比政治家在政治舞台上登台亮相，向全體黑葉猴證明，牠仍在領導核心圈裏，仍是雄性權力聯盟的成員。醉翁之意不在酒，白鬍子公猴之意不在鳥肉，而在顯示和確認二把手的社會地位。

突然，金腰帶猴王嘎啊怪嘯一聲，伸出猴爪，惡狠狠地在白鬍子公猴手臂上抓了一把。白鬍子公猴手臂上立刻爆出幾條紅蚯蚓似的血痕。緊接著，金腰帶猴王躥到白鬍子公猴面前，齜牙咧嘴咆哮，揮舞手中的紅嘴鷗，作驅趕狀。更爲惡劣的是，還拔下幾根鳥羽，擲在白鬍子公猴的臉上。

——你已經沒有資格來分享鳥肉了，你只配吃幾根鳥毛！

這段時間，白鬍子公猴雖然也遭到金腰帶猴王的呵斥、訾罵甚至追打，但可以理解爲領導與領導之間發生爭執。地位雖搖搖欲墜，但還沒完全墜落。此時此刻，眾目睽睽下，拒絕讓白鬍子公猴參與吃肉喜宴，還將鳥羽劈頭蓋臉砸在白鬍子公猴身上，等於當眾宣佈，白鬍子公猴已被開除出雄性權力聯盟了，已被驅逐出領導核心了，已不再是雲霧猴群的二把手了，打入另冊，貶爲庶民，不不，比庶民還要降三格，是欽定的賤猴！

白鬍子公猴明白，這是非常嚴重的事情，可以說是性命攸關的事情，等於公然將牠排擠在權力聯盟之外，假如忍氣吞聲，地位必然一落千丈，而且恐怕會永無翻身之日了。

與其坐以待斃，不如奮起反抗，白鬍子公猴明白這個道理，突然撲上前去搶奪金腰帶猴王手中的紅嘴鷗。金腰帶猴王沒防備，紅嘴鷗被白鬍子公猴搶了過去。白鬍子公猴發狠地一口咬下紅嘴鷗腦袋，將血淋淋的無頭紅嘴鷗擲還在金腰帶猴王的臉上。

黑葉猴社會有個不成文的規矩，凡逮到雀鳥，舉辦吃肉喜宴，鳥頭必須歸猴王所有。鳥頭骨多肉少，啃起來也不太方便，但吃鳥頭具有重要的象徵意義，是馬虎不得的。一群猴只有一個猴王，一隻鳥也只有一隻鳥頭；猴王是猴群最重要的角色，鳥頭是鳥身體最重要的部位，因此，猴王吃鳥頭是天經地義的事，象徵至高無上的權威。

白鬍子公猴公然搶奪猴王手中的紅嘴鷗，並咬下鳥頭，毫無疑問是對王權公開的挑釁，是赤裸裸的造反，是罪該萬死的忤逆行爲。

一場王位爭奪戰拉開了序幕。

金腰帶猴王咬牙切齒地叫著，凶蠻地撲上來扭住白鬍子公猴撕打。

丹頂佛心裏暗暗高興，牠精心策劃的王位爭奪戰終於爆發了，苦日子有希望熬出頭了。

按牠的心願，牠很想跳出去幫白鬍子公猴一起對付金腰帶猴王，同仇敵愾，並肩戰鬥，贏得勝利。但牠只是想想而已。按黑葉猴社會的潛規則，爆發王位爭奪戰時，挑戰者與衛冕者一對一較量，其他黑葉猴都在一旁觀戰，等決出勝負，或者挑戰成功，或者衛冕成功，眾猴便一湧而上，對獲勝者吶喊助威，對敗北者拳腳相加，對勝利者大唱讚歌，對失敗者大唱輓歌。丹頂佛只能像其他黑葉猴一樣，坐山觀虎鬥，忐

忑不安地等待最終結果。

金腰帶猴王一開始就占上風，頻頻將白鬍子公猴打翻在地。白鬍子公猴好不容易逮著個機會，張嘴朝金腰帶猴王肩頭咬去，卻腳下踩著一片枯葉，跌了個嘴啃泥。體力不行，運氣也不行，白鬍子公猴很快變得只有招架之力了，且戰且退，勉強支撐。金腰帶猴王扯住白鬍子公猴一條胳膊，突然轉身借力，玩了個漂亮的搭肩摔，白鬍子公猴像鳥似地飛出一丈多遠，重重砸在石板上，似乎摔暈了，沒能立即翻跳起來。金腰帶猴王趁機壓在白鬍子公猴身上，朝白鬍子公猴的脖子咬去。

這一招非常毒辣，堪稱奪命咬，也不知道是不是從山豹撲羊中學到的技巧，一旦白鬍子公猴脖子被咬破，鮮血迸濺出來，就算不立刻斷氣，反抗意志也崩潰了。幸好白鬍子公猴及時甦醒過來，一隻爪掌托住金腰帶猴王的下巴，竭力不讓尖利的犬牙探進自己的頸窩來。

金腰帶猴王在上，白鬍子公猴在下，一個是腦袋拚命往下壓企圖噬咬對手的脖頸，一個是猴爪拚命往上舉不讓對方咬到自己，雙方都使出了吃奶的力氣，僵持不下。

白鬍子公猴的力氣到底要弱些，又摔暈了一次，四肢發虛心裏也發虛，幾分鐘後，那條托住金腰帶猴王下巴的手臂開始抖顫，就像被寒風吹刮的草莖，瑟瑟抖個不停，並一點一點往下縮。金腰帶猴王尖利的犬牙離白鬍子公猴的脖頸越來越近。金腰帶猴王的臉已露出勝者的獰笑，白鬍子公猴的臉已露出敗者的頹喪。看得出來，白鬍子公猴快支撐不住了，最多還有幾分鐘，牠的手臂便會被壓彎並垂落，金腰帶猴王噬喉的毒招就會得逞。

丹頂佛急得像熱鍋上的螞蟻，在原地不停地轉圈，可又不敢貿然跳出來助戰，不知道該怎麼辦才好。

好幾隻黑葉猴看出白鬍子公猴快不行了，便朝白鬍子公猴發出憤怒的噓噓聲，以示對犯上作亂者的聲討與譴責，也是在對金腰帶猴王做出的一種政治表態：我與謀反沒有任何瓜葛，我再次與白鬍子公猴劃清界線！

猴心一桿秤，白鬍子公猴大勢已去，被咬傷、咬殘或咬死，只是一個時間問題了。

突然，冷風嗖嗖，丹頂佛抬頭一看，不知什麼時候變天了，烏雲遮天蔽日，狂風呼嘯，地上飛沙走石，緊接著，下起冰雹來。這場冰雹來勢兇猛，比鴿蛋還大的冰坨子鋪天蓋地，劈劈啪啪，砸得樹枝折斷，茅草倒伏。有一隻黑尾鳶，來不及回巢躲

避，在空中吃力地飛翔，就像在槍林彈雨中穿行一樣，密密麻麻的冰雹敲打鳥背和鳥翼，打得黑尾鳶就像架失去控制的飛機，劇烈沉浮旋轉，飛出約一、兩百米遠，終於被冰雹打暈，像顆流星一樣筆直墜落在地。

猴群也暴露在沒有空曠的山梁上，附近沒有可供遮蔽的樹林，一顆冰雹正砸在少年猴草木灰的額頭上，咚地一聲，就像被彈弓射中，額頭立刻鼓起一個青包，哭嚎著鑽進母猴浮漂漂懷裏。母猴浮漂漂再也沒有興趣觀摩王位爭奪戰，抱起草木灰就往溶洞逃竄。其他黑葉猴，也被冰雹砸得喊爹哭娘，亂作一團，抱頭鼠竄。剛才還熱熱鬧鬧的山梁上，一轉眼變得冷冷清清。

圍觀者裏，只有丹頂佛和孔雀藍王妃還留在原地。對丹頂佛來說，眼前這場王位爭奪戰，關係到牠的命運，關係到血臀的生死，牠當然不會離開；對孔雀藍王妃來說，同樣的道理，眼前這場王位爭奪戰，關係到牠王妃的地位是否穩固，關係到黑橄欖將來的前途，牠當然也不會輕易離開。

兩隻母猴，都用一條胳膊把寶貝兒子摟在懷裏，一條胳膊護住自己的腦殼，身體彎成傘狀，將自己的脊背當做屏障，不讓肆虐的冰雹傷到孩子。叮叮咚咚，冰雹落在兩隻母猴背上，就像在敲猴皮鼓。

那壁廂，金腰帶猴王仍壓在白鬍子公猴身上，一個拚命想往脖頸咬下去，一個拚命想把猴嘴推開去。老天爺大發淫威，冰雹越下越猛。金腰帶猴王在上，白鬍子公猴在下，冰雹全砸在金腰帶猴王身上。

鴿蛋大小的冰坨子從高空砸下來，力量大得驚人，乒乒乓乓比石頭砸在身上還疼。尤其厲害的是，不時有冰雹砸在牠後腦勺上，像連珠炮在轟擊腦殼，若不趕快採取防護措施，怕很快會砸出腦震盪來。

最不合算的是，金腰帶猴王等於像罩子罩在白鬍子公猴身上，使白鬍子公猴免遭冰雹襲擊。

我免費給你當罩子，讓冷毒的冰雹全砸在我身上，我是神經病呀，金腰帶猴王想。

又一顆比鴿蛋還大的冰雹砸中金腰帶猴王的天靈蓋，咚地一聲，砸得金腰帶猴王兩眼發黑四肢發麻。牠再也無法堅持了，騰地從白鬍子公猴身上跳起來，恨恨不已地嚎叫著，朝溶洞奔逃。

孔雀藍王妃當然跟著金腰帶猴王一路而去。

白鬍子公猴也一溜煙抱頭鼠竄，當然不敢往溶洞去，而是連滾帶爬下山去了。

對白鬍子公猴來講，這是一場救命的冰雹。

冰雹剛停，丹頂佛就帶著血臀溜出溶洞，下山尋找白鬍子公猴。

在山腳一條暗溝裏，丹頂佛找到了白鬍子公猴。那是一條狹窄骯髒的暗溝，估計是穿山甲遺棄的舊巢，散發出一股濃烈的腥臭。白鬍子公猴蜷縮在暗溝底端，身體在不停地顫抖。冰雹還未融化，地上鋪滿冰粒子，漫山遍野白茫茫，氣溫確實有點低，可丹頂佛明白，白鬍子公猴絕不僅僅是因寒冷而發抖。

牠拽住白鬍子的胳膊，費了好大勁，才把白鬍子公猴從暗溝裏拉了出來。

烏雲已經散去，紅豔豔的夕陽懸掛在湛藍的天空。跨出暗溝，來到陽光下，白鬍子公猴更顫抖得厲害，就像害了帕金森病一樣，瞪起一雙驚恐不安的眼睛，四下張望，做出隨時準備逃竄的姿勢。

哦，別緊張，我陪伴在你身邊，危險離我們很遠很遠。

明擺著的，剛才這場惡戰，在白鬍子公猴心裏蒙上了失敗的陰影，信心已經喪盡，意志已經崩潰，假如順其自然，夜幕降臨後，便會帶著沮喪的心情，逃離雲霧猴群地界，從此消聲匿跡，成爲大林莽裏落魄潦倒的流浪漢，用不了多久，要麼被孤獨和疾病奪去生命，要麼成爲食肉獸果腹的美餐。

從情感上說，一日夫妻百日恩，百日夫妻似海深，牠捨不得白鬍子公猴走向絕望和苦難的深淵。

從利害關係上說，牠的性命和血臀的性命都維繫在白鬍子公猴身上，一榮俱榮，一損俱損，要是白鬍子公猴離開雲霧猴群，牠的希望便徹底破滅，要不了多長時間，血臀就會在一次「意外」的事故中死於非命，而牠也會陷入失子的悲痛而無法自拔，最終被生活無情淘汰。

一定要幫助白鬍子公猴像蛇蛻殼那樣把失敗陰影從心靈剝離出去。

一定不能讓白鬍子公猴趴下來。

一定要讓白鬍子公猴昂首挺胸站立起來。

拯救白鬍子公猴，也就是拯救血臀，也就是拯救牠自己。

白鬍子公猴的情緒已經低落到極點，丹頂佛明白，這個時候白鬍子公猴的自尊心已經非常脆弱，任何指責和抱怨，哪怕一個輕視的眼神，或者一聲輕微的歎息，或者一個懊喪的表情，都有可能將其雄性的自尊徹底摧毀，都有可能使其產生自暴自棄的想法。

非常時刻要用非常手段。

丹頂佛閉起眼睛醞釀了三秒鐘感情，突然睜開眼來，眉眼間憂傷的神情就像被大掃除過一樣，清洗得乾乾淨淨，變得眉飛色舞，喜氣洋洋。牠嘴裏發出悅耳的嘯叫，直立起來，兩條前肢舉過頭頂柔曼地舞動，兩條後肢在地上有節奏地踢蹬，牠不僅自己這麼做，還強迫血臀學牠的樣，跟在牠後面笨拙地比劃著，在白鬍子公猴面前歌兮吟兮舞兮蹈兮。

這是黑葉猴社會特有的歡慶儀式。

在黑葉猴群，凡大公猴在爭奪領地的戰鬥中獲勝，或成功地驅趕走討厭的天敵，或在饑餓時找到甜美可口的食物，母猴和幼猴便會歡快地呀呦呀呦叫，並蹦蹦跳跳圍著大公猴旋轉。這是世界上最原始的歌曲和最原始的舞蹈，構成了最原始的歡慶儀式。這種歡慶儀式很重要，充分表達母猴與幼猴發自內心的感激之情，以增強族群的凝聚力，同時也是一種頗爲有效的激勵機制，激勵大公猴更積極更賣力地抗擊外寇保衛家園提供充盈的食物。

白鬍子公猴驚訝地望著丹頂佛，好像在問：你是不是腦子出毛病了呀？只要是腦子正常的黑葉猴都看得很清楚，剛才在山梁上爆發的那場王位爭奪戰，要是沒有那場突如其來的冰雹，白鬍子公猴早就輸得一塌糊塗了，或者被咬斷脖頸當場斃命，或者被咬傷脖頸落荒而逃。無論從哪個角度講，白鬍子公猴都沒有獲勝的可能。憑什麼要載歌載舞舉行歡慶儀式呢？

丹頂佛把身體壓得很低很低，臉上掛滿諂媚的笑，圍著白鬍子公猴蹦蹦跳跳。這是一種刻意的恭維，巧妙的烘托，等於人類在歌功頌德。

──你是世界上最勇敢的黑葉猴，你從該死的金腰帶猴王手裏搶到紅嘴鷗鳥頭，你的英雄壯舉驚天地泣鬼神，將永遠載入黑葉猴的史冊。

白鬍子公猴羞赧地垂下腦袋。雖說是搶到紅嘴鷗鳥頭，卻挨了一頓毒打，被金腰帶猴王壓在底下翻不過身來，即使將標準降得很低很低，也算不上是值得慶賀的勝利啊，你不會是在諷刺和挖苦我吧。

雄性外形看上去強悍，其實內心都很脆弱，經不起打擊，經不起挫折，心理缺乏韌性，從某種意義上說，雄性是一種有缺陷的性別。

丹頂佛拉著血臂，執著地繼續那套歡慶儀式。牠要用這種辦法來激發白鬍子公猴

的勇氣，掃蕩自卑與氣餒，將猴王爭奪戰進行到底。

——金腰帶猴王雖然兇惡，可你並沒被牠嚇倒，我在一旁看得很清楚，你一腳踹在牠的肚子上，把牠踹得像烏龜朝天摔那樣半天才翻過身來，哦，你的指爪還抓破了牠的下巴，牠的下巴都流血了呢！我爲你的英勇善戰而感到驕傲。

白鬍子公猴黯然神傷的臉漸漸變得明朗起來，但接受勝利的祝賀，似乎還有一點心理障礙。唉，多虧了那場冰雹，我現在想起來還有點害怕，要是沒有那場冰雹，我恐怕……

雄性應當以鼓勵爲主，雄性都渴望虛榮，你還必須找出理由來滿足牠們的虛榮心，這是雄性的通病，沒法子的事情。

暗溝旁那片山坡上，正好有一樹臘梅，早春二月，紅豔豔的梅花正在吐蕊噴香。丹頂佛跳到樹上，折了一根花團錦簇的枝條，在白鬍子公猴面前揮舞搖曳。蝴蝶般的花瓣紛紛揚揚灑在白鬍子公猴身上。

——梅花爲英雄而開，你有權享受這美麗的花瓣雨。你曉得嗎，剛才那場來勢兇猛的冰雹，是老天爺在爲你助戰；冰雹全砸在金腰帶猴王身上，砸得牠眼冒金星，那是老天爺在嚴厲懲罰牠；在你最困難最需要幫助的時候，天上突降冰雹；老天有眼，老天有情，老天向著你，老天同情你，老天幫著你，老天成全你；連老天爺都站在你一邊，你還有什麼可害怕的呀？順天者昌，逆天者亡，你順天意，你必然奪位成功，金腰帶猴王逆天意，牠必然衛冕失敗。

這也叫讚美教育法，用讚美代替埋怨，敦促被教育者產生榮譽感和上進心。

丹頂佛不停地歡呼，不停地舞蹈，持續不斷地爲白鬍子公猴舉行隆重而又熱烈的歡慶儀式。

終於，白鬍子公猴臉上的陰霾一掃而光，彎曲的背挺直了，顫抖的腿站穩了，淒苦的心甜潤了，興奮地手舞足蹈，自豪地高聲嘯叫，似乎真的贏得了一場輝煌的勝利，面無愧色地接受丹頂佛和血臀爲牠舉行的歡慶儀式。

丹頂佛在白鬍子公猴臉上重重親了一下，哦，表達美眉對英雄的崇敬與愛慕；血臀也在白鬍子公猴另一側的臉上重重親了一下，哦，表達少年對英雄的崇拜與仰慕。

白鬍子公猴自信心神奇地恢復了，牠直立起來，抬頭怒視山梁，兩隻前掌有力拍打胸部，身體有節奏地上下起伏，擺出一副躍躍欲撲的架勢，在用形體語言告知丹頂佛和血臀，牠真恨不得立即衝上山去與金腰帶猴王拚個你死我活。

特殊情況下，指鹿爲馬，黑白顛倒，還是能起正面效用的。

丹頂佛靠近上去，用卑躬屈膝的姿態動手替白鬍子公猴整飾皮毛。哦，天快黑了，好好休息一夜，明天再找金腰帶猴王算帳也不遲啊。來吧，我用最溫柔的指法給你整飾皮毛，把你身上的每一根猴毛擦得閃閃發亮，讓你享受帝王的快樂。

月亮升起來了，像只大銀盤，照亮山野大地。白鬍子公猴靠在丹頂佛的懷裏睡著了，呼吸均勻，睡得很踏實。

長夜漫漫，丹頂佛幾乎一夜沒合眼。

牠默默祈禱著，但願老天爺真的有慈悲心腸，能可憐可憐牠和血臀，讓白鬍子公猴在明天的王位爭奪戰中一舉擊敗金腰帶猴王。

十二 雲霧猴群的新王妃

這場惡鬥，用打得天昏地暗來形容，一點也不過分。

丹頂佛的歡慶儀式果然有奇效，翌日晨，白鬍子公猴睡醒後，立刻就嚷嚷著衝上山去。剛巧金腰帶猴王率領眾猴下山覓食，彼此在山腰相遇，仇敵相見分外眼紅，二話不說便乒乒乓乓打了起來。

公平地說，這一次白鬍子公猴表現得相當勇敢，歐歐怪嘯著，奮不顧身地撲到金腰帶猴王身上，狂撕亂咬。開始時，金腰帶猴王似乎抵擋不住白鬍子公猴凌厲的攻勢，胳膊被抓破了，肩胛被咬傷了，節節敗退。

丹頂佛心花怒放。可牠高興得太早了。金腰帶猴王畢竟在猴王寶座上坐了多年，曾撲滅過好多次反叛野火，積累了鎮壓叛逆的豐富經驗。牠一面竭力抵擋白鬍子公猴的勇猛撲咬，一面朝陡坡退卻。突然，牠摟住白鬍子公猴的腰，猛烈朝前衝撞，跌倒在地後，又雙腿踢蹬拚命打滾，從陡坡滾落下去。

兩隻雄猴摟作一團，就像一隻大泥球，咕咚咕咚往下滾。這是一座石山，陡坡上全是堅硬的花崗岩。金腰帶猴王是有準備的，也是有「滾坡」的實戰經驗的，在翻滾中巧妙地調整姿勢，躲開鋒利的尖角和石片；而且每當白鬍子公猴背部著地時，金腰帶猴王都會使用鯉魚打挺的技巧，加重叩擊力度，使白鬍子公猴重重砸在石頭上或重重摩擦尖角和石片。

從山腰到谷底，約百十米距離。滾到谷底時，雙方身上都掛彩了，但金腰帶猴王傷勢明顯要輕得多，幾乎在落到谷底的一瞬間，便輕盈地彈跳起來，而白鬍子公猴背部和四肢被劃出好幾道血口，可以說是遍體鱗傷，似乎腦袋瓜也摔暈了，落到谷底後，跌跌撞撞，掙扎了好一陣才勉強站起來。金腰帶猴王手段老辣，不給白鬍子公猴有任何喘息的機會，立即撲躥上來，連續發起攻擊。

形勢發生了可怕的逆轉。

啪地一個脖兒拐，白鬍子公猴像片枯葉似地被掃倒在地。嗵地一個掏心拳，白鬍子公猴一屁股坐在爛泥塘裏。唰地一個側踢腿，白鬍子公猴跌了個驢打滾。

白鬍子公猴雖然仍齜牙咧嘴厲聲嘯叫，表現出不服輸的勁頭和殊死抗爭的決心，

12 雲霧猴群的新王妃

但精神不是萬能的，牠的抗打擊能力畢竟有限，步履踉蹌，頭暈眼花，只能且戰且退。應了一句俗話，無可奈何花落去。

金腰帶猴王愈戰愈勇，漸漸把白鬍子公猴逼到羅梭江邊。

江水浩蕩，晨嵐飄舞，白色的江鷗在水面飛翔。

突然，丹頂佛驚奇地發現，離江岸不遠的那座蓮花狀磯石上，赫然豎立著一隻黑葉猴。晨曦從江對岸照射過來，勾勒出磯石上那隻黑葉猴清晰的剪影。衰敗的冠毛，塌陷的鼻樑，枯井似的眼窩，不就是藥妞嗎？

其他黑葉猴也都注意到了磯石上的藥妞，紛紛投去驚訝的目光。已經整整三天三夜了，仍然像座雕像似地蹲坐在磯石頂上，仍然一動不動地凝望著浩蕩東去的江水。一群大嘴烏鴉，呱呱唱著「祝你快死」的「死亡頌歌」，像塊黑色屍布，在藥妞頭頂飛舞，卻遲遲疑疑不敢落下去。

大嘴烏鴉是森林殯葬工，有預感死亡的本領。大嘴烏鴉聚集在蓮花狀磯石上空，說明藥妞的生命快走到盡頭了；大嘴烏鴉遲遲沒降落下去，說明藥妞苟延殘喘，還吊著一口氣，還沒被死神收容去。

羅梭江畔，鏖戰正急。金腰帶猴王拳打腳踢，一次又一次將白鬍子公猴推入江

去。一些旁觀猴爲了取悅即將衛冕成功的金腰帶猴王，已經在磨拳擦掌準備打冷拳踢冷腳咬冷口來收拾白鬍子公猴了。

形勢對白鬍子公猴越來越不利了，只有招架之功，沒有還手之力，失敗已成定局。噗嗵，白鬍子公猴再次被粗暴地推下江去，金腰帶猴王在沙灘上奔跑追逐，阻止白鬍子公猴登岸。白鬍子公猴不習慣長時間泡在江裏，便改變方向往蓮花狀磯石游去。老奸巨猾的金腰帶猴王在幾塊礁石間躥來跳去，從另一條路線搶先去到蓮花狀磯石，以逸待勞，躲在石頭後面。

白鬍子公猴吃力地在江裏游了一圈，好不容易游攏蓮花狀磯石，剛攀住石頭從水裏撐出腦袋來，金腰帶猴王嗖地躥出來，在白鬍子公猴手臂上狠狠咬了一口。白鬍子公猴慘嚎一聲，又跌進江裏，不幸的是被一個大漩渦卷了進去。

過了好幾秒鐘，白鬍子公猴才從漩渦裏沖了出來，估計是嗆了好幾口水，手忙腳亂在水裏撲騰，游攏蓮花狀磯石後，吭哧吭哧喘咳不已。金腰帶猴王不失時機地趕過來，痛打落水猴。

這一切就發生在蘗妞身邊，蘗妞仍像雕像似的紋絲不動，那群呱呱亂叫的大嘴烏鴉，仍像塊黑色屍布蓋在磯石上空。

蓮花狀磯石四周的江水很深，江面激流湧動漩渦環套。黑葉猴並非動物界的游泳健將，白鬍子公猴已經筋疲力盡，身上又多處掛彩，假如再次被推進江去，極有可能就會變成淹死鬼。

金腰帶猴王在白鬍子公猴脖子上抓了一把，白鬍子公猴慘叫一聲，但身體卻沒有往後退縮，仍頑強地往磯石上攀爬；金腰帶猴王又在白鬍子公猴腰眼踹了一腳，白鬍子公猴哀嚎一聲，拚命抓住石頭，不顧一切地要登上磯石。

對白鬍子公猴來講，跌進江去，必定餵魚，爬上磯石，尚有一線生的希望。

形勢嚴重惡化，被動挨打，毫無還手之力。

大手雄、花面雄和葡萄肚三隻大公猴，原先混在旁觀的猴群裏，此時不約而同地跳將出來，互相望了一眼，心有靈犀一點通，立刻達成默契，齊聲嘯叫，並爭先恐後往蓮花狀磯石趕去。

成者爲王，敗者爲寇，這對黑葉猴來說是鐵的真理。毫無疑問，這三隻身強力壯的大公猴趕往蓮花狀磯石，是要對付快成爲敗寇的白鬍子公猴。金腰帶猴王兇殘狠毒飛揚跋扈，或許，從感情上說，這三隻大公猴並不希望金腰帶猴王衛冕成功，但既然勝敗已定，按照黑葉猴社會的遊戲規則，牠們只能與勝利者沆瀣一氣，將失敗者繩之

以法。

照目前的情形，三隻大公猴去到蓮花狀磯石後，爲了對衛冕成功的金腰帶猴王表達忠心，爲了洗清自己身上的嫌疑，一定會用犀利的爪尖厲的牙，將白鬍子公猴趕進江去，並在礁石和沙灘嚴密佈防，不讓白鬍子公猴靠岸，直到白鬍子公猴游得筋疲力盡沉入江底……

敗寇嘛，死無葬身之地，扔在江裏餵魚，是應得的下場。

王位之戰，歷來是你死我活的鬥爭。挑戰者一旦失利，衛冕成功的老猴王必定要用野心家的性命來殺一儆百以絕後患；反過來也一樣，假如是老猴王失利，新猴王就要用老猴王的血來爲自己加冕登基，用老猴王的性命來威懾天下鞏固新政權。

贏了就通吃，輸了就包賠，歷史就是這樣寫的。

丹頂佛把一切都看在眼裏，心急如焚。如果聽任事態發展，要不了幾分鐘，白鬍子公猴就會慘遭殺害，變成羅梭江裏的魚食。牠精心策劃的計謀，就要化成泡影了。更可悲的是，白鬍子一死，要不了多長時間，牠和血臂也會步白鬍子公猴的後塵，被金腰帶猴王害死。不不，牠絕不能坐以待斃。

突然間，牠產生一種衝動，搶在大手雄、花面雄和葡萄肚前面去到蓮花狀磯石，不管三七二十一，將金腰帶猴王撞進羅梭江去，把白鬍子公猴拉上岸來。牠覺得這樣做，成功的希望是很大的。

在黑葉猴社會，當兩隻雄猴間爆發王位爭奪戰，按規矩，雌猴只能作壁上觀，大家做夢也不會想到牠丹頂佛敢冒天下之大不韙公開跳出來幫助白鬍子公猴謀反，這給牠創造了突然襲擊的機會；再者，此時此刻，大手雄、花面雄和葡萄肚所處的位置比牠遠，換句話說，牠現在的位置離蓮花狀磯石要更近些，是能夠搶在三隻大公猴之前趕到鏖戰現場的；最重要的是，金腰帶猴王正面對江而背對岸，拚命毆打企圖爬上岸來的白鬍子公猴，金腰帶猴王後腦勺不長眼睛，看不見背後的動靜，牠出奇不意地躥過去，狠命一撞，一定能將沒有防備的金腰帶猴王撞下江去。一旦金腰帶猴王落水，白鬍子公猴登岸，角色互換後，形勢立刻就會發生逆轉。

蓮花狀磯石四周水深岸陡，易守難攻，只要盯牢金腰帶猴王的身影，勤於防範，是能阻止金腰帶猴王登岸的。只要堅持一段時間，金腰帶猴王露出疲態，露出失敗的徵兆，相信大手雄、花面雄和葡萄肚會轉變立場，參加到討伐昏君的隊伍裏來，同仇敵愾痛打落水猴。

當然，牠若這麼做，風險也是很大的。牠打破雌猴只許觀戰不許介入雄猴王位

之爭的禁忌，必然會受到眾猴的譴責。萬一救援失敗，牠屬於大逆不道的行爲，殺無赦，必死無疑，血臀也肯定活不成，會被金腰帶猴王當場扔進江去，成爲白鬍子公猴的殉葬品。

怎麼辦，到底該不該出手？

大手雄、花面雄和葡萄肚歐歐叫著，已快到達丹頂佛所在的位置了。

牠已沒有時間再猶豫，抱起血臀，撒腿往蓮花狀磯石奔去。不出手救援是必死無疑，出手救援或許還有最後一線生機，那就只有橫下一條心去拚一拚了。牠不能眼睜睜看著最後一線生機從自己面前溜走。拚個魚死網破也比束手待斃強。

就像牠預想的那樣，牠搶先一步來到蓮花狀磯石，所有黑葉猴的視線都集中在金腰帶猴王和白鬍子公猴身上，誰也沒在意牠丹頂佛的出現。來到蓮花狀磯石後，牠將血臀塞進一個角落裏，然後躥到金腰帶猴王身後，用足力氣衝撞過去……

突然，料想不到的事情發生了，就在牠衝撞出去的一瞬間，後腰被誰抱住了，衝撞動作被迫中斷，扭頭一看，原來是孔雀藍王妃！

孔雀藍王妃臉上浮現出一絲獰笑，將丹頂佛摔倒在地，撕扯啃咬。

顯然，孔雀藍王妃早就看穿丹頂佛的企圖，在暗中窺視丹頂佛的舉動，見丹頂佛果真觸犯禁忌介入王位爭奪戰，便及時跳出來加以制止。

兩隻母猴，在蓮花狀磯石翻滾扭打。

金腰帶猴王變得更加兇暴，連續不斷朝白鬍子公猴撲咬。白鬍子公猴本來半個身體在江裏半個身體在岸上，抵擋不住金腰帶猴王瘋狂的噬咬，身體一點點往江裏滑下去，只有兩隻前爪還死死抓著磯石，腦袋勉強露在水面上。金腰帶猴王集中力量攻擊白鬍子公猴攀拉住磯石的兩隻前爪，狂撕亂抓，意圖很明顯，是要迫使白鬍子公猴鬆開前爪，掉進江去。金腰帶猴王尖厲的指甲，雨點般落在白鬍子公猴的前爪上。白鬍子公猴手腕上的毛被拔光了，手背被撕爛了，指甲也被折斷了，兩隻前爪血肉模糊，卻仍抱住磯石不肯鬆手。

誰心裏都清楚，白鬍子公猴已經筋疲力盡，已經遍體鱗傷，這次如果鬆開爪子掉進江去，今生今世休想再活著爬上岸來了。大手雄、花面雄和葡萄肚，已經來到蓮花狀磯石，正摩拳擦掌準備痛打落水猴呢。

金腰帶猴王又咬中白鬍子公猴左爪，白鬍子公猴疼痛難忍，左爪從磯石上鬆開了，只有那隻右爪還攀住岸上的石頭。命懸一線，回天乏術，白鬍子公猴性命休矣。

丹頂佛被孔雀藍王妃糾纏住，根本無法去幫助白鬍子公猴。牠徹底絕望了。早知道白鬍子公猴這麼不中用，就不該策動這場王位爭奪戰。現在好了，不僅白鬍子公猴即將葬身魚腹，牠和血臀也將踏上不歸路。偷雞不成蝕把米，賠了夫人又折兵，牠覺得自己真是愚蠢透頂。

白鬍子公猴的生命進入了倒數計時，牠和血臀的生命也進入了倒數計時。頂多再有一兩分鐘，在金腰帶猴王窮兇極惡的撕咬下，白鬍子公猴會無可奈何地沉入江底；處置完白鬍子公猴後，金腰帶猴王肯定會轉過身來處置篡權奪位野心家的幫兇——牠丹頂佛。

金腰帶猴王決不會輕饒了牠，失敗的叛逆者是沒有好下場的；金腰帶猴王在處置牠時不用擔心會背上虐殺同類的罪名，也不用擔心會因爲欺負一隻雌猴而遭到眾猴的譴責；牠觸犯禁忌公然跳出來幫助白鬍子公猴謀反，怎麼處置也是罪有應得；最大的可能是，金腰帶猴王把牠咬得遍體鱗傷後，一腳將牠踹進羅梭江，也讓牠葬身魚腹；血臀雖然不會被當場處死，但血臀本來就是外族血統的雄性，又是叛逆者的遺孤，雙料壞分子，雙重賤骨頭，免不了會招來凌辱和虐待，就像生活在十八層地獄，要不了多長時間就會被折磨得瘦骨如柴，被死神收容去。

老天爺啊，你爲什麼總是漠視弱者而偏袒強者？

突然，嘎啊——磯石上傳來一聲嘶啞的猴嘯，聲音雖然不高，卻淒涼哀怨，撕心裂肺，有一種很強的穿透力和震撼力。蓮花狀磯石上大概有十來隻黑葉猴，都驚訝地循聲望去，看到了一個誰都不敢相信的鏡頭：三天三夜不吃不喝猶如一尊雕像般蹲坐在蓮花狀磯石上的母猴藥妞，竟然站立起來了！更不可思議的是，藥妞還高擎雙臂，托舉著一隻少年猴！

丹頂佛腦子嗡的一聲差點急暈過去，被藥妞托舉起來的少年猴是血臀！

丹頂佛記得很清楚，來到蓮花狀磯石後，牠把血臀塞在隱秘的角落裏，弄不懂血臀是怎麼去到藥妞身邊的。或許，是血臀自己淘氣，不肯安安分分待在角落裏，成年猴之間的激烈打鬥吸引了小傢伙的注意力，便從角落裏爬出來瞧熱鬧，剛巧就去到藥妞身邊。或許，是藥妞發現了角落裏的血臀，出於某種不可告人的目的，趁著磯石上一片混亂，悄悄來去到角落把血臀抱走了。

此時此刻藥妞托舉血臀，絕不會是一種善意的行爲。丹頂佛腦子裏閃現出一串鏡頭：半年前金腰帶猴王帶領幾隻大公猴追殺牠和血臀，牠把血臀暗中託付給藥妞，指望能用瞞天過海的辦法躲過劫難，孰料藥妞突然從躲藏的角落裏站出來，站在駱駝狀磐石上，高擎雙臂將血臀托舉在頭頂，無恥地把血臀出賣了；事後不久，藥妞又偷偷

摸摸想來摟抱血臀，被牠咬傷手臂撕破大腿，藥妞失魂落魄地逃走了；說不清有多少次了，當夜幕降臨，牠懷抱血臀準備睡眠時，總覺得背後有麥芒在刺牠，驀然回首，便看見綠熒熒的眼光和藥妞鬼魂似的身影……

以往的恩恩怨怨表明，藥妞在生命的最後一刻，把血臀托舉起來，毫無疑問，是再一次要把血臀出賣給金腰帶猴王！

不願意孤獨死去，死了也要拉個墊背的，讓靈魂有個伴。

丹頂佛心如刀割，要不是被孔雀藍王妃緊緊扭住，牠會飛撲過去像咬斷一支玉米棒那樣咬斷藥妞的脖子！

就在眾猴發愣的當兒，藥妞兩支高擎的手臂訇然垂落，血臀也就貼著藥妞的胸滑落下來。哦，藥妞已經氣息奄奄，生命燭火就要燃盡，已沒有力氣長時間將血臀托舉在頭頂，所以兩支手臂才會訇然垂落的，丹頂佛想。當血臀由頭頂滑落，與藥妞臉對臉時，藥妞在血臀臉上輕輕啃了一口。哦，藥妞其實是想親自咬斷血臀喉嚨的，但生命已經衰竭，力不從心，已無法奪命咬了，丹頂佛想。

血臀落地了，依偎在藥妞腳邊。

讓眾猴目瞪口呆的事發生了，藥妞突然往前一撲，從磯石頂上撲飛下來，磯石頂離江面約有三公尺多高，不偏不倚，撲到金腰帶猴王身上，兩條前肢圈住金腰帶猴王的腰和一條胳膊，便再也不肯鬆開。

所有在場的黑葉猴，都被驚呆了，嘴巴張成O型，卻發不出聲來。就連金腰帶猴王也被藥妞反常的行爲弄得不知所措，站在哪兒發愣。

藥妞雙腳在石頭上踢蹬，抱著金腰帶猴王拚命往羅梭江推搡。

金腰帶猴王本來就站在江邊，只要往前跨三步，就會掉到江裏去。

在藥妞推搡下，金腰帶猴王朝前踉蹌了兩步半，兩隻猴搖搖欲墜，眼瞅著就要栽進江去了。金腰帶猴王這才如夢初醒，憤怒地狂嘯一聲，拚命往岸的方向掙扎。

一個往江裏去，一個往岸裏靠，形成頂牛之勢。藥妞重病纏身，在磯石上蹲坐了三天三夜，不吃不喝，日曬雨淋，生命虛脫得只剩一具空殼。金腰帶猴王一發力，吭唷嗨，便又往岸上跨回來一大步。藥妞突然躺倒在地，兩隻腳掌抓住一條石縫，堅決要把金腰帶猴王拽往江裏去。

猴腳與人腳大不一樣，人腳只能站立而沒有抓握功能，猴腳卻像手一樣具備抓握功能。藥妞的兩隻腳摳住石縫，等於找到了強有力的支撐點，金腰帶猴王雖然強壯有力，卻也一時難以再往岸上移動了。

金腰帶猴王勃然大怒，一條胳膊被藥妞圈住，另一條胳膊卻是自由的，抓住藥妞一根手指用力往外扳，想把藥妞的手扳開，叭，藥妞那根手指被扳斷了，可藥妞仍沒鬆手。金腰帶猴王低頭咬藥妞的胳膊，咬得無比狠毒，咔嚓咔嚓，咬破皮肉，啃咬白森森的肱骨，可藥妞兩條胳膊依然如鐵箍似地圈得緊。

金腰帶猴王扯開喉嚨歐歐叫喚：你們還愣著幹嗎？快來幫我把這瘋母猴收拾掉！大手雄、花面雄和葡萄肚也從驚愕中回過神來，嘯叫著前來救駕。

但已經晚了。就在藥妞從磯石頂飛撲到金腰帶猴王身上時，白鬍子公猴吃力地爬上岸來，渾身上下濕漉漉像隻落湯雞，已累得連站都站不穩了，搖搖晃晃去到金腰帶猴王身旁，狠狠踹了一腳。

金腰帶猴王身不由己朝前滾去，才滾了一個跟斗，便與藥妞一起跌進江去。撲嗵，羅梭江綻開一朵巨大的水花。

白鬍子公猴這一腳踹得太猛了，把金腰帶猴王連同藥妞踹下江去的同時，自己一屁股跌坐在地上，力氣已經耗盡，半天都沒能爬起來。

白鬍子公猴這一腳踹得非常重要，眾猴都看在眼裏，關鍵時刻，是牠成功地將金腰帶猴王踢進江去，贏得王位爭奪戰的輝煌勝利。

12 雲霧猴群的新王妃

丹頂佛和孔雀藍王妃不約而同停止打鬥，丹頂佛摟著血臀，孔雀藍王妃摟著黑橄欖，趴在磯石上，觀看江裏的動靜。大手雄、花面雄和葡萄肚，也都伸長脖子朝江裏張望。其他黑葉猴也都紛紛躥跳到蓮花狀磯石上，趕來看熱鬧。

冬季的羅梭江，江水清澈，碧波湧動，一切都看得清清楚楚。

金腰帶猴王和藥妞跌下去的地方，河道彎曲，水很深，且漩渦密佈。在雲霧猴群中，金腰帶猴王的水性算是不錯的，可藥妞圈住牠的腰和一條胳膊，牠只能用兩條腿踩水，用一條胳膊划水，勉強將腦袋露出水面。

藥妞吊在金腰帶猴王身上，只求同歸於盡，身體像秤砣似地往水底沉。牠們所在的位置，離蓮花狀磯石最多三公尺，但金腰帶猴王掙扎好一陣，也未能靠岸。突然，一隻螺紋狀大漩渦，由西向東慢慢移了過來，金腰帶猴王瞪著恐懼的眼睛，一條胳膊大幅度擺動，把水攪得嘩啦嘩啦響，拚命想躲開漩渦，但牠身體被藥妞纏住，無法施展游泳技能，漩渦終於逼近了，牠們身不由己被捲進漩渦，開始順著漩渦外延轉大圓圈，漸漸被捲進漩渦中心，圓圈越轉越小，在螺紋狀水流作用下，就像跳起了瘋狂的華爾滋，越轉越快，終於進到漩渦中心那個圓洞，倏地被吸入江底。

過了一分多鐘，漩渦消散，牠們又從水底浮了出來，金腰帶猴王兩眼通紅，鼻

洞、嘴洞和耳洞嘩嘩往外淌水，拚命呼吸。看得出來，牠在水底灌進好幾口水，已亂了方寸。藥妞以不變應萬變，仍死死圈住金腰帶猴王的腰。突然，金腰帶猴王那隻能自由活動的爪子，照準藥妞的眼窩抓下去；藥妞無處躲閃，似乎也不想躲閃；尖利的指爪刺進眼窩，把一隻眼球活活摳出來了；一汪鮮血從藥妞眼窩噴湧而出，把碧綠的江水染紅了……

丹頂佛向藥妞投去深深的敬意。現在牠明白了，幾分鐘前藥妞將血臀托舉起來，並非是無恥的出賣，而是深情的告別，當藥妞與血臀臉對臉時，藥妞朝血臀伸出嘴去，並非是要噬咬血臀的喉嚨，而是母性的親吻。丹頂佛相信，藥妞之所以要和金腰帶猴王同歸於盡，也是出於偉大的母愛。

就在這座蓮花狀磯石上，藥妞的心肝寶貝毛毛，就是被金腰帶猴王牠們殺害的。這些兇殘狠毒的大公猴，當著藥妞的面將毛毛撕成幾塊，更有甚者，金腰帶猴王用毛毛血淋淋的小腦袋當武器，敲打藥妞的臉……母親的尊嚴遭到最殘酷的蹂躪。這份刻骨銘心的痛壓抑在心底，老天有眼，在藥妞快要踏上奈何橋之際，卻意外出現復仇的機會，哪怕粉身碎骨，也要把金腰帶猴王一起拉上奈何橋。

這是一個可悲的生命，也是一個可敬的生命。

更令猴難以置信的事情發生了，藥妞嘴巴已停止翕動，江水漫過頭頂，腦袋也不再企圖伸出水面來呼吸，所有跡象表明，牠已經魂歸西天了，然而，牠摟抱住金腰帶猴王的兩條胳膊，仍像鐵箍似地圈得緊緊。最稀奇的是，牠的兩條後肢，夾住金腰帶猴王一條腿，麻花似地扭在一起。金腰帶猴王又掙扎了兩下，終於筋疲力盡，在水中吐出一串串氣泡，慢慢沉了下去。

歐歐，大手雄、花面雄和葡萄肚，在蓮花狀磯石上一字兒排開，沖著被江水淹沒的金腰帶猴王，氣勢洶洶發出討伐的吼叫。

見風使舵，那是人之常情，也是猴之常情。

金腰帶猴王和藥妞緊緊摟抱在一起，隨著浩蕩江水，往東飄流。幾條一米長的竿魚，圍攏過來，你一口我一嘴，迫不及待地開始噬咬啄食。那群大嘴烏鴉，呱呱呱憤怒地鳴叫著，在江面盤旋，牠們等了三天三夜，滿以為能吃到一頓豐盛的猴肉大餐，沒想到快到嘴邊的肉卻掉進江裏漂走了，當然要氣得發瘋。烏鴉聒噪的叫聲，就像在吟唱一支安魂曲。

很快，金腰帶猴王和藥妞越漂越遠，再也看不見了。

孔雀藍王妃黯然神傷，抱起黑橄欖，悄悄離開蓮花狀磯石。

丹頂佛欣喜如狂，將癱倒在地的白鬍子公猴拉了起來，我們成功了，你知道嗎，你奪取了王位，你已經是雲霧猴群新猴王啦。

白雲嫋繞，晚霞給大地鋪上一層瑰麗的色彩。

雲霧猴群剛在山下的榕樹林飽餐一頓甜蜜的雞素果，三三倆倆散落在溶洞外的草坪上，幼猴互相追逐打鬧，成年猴互相整飾皮毛，老猴坐在石頭上閉目養神，各自選擇喜愛的休閒方式，享受這恬靜祥和的時光。

白鬍子公猴登上溶洞左側那塊漢白玉蟠桃石，發出一聲威嚴的長嘯。那是在向眾猴宣告：我今天心情不錯，登基儀式現在正式開始！

雲霧猴群所有黑葉猴，向那塊象徵猴王寶座的蟠桃石聚攏過來。

人類社會的皇帝有登基大典，黑葉猴社會的猴王也有登基大典。猴王登基當然不如人王登基那麼隆重莊嚴，那麼繁文縟節。雲霧猴群的登基儀式大致是這樣的：猴王高高在上，端坐在漢白玉蟠桃石中央，猴們依照地位高低，依次爬到蟠桃石上，俯首翹臀，匍匐在地，由猴王跨到其背上，做出騎的動作，這個騎的動作非常重要，騎者象徵征服，被騎者象徵臣服，做完這個騎的動作後就算完成了拜謁覲見的主要程序，然後眾猴聚集在蟠桃石下，仰視猴王，咿哩哇啦叫嚷一通，猶如人類三呼萬歲，整個登基大典就算結束了。

人逢喜事精神爽，猴逢喜事也精神爽。與幾天前當二大王時相比，白鬍子公猴面貌煥然一新，體毛烏黑油亮，雙目炯炯有神，尾巴美侖美奐，連走路的姿勢也大不一樣了，過去是小心謹慎夾著尾巴做猴，如今是大搖大擺氣宇軒昂目空一切，彷彿天生就是做猴王的料。與金腰帶猴王殊死搏殺時牠身體多處負傷，現在傷勢基本痊癒，對雄性黑葉猴來講，傷疤就是生命的勳章。尤其左眉上方那塊月芽形傷疤，顯出深重的滄桑感，眉宇間平添了幾分君王的威嚴。

來吧，鮮花和掌聲理應屬於勝利者。

猴們按照地位排序，規規矩矩爬上蟠桃石，向新猴王頂禮膜拜。

黑葉猴社會，篡權奪位是家常便飯，少則一、兩年，多則三、五年，就會發生王位更替，就會舉行登基大典。眾猴對這套猴王登基儀式早就耳熟能詳，沒費什麼周折，就順順利利完成匍匐、翹臀、騎背、歡呼等全部程序。

按理說，這個時候，榮登寶座的新猴王，應當心滿意足，喜氣洋洋。對一隻猴子來說，再也沒有比當上猴王更值得高興的事了。事業達到了頂峰，地位達到了頂峰，權力達到了頂峰，此乃生命的最高境界，當然要樂不可支，當然要心花怒放。可不知爲什麼，白鬍子公猴總覺得胸口堵得慌，總覺得有一樁心事放不下來，總覺得債主討不回欠款般恨得咬牙切齒。

牠是憑自己的實力登上猴王寶座的，牠想，雲霧猴群所有的猴子都看見了，牠與金腰帶猴王經過一場天昏地暗的廝殺，最終將金腰帶猴王踢下羅梭江去餵魚，金腰帶猴王的血染紅了牠頭上的王冠，無論從哪個角度講，牠都是貨真價實無可爭辯的新猴王。牠蹲在蟠桃石上，俯視臣民；雲霧猴群所有的黑葉猴都來參加牠的登基大典了，沒有哪個缺席；眾猴恭恭敬敬趴伏在蟠桃石下，沒有出現任何冒犯牠的舉動。

整個登基儀式完美得無可挑剔，每一隻黑葉猴都保質保量完成了規定的動作，沒有誰敷衍了事，也沒有誰偷工減料。三呼萬歲時，牠還特意觀察了一下，不分男女老幼，每一隻黑葉猴都張大嘴聲嘶力竭吼叫，歡呼聲響徹雲霄。

在舉行登基大典前，牠唯一有點擔心的是那隻名叫大手雄的公猴，大手雄在金腰帶猴王當政時，是雲霧猴群的三把手，地位排序與牠僅僅差了一個等級，大手雄年齡比牠輕，身上肌肉與牠一樣發達，智商情商也與牠不差上下，牠擔心大手雄會恃才傲物，不甘屈居二大王的位置，在登基大典上惹事生非，與牠分庭抗禮。事實證明牠的擔心純屬多餘。大手雄在翹起屁股給牠騎背時，用臉頰摩挲牠的腳背，用清晰的肢體告訴牠，心悅誠服擁戴牠當猴王，忠心耿耿做牠最好的幫手。

黑葉猴社會二把手用臉頰摩挲一把手的腳背，猶如人類社會二把手給一把手寫效忠信，那是很令一把手賞心悅目的事。還有孔雀藍王妃，匍匐在地給牠騎的時候，柔曼的腰肢深深凹塌下去，身體明顯成U字形，讓牠騎得更舒服些，更特別的是，在牠騎上去後，孔雀藍王妃的尾巴很藝術地彎成鉤狀，在牠背部撫摸玩弄，弄得牠心裏癢酥酥的。那是一種牠讀得懂的暗示，是在傳遞這樣一個資訊：只要牠願意，隨時準備奉獻一片愛。

孔雀藍王妃是前任猴王金腰帶的遺孀，過去多清高呀，多牛氣呀，別說偷偷摸摸去占點便宜了，就是湊近些色瞇瞇地多看幾眼，便會遭到惡聲惡氣的訾罵。如今，驕傲的王妃自動前來投懷送抱，當然是令牠陶醉愜意的事。

牠有一千個理由應當高興，牠沒有半條理由可以生氣。

可是，理智很難控制住感情。牠應當眉開眼笑，牠想，卻依然是愁眉緊鎖；牠應

當和顏悅色，牠想，卻依然是怒目金剛。

牠齜牙咧嘴，從喉嚨深處發出呵呵低沉的嘯叫。對黑葉猴而言，聲音是內心獨白。那發自喉嚨深處低沉的嘯叫，無疑是在傾吐不滿、失望和惆悵的情緒。

蟠桃石下眾黑葉猴瞪起惶惑的眼睛，你望我我望你，不知自己做錯了什麼。

大手雄站立起來，勾起兩隻前爪，臉上堆起謙恭的神情，噘起嘴唇，發出悅耳的叫聲，那是在小心翼翼地請示：尊敬的王啊，究竟我們做錯了什麼惹您生氣，請您告訴我們，我們會知錯就改的。

白鬍子公猴頭頂的冠毛豎立起來，全身的猴毛也姿張開來，歐歐發出兇猛的咆哮。牠要是知道自己爲什麼生氣，牠就不會這麼痛苦了。心裏窩著一團無名火，火焰在烤炙牠的靈魂，牠實在受不了了。牠用拳頭猛烈捶打自己的胸脯，咚咚咚，發洩無端的悲傷和憤懣。

牠是猴王，猴王憤慨，那叫雷霆震怒。

眾猴也都冠毛豎立體毛姿張，發出撕心裂肺般悲憤的嘯叫，也都捏緊拳頭捶打自己的胸脯。

猴王痛苦，臣民當然要跟著嚎啕。恓恓惶惶，心驚肉跳，卻又查找不到原因。

12 雲霧猴群的新王妃

那隻名叫浮漂漂的母猴，在捶打自己胸脯時，不小心一拳掄在花面雄身上，花面雄勃然大怒，揪住浮漂漂的冠毛使勁往地上撞。那隻名叫黑珍珠的雌猴，長長的尾巴甩擺時，一不留神摑到葡萄肚臉上了，葡萄肚趁機將黑珍珠光滑如緞的尾巴含進嘴裏，輕薄了一回，黑珍珠像被大馬蜂螫了一般驚跳起來。又有好幾隻黑葉猴互相毆打。整個雲霧猴群亂成一鍋粥，好像患了集體精神病，活脫脫一群瘋猴。好幾隻幼猴都被嚇哭了。

突然，丹頂佛嗖地躥上蟠桃石，發出一串短促而又尖厲的嘯叫。誰都曉得，白鬍子公猴能登上猴王寶座，與丹頂佛的努力是分不開的，白鬍子公猴成了雲霧猴群的新猴王，丹頂佛就是雲霧猴群的新王妃。丹頂佛享有崇高的地位，自然具有威懾力。隨著牠的嘯叫，嘈雜的打鬧聲戛然而止，眾猴的視線都集中到牠身上。牠輕盈地跳到白鬍子公猴身邊，高高撅起屁股。

在雲霧猴群中，唯有丹頂佛心明如鏡，知道白鬍子公猴究竟想要什麼。牠與白鬍子公猴朝夕相處一年多，牠太瞭解白鬍子公猴了。白鬍子公猴是要尋找失落的尊嚴，是要修補破損的人格，是要洗淨被玷污的名譽，是要黏貼被撕碎的臉面，是要健全被扭曲的心靈。

曾幾何時，大庭廣眾面前，眾目睽睽之下，迫於金腰帶猴王的淫威，白鬍子公猴吃過自己屙出來的糞便。這是人格的污點，精神的創痛，心靈的病灶。這是刻骨銘心的恥辱，一個永遠的笑柄。

難說不會有這樣的黑葉猴，背地裏朝白鬍子公猴投去鄙夷的眼光，嘖嘖，你神氣什麼呀，你威風個屁呀，你別忘了你吃過屎，你是個吃屎猴王！就算沒有黑葉猴敢在背後譏笑，對白鬍子公猴來說，這段不堪回首的慘痛的經歷，也是一個永遠走不出的夢魘，無法面對臣民，更無法面對自己，一輩子背著沉重的十字架，永遠生活在自責和怨恨中，受盡心靈的折磨。一個心理扭曲的猴王，一個精神有缺陷的猴王，很有可能會將整個猴群引向毀滅。

黑葉猴沒有吃屎的嗜好，吃屎確實是十分嚴重的對光輝形象極具殺傷力的醜陋行爲。最好的辦法，當然是讓全體黑葉猴徹底忘卻白鬍子公猴曾經吃過屎這段不光彩的歷史。但丹頂佛曉得，歷史是無法改寫的，白鬍子公猴吃過屎這是無法抹殺的事實，牠不可能劈開所有黑葉猴的腦殼抽掉那段記憶。人類社會有洗腦的說法，黑葉猴沒有這種本事。

只有一個辦法能驅散壓在白鬍子公猴靈魂上那層厚厚的陰霾，那就是陪吃。

丹頂佛高高撅起屁股，用意念收縮和舒張括約肌，噗地屙出一泡屎來，在眾猴驚詫的目光中，抓起屎來塞進自己嘴巴。屎確實難吃，臭不可聞就不說了，還有點酸有點澀，味道差極了，噁心得只想嘔吐。可牠強忍痛苦，咽了下去。爲了白鬍子公猴能坐穩江山，爲了雲霧猴群的長治久安，最終也是爲了牠的血臀永遠擺脫死囚猴的厄運，牠必須把這泡糞便吞咽進去。

很別致的登基大典，或許可稱爲吃屎大典。

說也奇怪，隨著丹頂佛吃屎，白鬍子公猴感覺堵塞的胸口被疏通了，心頭那團無名火也迅速冷熄下來，牠混沌的腦袋豁然清醒，牠之所以在「人生」最得意的登基大典上也高興不起來，牠之所以無端地悲傷和憤懣，終結原因就是因爲自己曾經被迫吃過屎。

牠吃過屎，這是歷史污點，這個問題不解決，無論牠怎麼表現，也建立不起真正的王權，永遠是暗中被嘲笑的對象。被臣民暗中譏笑的猴王，還有什麼威信可言；當個沒有威信的猴王，還有什麼意思。牠不再焦躁不安地蹦來跳去，不再發瘋般地用拳頭捶打自己的胸脯，牠用冷酷的目光掃視蟠桃石下的黑葉猴們，那是無聲的威逼：

——丹頂佛已經爲你們做出了表率，你們還猶豫什麼呀！

蟠桃石下，每一隻黑葉猴的臉都皺得像枚苦瓜。

誰也沒有想到，率先跳出來完成吃屎大典的竟然是孔雀藍王妃。孔雀藍王妃是這麼想的，自己是金腰帶猴王的遺孀，改朝換代了，昔日高貴的王妃，今天成了必須逆來順受的草民，在黑葉猴社會，已故猴王的遺孀是一種很容易遭到歧視和虐待的身分，爲了消災攘禍，求得平安，牠必須識時務爲俊傑，反正遲早是要吃的，與其晚吃，不如早吃，與其消極吃，不如積極吃，與其被動吃，不如主動吃，或許還能因此而討得新猴王的歡心呢。牠依葫蘆畫瓢，學丹頂佛的樣，完成吃屎義務。

大手雄再也坐不住了，緊跟在孔雀藍王妃後面，撅起屁股拉屎。說老實話，牠是不喜歡吃屎的。可牠是雲霧猴群的第二把手，牠有責任維護新猴王的威信，好多眼睛都望著牠呢，牠必須做出榜樣來。吃屎大典雖然荒唐，但事出有因，還是可以理解的。白鬍子公猴曾經當眾吃屎，這確實是個很棘手的大問題，總不能身爲猴王，人格上比普通黑葉猴更卑劣，精神上比普通黑葉猴更渺小吧。吃就吃吧，權當是爲新猴王再寫一份特殊的效忠信。

還有一個不便明說的心理動因，在金腰帶猴王統治時期，牠曾經因爲與黑牡丹相好，被金腰帶猴王粗暴地棒打鴛鴦，還拿牠遊街示眾，堂堂雲霧猴群第三把手受如此奇恥大辱，至今回想起來還恨得牙癢癢的，白鬍子公猴推翻舊王朝建立新王朝，將暴君金腰帶推入羅梭江餵魚，也算是替牠報仇雪恨，就算報答金腰帶猴王，牠也該完成吃屎大典。再說了，投桃報李，牠相信白鬍子公猴會記住這份情，應允或默許牠與黑牡丹結爲伉儷。

吃吧，不就是一泡屎嘛，閉上眼，捂住鼻，囫圇吞進去不就完了。

大手雄的行爲具有很強的示範效應。牠是雲霧猴群副統帥，位高權重，一猴之下眾猴之上，牠都吃了，三把手花面雄敢不吃嗎？四把手葡萄肚又怎能潔身自好呢？

黑葉猴社會奉行的是雄性權力聯盟，目前的政權結構，是以白鬍子公猴爲核心，加上大手雄、花面雄和葡萄肚，四隻大公猴形成領導集體。領導層帶頭吃了，整套班子帶頭吃了，平頭老百姓敢不跟著吃嗎？大家都吃了，你不吃，你就是叛逆，你就是異類，你就是人民公敵，就會遭到歧視、迫害甚至驅逐。生存還是毀滅，當然選擇生存。兩害相遇取其輕，吃屎總比大禍臨頭要好得多。

吃吧吃吧，男女老幼齊動員，舉行史無前列的吃屎大典。

大家都吃過屎了，彼此彼此，那就誰也沒有資格嘲笑誰了。

如果吃屎是靈魂的污點的話，大家都吃屎了，大家都有污點，污點也就不成其爲

污點了。

蒙在白鬍子公猴心頭那層厚厚的陰霾煙消雲散了，天是晴朗的天，陽光格外溫暖，白鬍子公猴心情也格外舒暢，牠在蟠桃石上手舞足蹈，向著青翠的群山，向著山腰間潔白的雲帶，歐啊歐啊發出暢快的嘯叫。本來嘛，登基大典，就該如此興高采烈，揚眉吐氣。

到了這個時候，登基大典理應圓滿結束了。可白鬍子公猴總覺得還有一個心願未了，牠的眼光在眾猴身上轉了一圈，最後在血臀身上定格了。

突然，牠從蟠桃石上躥下來，一把抱起血臀，又躥上蟠桃石。牠要完成登基大典的最後一項議程，這個議程在傳統登基大典中是沒有的，是牠靈機一動想出來的。牠要給丹頂佛一個驚喜。

沒有丹頂佛，就沒有牠的今天。牠能當上新猴王，全靠丹頂佛的鼎力相助。要是沒有丹頂佛，牠早就拋屍荒野被生活淘汰出局了。

尤其讓牠感動的是，爲了消除牠靈魂上的圬垢，丹頂佛帶頭吃屎。聰明伶俐，善解人意，容貌嬌媚，十全十美。牠能得到這麼好的一隻雌猴，能得到這麼一個心心相印的紅顏知己，這是牠前世修來的福氣。牠當然把丹頂佛立爲最尊貴的王妃，但牠覺得這樣還不足以表達自己的感激之情。牠與丹頂佛交往一年多了，牠知道丹頂佛最想要的是什麼。

過去，牠雖然是雲霧猴群的副統帥，但金腰帶猴王大權獨攬，牠只能看金腰帶猴王臉色行事，沒有能力也沒有膽量滿足丹頂佛的願望，現在不同了，牠是雲霧猴群說一不二的猴王了，牠有這個能力也有這個權力來滿足丹頂佛的願望了。猴心都是肉長的，丹頂佛對牠恩重如山，牠也應該對丹頂佛仁至義盡。

白鬍子公猴把血臀抱在懷裏，然後在自己手背上重重咬了一口。前幾天牠在與金腰帶猴王搏殺時，手背被撕得血肉模糊，創口剛剛結痂，還沒痊癒，這麼一咬，創口又被咬破，鮮血漫流出來。在眾猴注視下，牠把一串濃稠的血珠灑在血臀額頭。

這是一個歃血爲盟式的誓言，這是一種變相的滴血認親，白鬍子公猴是在莊嚴地當眾宣佈，血臀是我的親骨肉，是我最疼愛的心肝寶貝，爲了牠能平安長大，我將不惜流盡自己的血！

血臀死囚猴的命運，算是徹底改變了。

潑猴啊，原來你這麼可愛

作者：沈石溪

出版者：風雲時代出版股份有限公司
出版所：風雲時代出版股份有限公司
地址：105台北市民生東路五段178號7樓之3
風雲書網：http://www.eastbooks.com.tw
官方部落格：http://eastbooks.pixnet.net/blog
Facebook：http://www.facebook.com/h7560949
信箱：h7560949@ms15.hinet.net
郵撥帳號：12043291
服務專線：(02)27560949
傳真專線：(02)27653799
執行主編：劉宇青
美術編輯：芷姍

法律顧問：永然法律事務所 李永然律師
北辰著作權事務所 蕭雄淋律師
版權授權：沈石溪
初版日期：2012年5月
ISBN：978-986-146-861-7

總 經 銷：成信文化事業股份有限公司
地　　址：台北縣新店市中正路四維巷二弄2號4樓
電　　話：(02)2219-2080

行政院新聞局局版台業字第3595號 營利事業統一編號22759935

國家圖書館出版品預行編目資料

潑猴啊，原來你這麼可愛／沈石溪著. -- 初版. -- 臺北市：風雲時代，2012.05
面；公分

ISBN 978-986-146-861-7（平裝）

857.7　　　　101004724

原價：280元
限量特價：199元